Cross-Strait Law Review

7

月旦民商法研究丛书

月旦民商法研究

国际贸易法新课题

清华大学出版社

北 京

内 容 简 介

随着经济全球化的发展，世界各国和各地区在政治、经济、文化、环保、国际贸易各个领域的接触与交流日趋密切，造就了国际贸易法内涵的不断发展。本期"主题研讨"以"国际贸易法新课题"为主题，邀请台湾地区彭心仪、牛惠之两位教授、张升星法官，以及中国大陆赵秀文教授，分别从不同角度，论述国际贸易法以及仲裁法方面的新发展。

元照出版有限公司授权出版发行

北京市版权局著作权合同登记号　图字：01-2005-5313

图书在版编目（CIP）数据

国际贸易法新课题/王文杰主编. —北京：清华大学出版社，2006.1
（月旦民商法研究丛书：7）
ISBN 7-302-12304-7

Ⅰ. 国…　Ⅱ. 王…　Ⅲ. 国际贸易－贸易法－研究　Ⅳ. D996.1

中国版本图书馆 CIP 数据核字（2005）第 159318 号

出 版 者：清华大学出版社　　　　地　　址：北京清华大学学研大厦
　　　　　　http://www.tup.com.cn　邮　　编：100084
　　　　　　社 总 机：010-62770175　客户服务：010-62776969
组稿编辑：方　洁
文稿编辑：宋丹青
印 装 者：北京国马印刷厂
发 行 者：新华书店总店北京发行所
开　　本：155×230　印张：14.25　字数：228 千字
版　　次：2006 年 1 月第 1 版　2006 年 1 月第 1 次印刷
书　　号：ISBN 7-302-12304-7/D · 202
印　　数：1～4000
定　　价：25.00 元

前　　言

随着经济全球化不断地开展，与国际贸易法相关的议题，在两岸法学界也受到了相当的关注。本期"主题研讨"栏目，特别规划"国际贸易法新课题"，邀请台湾彭心仪、牛惠之两位教授、张升星法官，以及大陆赵秀文教授，分别从不同角度，论述国际贸易法以及仲裁法上之新发展。

本期"法学论述"中，台湾东吴大学苏惠卿教授以日本名古屋地方法院于 2003 年 12 月针对 1994 年"华航名古屋空难事件"所做出之一审判决为评析重点，比较分析日本、台湾地区关于侵害生命权时之赔偿责任的相关法规与实务见解，并提出台湾相关法规之修正意见。大陆湘潭大学廖永安教授则十分详尽地针对大陆目前民事诉讼费用的相关规定进行评析，同时具体指出大陆进行民事诉讼费用改革时应予关注的焦点。中国人民大学朱岩教授，专文论述了民法中如诚实信用原则、公共秩序、善良风俗等一般条款之相关问题，引述了德国、法国等欧陆法系国家一般条款形成之背景与特征，以求对一般条款的功能与适用上问题进行讨论，论述可谓十分深入精彩。资产证券化此一在美国与欧陆国家行之有年的企业筹资方式，这几年也在台湾地区及亚洲其他国家逐渐发展。台湾自 2002 年与 2003 年接连通过"金融资产证券化条例"与"不动产证券化条例"后已有多笔相关商品问世，亦受到市场欢迎。中国人民大学李富成先生特别对大陆逐渐形成的资产证券化事项进行分析介绍，并期以美国及全球实行证券化之经验，提供大陆在制定法规政策上之借镜。

"两岸案例评析"栏目中，两岸证券法林国全、程合红两位学者，分别以台湾及大陆法评析台湾"高等法院"2003 年度金上重诉字第 9 号判决，讨论证交法上操纵股价之相关问题。

目　　录

Contents

Contents

"裁量性质法规"在 WTO 架构下之定位

彭心仪　台湾清华大学科技法律研究所副教授
黄渝清　政治大学国际贸易所研究生

目　次

壹、前言：经济全球治理概念下之各国法制

经济全球化之关键，乃 WTO 各会员经贸措施之趋同化。盖所谓"全球化"框架之建立，倚赖着跨国界制度之整合。尽管各会员在 WTO 下之义务仍因各国承诺状况之不同、发展中国家之特殊待遇、复边协议等因素而有差异，但大体而言，各国与经贸事务相关规范已在 WTO 架构下大幅度调和。以台湾地区为例，漫长之入会谈判，在一定程度上，可被视为台湾地区相关措施与国际接轨之过程。以著作权法为例，台湾由 1985 年起与美国之一连串争议与咨商谈判，导致相关法制一次又一次之修正，而陆续铺陈了今日与国际完全接轨之法律架构。从另一角度而论，尽管经过冗长之等待入会阶段，台湾 2001 年底入会前夕仍需通过专利法、著作权法、电影法、律师法等 14 项修正法案，以符合 WTO 相关规范。易言之，WTO 为全球贸易自由化之驱动力，推动着各国之法规松绑、行政便捷化、管制革新以及行政透明化。行政法制因此成为各国国家经贸政策体现之重要环节，各会员国行政法制[1]实为衔接 WTO 规范之主要机制，为全球治理之一环。

【图表一】（见页 4）乃为解释"经济全球治理"概念下之"各国行政法制"全球化。此环环相扣网络系统之关键，在于 WTO 单一承诺谈判机制（linkage bargaining[2]）。所谓单一承诺，乃各项谈判间之成败紧密关联性。单一承诺机制使会员面对"有/无"之决定（all or nothing），必须以单一承诺（single package of commitments）方式，将该国承诺范围涵盖所有议题，而无法排除敏感议题。论者有谓，倘非单一承诺机制，发展中国家应无意愿遵守 TRIPs 等协议之义务。乌拉圭回合谈判将敏感议题纳入谈判之做法，显然是利用一体承诺机制，使发展中国家无法在特定议题遁逃[3]。各国在单一承诺谈判机制下，等于被迫交换（trade-offs）各产业利益[4]。WTO 架构下之全球治理之另

---

[1] 此意指实体规范与程序规范，亦含行为法及组织法。

[2] *See generally Ernesto M. Hizon, Virtual Reality and Reality：The East Asian NICs and the Global Trading System*，5 ANN. SURV. INTL & COMP. L. 81 (1999).

[3] *Id.*

[4] 彭心仪，Settling Disputes in a Multilateral Framework：the WTO Dispute Resolution Mechanism and Its Effect on Taiwan.，杨光华主编，台湾在 WTO 规范下之经贸新页，元照，2001 年，1~98 页。

一环节,为最惠国待遇原则。盖 GATT/WTO 谈判阶段虽多在(双边)互惠原则下进行,但谈判结果在最惠国待遇原则下将适用于所有会员。此原则自然更深化了国际整合效果。再者,在内部各实体法间之连动效应方面,一复杂贸易措施往往涉及多数实体法律(及行政命令),亦牵动着相关程序规范。换言之,一会员国在 WTO 下所提出之任何承诺,均可能造成内部相关措施之连动效果。举例而言,台湾在 GATS 下对于电信参考文件之承诺,即导致本地区电信法、网络互联管理办法、普及服务管理办法等法律及相关行政命令之修订,更促使通讯委员会(NCC)之成立等政府组织面之变动[5]。综上所述,WTO 实质上为各国经贸规范全球化之核心机制,以整合方式加速世界经济之相互依赖关系。

【图表一】凸显了时空象限之模糊化,以及各国将部分"主权""移转"至 WTO 之事实。在此网状结构下,会员国面临着主权概念之侵蚀。印第安纳大学法学院院长 Aman 教授认为,与乌拉圭回合谈判平行同步进行者,乃各国之行政法制革新[6]。各国行政法制之全球化,即是将消费者利益置于优先顺位,以市场导向以及成本效益分析为基础,进行法规松绑与政府组织再造(to invent the government)。是以全球化对于各国行政法制之最大冲击,在于政府(government)概念一定程度上被治理(governance)概念所取代。以 WTO 为例,会员国国内之规范主体,被跨国组织决策所驱策(driven);各国行政机关之实质决策权,已大幅被削弱。"政府"一定范围被"去任务化",扮演着协调之"治理"角色。盖全球化乃一解构(deconstruction)过程,尽管各国仍有其历史包袱、政策目标与社会特殊考量,但政府角色已面临新的冲击。

本文旨在分析阐述 GATT/WTO 争端解决实务上,各会员国和地区内部强制性/裁量性(mandatory/discretionary)法规的定位问题。本文拟借由长期以来,小组及上诉机构报告结果,依案件时间顺序,了解:

---

〔5〕 Gary P. Sampson, The Role of the World Trade Organization in Global Governance 2~18 (2001). Graham Dunkley, The Free Trade Adventure-the WTO, The Uruguay Round, and Globalism 214~237 (1997). 张文贞,面对全球化台湾行政法发展的契机与挑战,当代公法新论(中),2002年,3~26页。廖元豪,从全球化法律理论检讨我国行政程序法的内容与方向,万国法律,118期,2001年8月,2~17页。See also Shin-yi Peng(彭心仪),The WTO Legalistic Approach and East Asia: From the Legal Culture Perspective, 1 ASIAN-PAC. L. & POL'Y J 13, 1~39 (2000).

〔6〕 Alfred C. Aman Jr., Administrative Law for a New Century, in Globalization and Governance 267~288 (Aseem Prakash et al. ed., 1999).

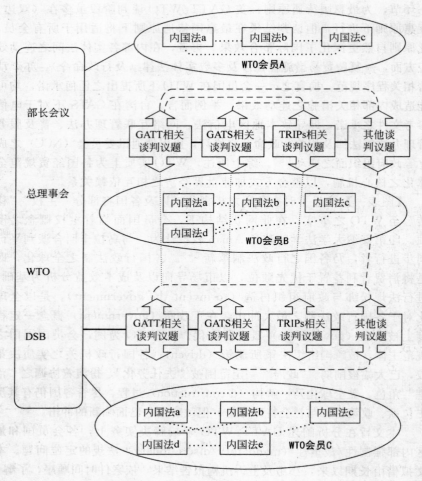

.... 表示国内法律边动效应
- - - - - 表示国际谈判单一承诺原则下之议题关联
········· 表示最惠国待遇影响
━━━━ 表示WTO决议、监督与执行机制
资源来源：作者自行研究编制

【图表一】　经济全球治理概念下之各国各地区行政法制全球化

当某会员之某国内特定措施被指控违反 GATT/WTO 规范时，该系争措施属于强制性质或裁量性质之法规，是否为 WTO 司法实务裁定过程中之考量？其差异何在？是否影响会员自己内部管制自治权或立法主权

之限缩？WTO 是否过度干预各国立法权限？是否实质影响各国裁量行政的实践？

贰、强制性质法规 v. 裁量性质法规：履行国际贸易协议义务之"应"与"得"的困顿

一、"强制/裁量"二元思考

回顾 GATT/WTO 争端案例史，长期以来，一会员国经贸措施之"WTO 适法性"，似以"强制性质规范"为据。换言之，倘某一"法律"仅赋予行政机关"裁量权"，而该裁量权行使下之"行政处分"，可能会违反 WTO 规范，则该法律"本身"（per se）并不会被认定为违反 WTO 规范之措施。然 WTO 争端案美国 301 条款案审理小组之见解，一定程度地颠覆了前述通说，而认为裁量性质规范本身，亦可能会构成 WTO 义务之违反。此发展趋势严重挑战着各国内国法制之体质。在美国 301 条款案之后，WTO 争端案如美国铅铋碳钢案[7]之小组与上诉机构，亦重申 301 条款案之小组见解，认为裁量性法规在特殊情形下（个案认定），不待适用后之具体行政处分结果，其法规本身之存在，即可构成 WTO 义务之违反。

此"强制/裁量"之区分，实为各国履行国际贸易协议义务时，立法机制之"应"与"得"的困顿。究竟，衔接国际义务之内国法，能否在条文中以"得……如何"等语境，赋予主管机关行政裁量权？倘一抽象条文本身，在法律涵摄之后，因裁量权之行使而可能导致"WTO 适法"及"WTO 违法"二种具体结果，则该抽象条文本身，是否已经违反 WTO 规范？任一 WTO 会员，在订定内国规范以履行 WTO 义务之际，是否必须以"强制规范"为限，而不得预留行政权裁量空间？

此问题之解答或可由 WTO 协议第 16 条切入[8]。该条第 4 项提

---

〔7〕 WTO Panel Report, *United States-Imposition of Countervailing Duties on Certain Hot-Rolled Lead And Bismuth Carbon Steel Products Originating In The United Kingdom*, WT/DS/138/R, circulated 23 Dec. 1999；Appellate Body Report，WT/DS/138/AB/R，circulated 10 May 2000.

〔8〕 马拉喀什设立世界贸易组织协议（Marrakesh Agreement Establishing the World Trade Organization）第 16 条第 4 项。或者，类似条款：1994 年关税暨贸易总协定第 6 条执行协议（Agreement on Implementation of Article VI of the General Agreement on Tariffs and Trade 1994，一般称为"反倾销协议"）第 18 条第 4 项下之义务。

到，"会员应确保其国内法律、规章及行政程序，符合本协议附件规定下之义务"[9]。然所谓"符合"，究指"适用该国内（抽象）法律及行政命令之所有可能（具体）结果均符合WTO规范"，还是指，"适用该国内（抽象）法律及行政命令之（具体）结果并不必然违反WTO规范"，则有待厘清。前者显为严格解释，等于要求各会员国必须在内国规范中，以最精准明确之强制性法律语言，履行义务。后者则较为弹性，仅要求行政主管机关在适用该法律时，顾及WTO之义务，而做出符合WTO规范之行政处分。

【图表二】解释前述二种对于WTO协议第16条不同解释下之差异。就内国衔接法规而言，可先将国际义务分为积极与消极二类。在较不严格之解释下（301条款案之前的通说），强制性质措施之WTO适法性，在抽象法律及命令层次即可被确定（换言之，贸易对手国得径针对该等措施，请求争端解决，而不论该等措施是否已经被具体适用到特定个案）；裁量性质之措施，则有待被具体适用后，始能确定其是否合乎WTO规范（即，贸易对手国不得针对该措施本身，请求救济）。以【图表二】阐释如下。

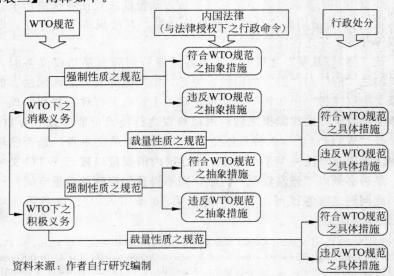

资料来源：作者自行研究编制

【图表二】 强制性质之规范 V. 裁量性质之规范：WTO义务履行关系图

[9] "Each Member shall ensure the conformity of its laws, regulations and administrative procedures with its obligations as provided in the annexed Agreements."

二、"强制/裁量法规" V. WTO 义务：以台湾为例

台湾行政法论著关于裁量性法规及强制性法规之论述，系自行政机关是否有权做出不同决定（即是否有裁量权）之差别着手，而将行政处分分为羁束处分及裁量处分所谓羁束处分系指：只要法规所规定之特定构成要件事实存在，行政机关即应依法为特定法律效果之行为。反之，纵使法规所规定之特定构成要件事实存在，行政机关依法仍有权选择作为或不作为，或选择作成不同法律效果之行政处分，即称为裁量处分[10]。

如从法规效力之面向讨论，羁束处分所依据之法规系属强制性之法规，因为法规并未赋予行政机关任何判断的空间、亦无决定是否作成处分、是否得选择作成其他处分之权利，而裁量处分所依据之法规即属裁量性法规。强制性法规及裁量性法规主要之效力差异在于，在裁量性法规之情形，行政机关享有一部分之裁量权决定如何作成行政处分，故纵使发生相同构成要件事实，其行政处分内容可能因时、地、机关不同而有所差异，且除非行政机关所为行政处分有滥用该裁量权之结果，否则原则上司法机关对于该行政处分之实质审查范围十分有限。强制性法规因已强制规定行政机关应作成如何内容之行政处分，故相同之构成要件事实发生，将造成相同之行政处分内容。如行政机关违反规定作成不同行政处分或未作成行政处分，则该行政机关之作为或不作为将发生违法之问题，司法机关可以介入审查。

台湾法规中关于裁量性及强制性法规之例子有相当多，最容易分辨究竟为裁量性或强制性法规之方式，系借由该条文用语来认定。通常如条文用语系"应"者则为强制性法规，条文用语系"得"者为裁量性法规，不过当发生争议时，则必须检视主管机关在该规定下是否享有裁量权来认定。

台湾贸易法第 6 条规定中即包含有强制性及裁量性规定，该条规定：

"有下列各款情形之一者，主管机关得暂停特定国家或地区或特定货品之输出入或采取其他必要措施：

一、天灾、事变或战争发生时。

---

〔10〕 吴庚，行政法之理论与实用，八版，2004 年，118 页。

二、危害国家安全或对公共安全之保障有妨害时。

三、国内或国际市场特定物资有严重匮乏或其价格有剧烈波动时。

四、国际收支发生严重失衡或有严重失衡之虞时。

五、国际条约、协议或国际合作需要时。

六、外国以违反国际协议或违反公平互惠原则之措施，妨碍台湾输出入时。

前项第一款至第四款或第六款之适用，以对台湾经济贸易之正常发展有不利影响或不利影响之虞者为限。

主管机关依第一项第四款或第六款暂停输出入或采行其他必要措施前，应循咨商或谈判途径解决贸易争端。

主管机关采取暂停输出入或其他必要措施者，于原因消失时，应即解除之。

前条追认规定于本条适用之。"

依贸易法第六条第一项规定，当有该项所规定之情事发生时，主管机关即"得"暂停特定国家或地区或特定货品之输出入或采取其他必要措施，条文用语既用"得"，意即贸易法该条规定授予主管机关某程度之裁量权，使其得视实际情形，决定所采行之措施；第六条第三项规定，当主管机关欲采行暂停输出入或其他必要措施时，"应"循咨商或谈判途径解决争端，第四项规定要求在采行暂停输出入或其他措施之原因消失时，即"应"解除该措施，此两规定即属强制性规定，主管机关仅得依规定行事，没有其他选择。

本文的核心问题即在于：在强制法规之情形，如该规定本身构成WTO相关协议之违反，则其他WTO会员得否直接针对台湾贸易法提出权利主张？尽管该国并未与台湾政府有具体贸易争端，在裁量法规的情形，其他WTO会员得否因为该裁量权行使后，可能构成WTO相关协议之违反，而径针对六法全书中之抽象条文本身，主张权利？同理，台湾衔接WTO义务之所有行政法令，均有类似问题。以"就业服务法"、"外国人从事就业服务法第46条第一项第一款至第六款工作资格及审查标准"、"雇主聘雇外国人许可及管理办法"等管制劳动市场相关法令为例，其赋予劳委会极大之裁量空间，裁量后之具体结果（行政处分）可能符合台湾在WTO/GATS（服务贸易总协议）下关于"自然人进入及短期停留"之"水平承诺"，亦可能违反该等承诺。究竟，WTO是如何看待此类"裁量权限"？

叁、以"裁量性质法规"履行WTO义务：
相关争端解决案件之研究

一、传统观点：由历史角度分析

自 GATT 时代以来，直到 WTO 时代的美国 301 条款争端案，GATT/WTO 争端解决小组对于会员国之强制性及裁量性法规，给予不同之对待。在强制性法规之情形，如该措施执行结果将造成国际贸易规范之违反，则在该法规（于该会员国的立法机构）通过后，甚至在该法规实际生效日之前，其他会员即可主张该法规违反国际协议义务，此时小组应对该法规进行审查，并进而决定该法规是否违反国际义务而必须改正。举例而言，"台湾行政程序法"通过后到实际生效日之间几乎间隔两年。假设台湾当时已经是 WTO 会员[11]，又假设该段期间内，其他 WTO 会员认为"台湾行政程序法"第七节"信息公开"相关规定违反 GATS 第三条透明化义务，则小组即应对该法进行审查。

而在裁量性法规之情形，小组一旦得出该法规为裁量性法规之结论，即无须对该法规之 GATT/WTO 合法性进行审查，因为裁量性法规之本身不会构成协议规定之违反，其他会员必须待该会员实施特定措施，且该措施违反 GATT/WTO 协议规定时，才得主张权利，此时小组才会针对该具体措施（而非抽象法规本身）进行审查，认定该措施是否违法。小组之所以对裁量性法规采取较为宽松之态度，在于尊重各会员之国家立法权独立，允许会员得授权国内行政机关依不同情形为不同认定。再者，该法令本身虽有违反协议之可能性，然在行政机关运用裁量权、实施特定措施之结果，并不一定造成协议之违反，小组认为如径认该裁量性法规违反 GATT/WTO 规范，将对会员之立法权造成过多之限制。

关于"强制/裁量"二元思考原则之采用，首见 1988 年的美国超级基金法案一案（详后述），而小组在稍后几个案子中，不断重复引用基金法案中所建立之"强制/裁量"原则作为其决定依据，而会员在争端解决程序中，亦以相当高的频率，主张其涉案法规为裁量性法规，欲以"强制/裁量"原则，阻止小组对该法规进行审查。这样的情形，到了

---

〔11〕 但事实上，台湾于 2002 年始正式加入。

1999 年美国 301 条款一案才有重大的转变。

（一）美国基金法案 [12]

本案所涉者为 1986 年美国超级基金法案（Superfund Act，United States Super-fund Amendments and Reauthorization Act of 1986）。超级基金法案系美国为了解决国内有害废弃物问题而制定，法案内容主要对石油及化学原料课税，而所课税率不论该化学原料系国内生产或自国外进口者均相同。然该法案另外要求化学原料进口商必须提出相关文件证明该化学原料之成分，俾使主管机关决定所课税率，如果进口商无法提出足够证据，则主管机关将对该进口物质多课征 5％之惩罚性税捐。

依 1947 年关税及贸易总协议（General Agreement on Tariffs and Trade 1947，下称"GATT 1947"）第 3 条第 2 项规定："任一缔约国产品于输入其他缔约国时，应免除课征超过对本国生产之同类产品所直接或间接课征之内地税及任何种类之规费，各缔约国亦不得违反本条第 1 项规定，另对输入或本国之产品课征内地税或其他规费。"依本条规定，缔约国对本国生产与进口之同类产品必须课征相同之税捐，而超级基金法案虽对于国内生产及进口之化学原料课征相同税率，然在厂商无法证明化学原料成分之情形下，该法案将对进口化学原料多课 5％之惩罚性税捐，此举使得美国课征进口产品之税捐高过国内所生产之同类产品，因此欧体及加拿大主张该法案违反 GATT 1947 第 3 条第 2 项规定。

对于欧共体及加拿大之控诉，美国首先抗辩，依 GATT 1947 第 23 条规定，必须会员依本协议直接或间接可得之利益已被取消（nullified）或受损（impaired）才得提起主张，而依超级基金法案规定，该 5％惩罚性税捐系自 1989 年 1 月 1 日才开始施行，既然美国还未开始课征该税捐，自无取消或损害欧共体或加拿大之利益，故欧共体及加拿大之并无理由 [13]。再者，美国主张是否课征该 5％惩罚性税捐仍属未知，因为超级基金法案授权国有财产局制定相关行政命令以执行该惩罚性税捐之课征，换言之，只有在相关行政命令制定后，该税捐才有课征之可能性，亦即国有财产局有裁量权决定是否课征该惩罚性税捐，美国亦可能永远不会课征该惩罚性税捐，该惩罚性税捐既尚未课征，当然无违反

---

〔12〕　GATT Panel Report, *United States-Taxes on Petroleum and Certain Imported Substances*（'US-Superfund'）, adopted 17 June 1987, GATT B. I. S. D.（34th Supp.）（1988）.

〔13〕　GATT Panel Report, *US-Superfund*, para 5. 2. 1.

GATT 1947 第 3 条第 2 项规定[14]。对于美国第一个主张，欧共体及加拿大则认为该法案已生效，且已明确规定施行日期，则该法之存在会影响缔约国国内企业投资及供给契约之决定[15]；欧共体及加拿大更进一步提出，美国国有财产局所制定之行政命令只是执行超级基金法之细节规定，并不会改变该法对进口化学原料多课征税捐之结果[16]，故仍会构成 GATT 1947 第 3 条第 2 项之违反。

关于争端当事国之争论，小组引用日本皮革进口措施[17]一案小组之见解[18]，认为 GATT 1947 第 3 条第 2 项系为保障缔约国产品间之竞争关系，并使得未来贸易计划具有可预测性[19]，因此纵使美国还未课征该惩罚性税捐，该法案之存在仍会造成排除或损害其他会员利益之效果[20]。然而，小组却支持美国"裁量性质法律的本身不会违反 GATT 协议"的看法[21]。简言之，小组认为依超级基金法案，行政机关享有裁量权，行使裁量权之结果可能不课征该惩罚性税捐，故该法案并不违反 GATT 1947 第 3 条第 2 项规定。

（二）其他案件

在小组于美国基金法案一案中建立了"强制/裁量"二分法后，在 GATT 时代，尚有 1990 年欧共体课征反规避税案及 1990 年泰国香烟案。

1. 欧共体课征反规避税案[22]

该案所涉及者为欧共体之理事会法规，该法规赋予委员会及理事会权力，使得其对为了躲避在欧共体境内对成品反倾销税之课征，而自国外进口零组件，并在欧共体境内组装之商品课税，日本主张该课征反规避税（anti-circumvention duty）之措施违反 GATT 1947 第 3 条第 2 项

---

[14] *Id.* para. 5.2.9.

[15] *Id.* para. 3.2.2.

[16] *Id.* para. 3.2.4.

[17] GATT Panel Report, *Japan-Measures on Imports of Leather*, adopted 16 May 1984, GATT B. I. S. D. (31st Supp.) (1985).

[18] 在日本皮革进口措施一案，日本主张进口配额尚未用尽，故尚无拒绝任何皮革进口之情事发生，然小组认为进口配额之存在会影响进口数量之决定，且将增加交易成本及投资计划之不确定性，故仍会取消或损害其他会员之利益。

[19] GATT Panel Report, US-Superfund, para 2.2.

[20] 小组此一认定结果在之后被称为"寒蝉效应"或"间接效果"，被广泛应用在个人之经济行为（economic activities）上。

[21] GATT Panel Report, *US-Superfund*, para 5.2.10.

[22] GATT Panel Report, *The ECC-Regulation on Imports of Parts and Components*, adopted 16 May 1990, GATT B. I. S. D. (37th Supp.) (1990).

规定，并更进一步主张该理事会法规本身违反欧共体在 GATT 1947 下之义务。

小组肯认日本的第一个主张，认为该法规因未对欧共体境内所生产之相同零组件课征相同的反规避税，故违反 GATT 1947 第 3 条第 2 项规定，但反对日本第二个主张，而认为该法规并未强制主管机关课征该违法税捐，因小组认为如法令仅是给予主管机关实施与 GATT 1947 第 3 条第 2 项规定相违背措施之可能性（亦即法令授予执行机关裁量权，由执行机关自行决定如何行事），则该法令本身并不会构成协议之违反，小组于本案结论再次确认其在美国基金法案一案下所确立之"强制/裁量"二分法。

2. 泰国香烟案[23]

本案系由美国针对泰国香烟之贸易限制措施而提起，根据泰国之烟草法案，其禁止香烟之进出口，并对香烟课征内地税（internal taxes）[24]，其内地税之税率，对国内香烟系最高课征零售价格 60％之消费税，对于进口香烟则最高课征至零售价格 80％之消费税；同时，该烟草法案授权给财政部制定法令决定课征税率，而事实上，泰国财政部制定法令一体课征 55％之消费税予国内及进口香烟上。本案小组引用美国基金法案及欧共体课征反规避税等两案作为其论证基础，认为该烟草法案仅是给予执行机关有违反 GATT 义务之可能性，故并未违反 GATT 1947 第 3 条第 2 项规定。

到了 1990 年泰国香烟一案，可说是几乎确定在"强制/裁量"二分原则下，会员国内之裁量性法规本身系不会构成 GATT 规定之违反，在裁量性法规之情形，会员必须至特定措施被实施后，才视具体结果，认定该措施是否违反国际协议义务。

二、转折点：美国 301 条款案之重大转变[25]

WTO 建立后，亦有相当多案件[26]涉及强制性/裁量性原则，小组

---

〔23〕 GATT Panel Report, *Thailand-Restrictions on Importation of and Internal Taxes on Cigarettes*, adopted 7 Nov. 1990, GATT B. I. S. D. (37th Supp.) (1990).

〔24〕 为一消费税、营业税、地方税。

〔25〕 WTO Panel Report, United States-Section 301-310 of the Trade Act of 1947 (US-Section 301), WT/DS152/R, circulate 22 Dec. 1999.

〔26〕 WTO Panel Report, *Argentina-Measures affecting Imports of Footwear*, *Textiles*, *Apparel and Other Items*, WT/DS56/R, circulated 25 Nov. 1997; WTO Panel Report, *Canada-Measures Affecting the Export of Civilian Aircraft*, WT/DS70/R, circulated 14 April 1999; WTO Panel Report, *Turkey-Restrictions on Imports of Textile and Clothing Products*, WT/DS34/R, circulated 31 May 1999.

亦采用相同法理处理，直到 1999 年美国 301 条款一案，小组认为，纵使是会员国内之裁量性法规本身，亦有可能违反 WTO 规范，此一转变对 WTO 法制有着相当重要之影响，因为此意味着，本来身处安全地带之裁量性法规，已不再如此安全。美国 301 条款案争端解决小组突破"强制/裁量"二分原则，而认为纵使系裁量性质法规，在符合某些条件下，该抽象法令本身，亦可能违反 WTO 规范。此案一出，的确造成对"强制/裁量"二分原则之严重冲击，使会员有机会重新思考"强制/裁量"二分法之适当性，并对后续案件有相当之影响。美国 301 条款一案后，尚有 2000 年美国 1916 年反倾销法案一案，上诉机构在该案逃避响应美国 301 条款一案小组的看法，但强调所谓"强制/裁量"仅适用"行政机关"之裁量权，而不及于"司法机关"的裁量权。

以下拟依时间顺序，详细介绍目前实务见解。

（一）争端要点[27]

美国 301 条款系一种报复措施，当其他国家有不公平或歧视性措施时，授权美国贸易代表（United States Trade Representative，USTR）得进行调查，USTR 可以决定实施撤回贸易减让或优惠条件等制裁措施，以对抗外国之不正当、不合理或歧视性之行为。第 304 条（a）规定："在涉及贸易协议之调查时，USTR 应于（1）争端解决程序结束后三十天，或（2）调查发起后十八个月（以较早者为准），决定美国在贸易协议下所享有的权利是否遭到否定。"

依 DSU 第 23 条第 1 项规定："会员对涵盖协议义务之违反，或基于涵盖协议得享有之利益受剥夺或损害，或涵盖协议之任何目标之达成受阻碍，欲寻求救济时，应援用及遵照本了解书之规则及程序。"[28] 第 23 条第 2 项（a）规定："如有上述情况，会员不得径自决定违反之行为已发生、利益已受剥夺或损害或涵盖协议之任何目标之达成已受阻碍；但依据本了解书之规则及程序处理争端解决者，不在此限；且会员所做决定应与争端解决机构（Dispute Settlement Body，DSB）通过之小组

---

〔27〕 彭心仪，评析 WTO 争端解决小组对于"美国贸易法第 301 至 310 条款"案之报告，进口救济论丛，18 期，2001 年 6 月，93～131 页。

〔28〕 "When Members seek the redress of a violation of obligations or other nullification or impairment of benefits under the covered agreements or an impediment to the attainment of any objective of the covered agreements, they shall have recourse to, and abide by, the rules and procedures of this Understanding."

或上诉机构之报告或依本了解书所为之仲裁判断之认定相符。"〔29〕

因此欧共体主张,依前述规定,会员不得在未诉诸争端解决程序前,即径自认定是否有违反协议之情事发生,且依据一般审理实务,DSB 不一定能在 18 个月内〔30〕采认(adopt)小组或上诉机构之报告,因此第 304 条(a)(2)(A)之规定,使得 USTR 在 DSB 未采认小组或上诉机构报告之前提下,径自决定其他会员是否侵害美国之权利或利益,已违反 DSU 第 23 条第 2 项(a)规定。欧盟认为,美国法典中 301 至 310 条款在乌拉圭协议生效后继续存在之事实,已破坏乌拉圭回合谈判国所共同建造之历史性成就。欧盟指出,此成就之重大意义在于:会员间为提升国际贸易秩序之安定,同意以争端解决小组为救济程序之核心,透过 DSB 对于小组与上诉机构同意权之行使,确保国际经贸法之可预测性。抑制单边措施是 WTO 会员制定 DSU 之主要驱动力;而舍弃单边主义是 DSU 实践上之基本要求。纵使美国意图为 301 条款争辩,提出所谓"301 程序由于 USTR 被允许行使裁量权、背离部分 301 条款之规定,不受条文文义之拘束,而成为与 WTO 兼容之机制"的辩解,此辩解无法提供 301 条款完整、无瑕疵之法律基础。欧盟进而指出,美国贸易法所产生之威胁效果本身,已湮灭性地减损多边贸易系统之安定与可预测性。

美国在具体抗辩方面,则认为欧盟误将 USTR "配合" DSU 程序之"裁量权"扭曲为二者相互"抵触"。美国承认 301 系列条款是不受欢迎之立法,但以美国之立场,若其国内法之适用在"实务上"能因裁量权之行使而符合国际规范,争执于所谓单边与多边之"本质上"潜在的法理冲突问题,实属多余。美国在此争点上之抗辩为,第 304 条(a)并未强制要求 USTR 不考虑 WTO 争端解决小组或上诉机构之审理进度而作出决定。尽管欧盟认为,该裁量权之存在,事实上已使美国贸易法本身足以构成 WTO 义务之违反,但美国认为"裁量性质法规本身",

---

〔29〕 "In such cases, Members shall: (a) not make a determination to the effect that a violation has occurred, that benefits have been nullified or impaired or that the attainment of any objective of the covered agreements has been impeded, except through recourse to dispute settlement in accordance with the rules and procedures of this Understanding, and shall make any such determination consistent with the findings contained in the panel or Appellate Body report adopted by the DSB or an arbitration award rendered under this Understanding."

〔30〕 欧洲共同体曾于案件审理中指出,WTO 争端解决程序之完成通常需花费 19.5 个月时间。

根本不需被检验。换言之，美国主张第 304 条为一裁量性规定，该规定赋予 USTR 裁量权，"决定美国之权利是否受到侵害"[31]，而非"决定美国之权利受到侵害"[32]，因此 USTR 得采行与 WTO 规定相符之措施，依"强制/裁量"原则，不会构成 WTO 协议之违反[33]。

针对第 304 条系强制性或裁量性规定之争议，小组支持美国之主张，认为第 304 条规定为裁量性规定。案件进行至此，依自 GATT 时代即已建立之"强制/裁量"二分原则，小组仅要认定某法规属于裁量性法规，即无须对该法规进行实质审查，因为裁量性法规之本身不会造成协议之违反。然而，本案小组在认定第 304 条为一裁量性规定后，却未引用"强制/裁量"二分原则将案子终结，反而进一步检验美国系争规定之 WTO 适法性。

（二）小组关于"强制/裁量"二元思考的"创见"

如前所述，尽管欧盟认为，该裁量权之存在，事实上已使美国贸易法本身足以构成 WTO 义务之违反，但美国认为裁量性质法规本身根本不需被检验。针对此问题，小组基本上认为裁量法规本身有可能构成 WTO 义务之违反，但需个案认定。换言之，本案小组在个案认定原则下，认为美国贸易法为符合 WTO 规范之立法。

在小组做出第 304 条规定（表面证据）违反 WTO 规定后，认为除应考量第 304 条之法律用语外，尚需考量其他机构上或行政上之要素（other institutional and administrative elements）[34]，因为小组认为只要美国之作为能去除 USTR 在争端解决程序完成前，片面做出其他会员违反协议规定之决定之可能性者[35]，DSU 第 23 条所提供之担保即不会受到影响，第 304 条规定即无违反协议规定[36]。

基于上述理由，小组乃进一步考量美国所主张之一项行政行动声明（Statement of Administrative Action），该项行政行动声明系由美国总统随同为执行乌拉圭回合谈判结果之立法所提交，经国会通过，而在该行政行动声明中包含了对 USTR 裁量权之限制，该声明表示："本声明

---

[31] "To determine whether US rights were denied."
[32] "To determine that US rights were denied."
[33] WTO Panel Report, *US-Section 301*, para 7.30.
[34] *Id.* para 7.98.
[35] 例如：更改第 304 条之法律用语，使 USTR 待 DSB 采认小组或上诉机构报告后才做出决定。
[36] WTO Panel Report, *US-Section 301*, para 7.101.

表达为了执行乌拉圭回合协议之行政行为，……为了美国国际义务及国内法，而解释及适用乌拉圭回合协议，此声明表达了主管机关之具有权威性之观点，且主管机关了解到，国会期望主管机关能遵守，并适用此声明中之解释及承诺，此外，因为此声明系在执行乌拉圭回合协议时经国会同意，此声明中对该协议之解释具有权威性。"

且主管机关在该声明中指出其对第301条至第310条之解释及其欲使用这些条款所赋予其裁量权之适用方式：

"虽然 DSU 会强化301条款之效力，但是当涉及违反乌拉圭回合协议或损害美国在该协议下所享有利益之调查时，DSU 并未要求301条款作任何重大之改变，在这样的情形下，USTR 将（1）依现行法律规定，诉诸争端解决程序；（2）以经 DSB 采认之小组或上诉机构之报告为基础，根据301条款做出美国在协议下所享有权利已遭到违反或否定之决定；（3）在小组或上诉机构报告经过采认后，给予被告合理执行报告中建议之期间；（4）如果被告无法在合理期间执行建议，则请求 DSB 授权报复。"

这份行政行动声明中，影响本案小组认定结果者，主要是第二点声明，因为此声明表示 USTR 将依该声明来执行其于301条款下所享有之裁量权，既然其承诺：将依据经 DSB 所采认之小组或上诉机构报告为基础，并依301条款做出其他会员是否违反或否定美国权利之决定，此即排除了 USTR 在美国用尽 DSU 程序前做出片面决定之可能性，因而小组认为依该声明，USTR 即不可能在 DSB 采认小组或上诉机构报告前，片面做出其他会员违反协议规定之决定，故小组认为第304条规定，因该声明而不违反 DSU 第23条第2项之规定[37]。

尽管如此，本案之重要性在于：小组事实上等于采纳欧盟见解，认为"裁量性质法律本身"有违反 WTO 规范之可能。以下简述本案小组关于本议题之创见。

1. 所谓"寒蝉效应"（chilling effect）

小组认为，依条约目的（object and purpose）来解释，WTO 协议及 DSU 第23条规定之目的，系在国内与全球创造一个有助于个人经济活动的市场条件和提供一个安全、可预见之多边贸易体系，且依 DSU 第3条第2款规定："WTO 之争端解决机制系提供多边贸易体系安全性

---

〔37〕　WTO Panel Report, *US-Section 301*, paras 7. 112～117. 113.

及可预测性之重要因素。会员咸认此制度旨在维护其于涵盖协议下之权利义务……"亦可得出 DSU 规定之目的。小组接着认为在仅涉及国家间关系之条约，而与个人行为无涉时，则国家只有在实际违反条约之行为发生时，才产生国家责任之问题；相反的，如果条约所涉利益与个人行为有关者，因法规之存在即可能对个人经济行为产生"寒蝉效应"，故仅是裁量性质立法之本身，即可能造成条约之违反[38]。小组更进一步指出，因为个人与市场亦为 WTO 所要保护之目标，故在解释会员于 DSU 第 23 条下之义务时，也应该将该法对个人与市场所造成之间接影响考虑进去，认为仅是立法本身即可能造成协议之违反，纵使该会员不一定做出片面决定亦然，故会员如授权行政机关得做出违反 WTO 协议之决定，则已（表面证据）违反 DSU 第 23 条之规定。

2. 所谓"对于多边体系的信赖"

小组认为，WTO 体制下之争端解决机制十分重要，其有效性乃WTO 成败之关键，故会员在 DSU 第 23 条下所负义务也特别沉重。因为如果个别经济个体无法信赖 WTO 之争端解决机制，则其对整个WTO 制度下之实质规范之信心将荡然无存，是以小组认为 DSU 第 23条所给予会员之保证甚至比其他实质规范重要，故会员在第 23 条所负义务系禁止会员制定任何违反该规定之（抽象）法规，纵使该法规系裁量性质者亦同[39]。

综上，本案小组先是打破了以往自 GATT 时代时即被接受、且被广泛使用之"强制/裁量"二元思考，认为裁量性质法规本身，亦可能违反WTO 规范。而小组自创独立学说，打破长年以来的实务见解之主因为："寒蝉效应"及"信赖说"。本文认为，小组之论证过程似乎欠缺说服力。

1. 小组所做出之结论无疑是增加了会员在协议下之义务。小组所称之"寒蝉效应"，其实不仅是违反第 23 条规定时才会发生，例如GATT 1947 第 3 条第 2 项规定："任一缔约国产品于输入其他缔约国时，应免除课征超过对本国生产之同类产品所直接或间接课征之内地税及任何种类之规费，各缔约国亦不得违反本条第一项规定，另对输入或本国之产品课征内地税或其他规费。"如一国法规授权主管机关得对进口产品课征较国内生产产品较高之税捐（如 1988 年美国基金法案一案），则纵使因该主管机关享有裁量权，最后课征税捐之结果可能不违

---

[38] WTO Panel Report, *US-Section 301*, para 7.81.
[39] *Id.* paras. 7.93~97.94.

反 GATT 第 3 条第 2 项规定，然对进口厂商而言，因有被课征较高税捐之可能性，故势必影响其贸易行为之决定，亦将发生小组所担心的"寒蝉效应"，故基于避免所谓"寒蝉效应"，所有 WTO 会员，从此均不宜借由裁量行政，履行 WTO 义务。

2. 小组所谓"信赖说"，在推理上亦会造成很可怕的连带影响。如小组认为第 23 条规定隐含这样的担保存在，那么其实 WTO 协议第 16 条第 4 项规定："各会员应确保其国内之法律、规章及行政程序与附件协议所规定之义务一致"及反倾销协议第 18 条第 4 项规定："各会员应于 WTO 协议对其生效以前，采取所有一般或特殊之必要步骤，以确保该国所采行之法律、规章及行政程序符合本协议之各项规定"〔40〕，依小组在本案中之法理来解释，似乎亦可以得出会员在前揭两条文中，亦承诺将使国内法律、规章及行政程序等符合协议之各项规定，且此承诺对其他会员而言亦相当重要，如此承诺被打破，将影响会员对 WTO 协议甚至 WTO 体制之"信赖"。以此类推，全世界各国与贸易相关的"裁量性质法令"，均可能违反 WTO 协议。这应非 WTO 会员所乐见。本文强烈质疑该案小组对于各国立法权限之不当干预。回归本文【图表一】所强调之"全球化"论述，经济"全球治理"概念下之各国"行政法制"已面临主权概念之侵蚀。

三、近期发展：美国 1916 年反倾销法案一案之后续发展〔41〕

（一）行政裁量权 v. 司法裁量权

"裁量性质抽象法规的 WTO 适法性"在美国 301 条款一案受到挑战后，小组对于"强制/裁量"二元思考之立场，到了 2000 年美国 1916 年反倾销法案一案中又有了重大的进展，美国在本案中败诉，并提起上诉，以下详细说明小组及上诉机构在本案中之见解，以了解"强制/裁量"二元思考在 WTO 诉讼实务之最新发展。

本案所涉者为美国 1996 年反倾销法案，其目的系为确保市场之公平竞争，该法案规定，如自国外进口之商品，其在美国国内售价低于其

---

〔40〕 "Each Member shall take all necessary steps, of a general or particular character, to ensure, no later than the date of entry into force of the WTO agreement for it, the conformity of its laws, regulation and administrative procedures with the provisions of this Agreement as they may apply for the Member in question."

〔41〕 欧共体及日本分别要求与美国针对 1916 年反倾销法案进行协商，虽然两案小组之组成成员相同，但是小组分别做出两个报告。

于本国或其他国家之售价者即属违法，亦即该法禁止价格歧视（price discrimination）行为，且该法对于此种价格歧视行为给予两种救济方式，当（1）系个人因该价格歧视行为受到损害者，该个人得提起民、刑事诉讼以为救济，或（2）美国司法机关得提起刑事之告发。

欧共体[42]及日本[43]认为该法案本身违反协议规定，因为该法案所规定之两种救济方式并非 GATT 1947 第 6 条及反倾销协议所允许之程序，因为 GATT 1947 第 6 条及反倾销协议仅允许会员以课征反倾销税之方式为救济。对于欧共体与日本之主张，美国主张因为：（1）不论在民事或刑事程序，美国法院在过去已解释或在未来得将该法案解释成与美国在协议规定下之义务相符[44]，则本案与美国烟草[45]一案相同[46]，当某法规可以解释成与协议规定相符时，即属裁量性法规[47]；且（2）该法案授权予司法机关，使其有裁量权决定是否发动刑事告发程序，故该法案为裁量性法规，依"强制/裁量"二元思考，会员不得直接主张该法案本身违反 WTO 规范[48]。

欧盟反驳，"强制/裁量"二元思考原则仅适用在赋予行政机关裁量权之情形，并不包括赋予司法机关裁量权之情形，而本案所涉法案系属后者之，故并"强制/裁量"原则之适用[49]；且在认定是否有补贴或倾

---

〔42〕 WTO Panel Report，*United States-Anti-Dumping Act of 1916*（US-1916 Act, the EC Panel Report），WT/DS136/R，circulated 31 Mar. 2000.

〔43〕 WTO Panel Report，*United States-Anti-Dumping Act of 1916*（US-1916 Act, the Japan Panel Report），WT/DS162/R，circulated 19 Mar. 2000.

〔44〕 "... with respect to both civil and criminal proceedings, US courts have interpreted in the past and/or could in the future interpret the 1916 Act in a manner consistent with the WTO obligations of the United States."

〔45〕 GATT Panel Report，*United States-Measures Affecting the Importation*，*Internal Sale and Use of Tobacco*，adopted 4 Oct. 1994, GATT B. I. S. D.（41st Supp.）（1994）.

〔46〕 在美国烟草一案，所涉及之措施系针对烟草课征检查规费，该法案要求对进口烟草所征之检查规费必须与对国内烟草所课征者相当（be comparable），然而因当时国内烟草之检查成本（cost）较进口烟草为高，故被认为其课征之规费数额超过提供服务之成本，违反 GATT 1947 第 8 条第 1 项（a）规定。本案关于强制性/裁量性原则之争点在于，该法案所使用之相当（be comparable）字眼是否赋予行政机关裁量权，小组认为相当之字眼包含许多意义，亦包含与 GATT 第 8 条第 1 项（a）之意义，该法案并未强制行政机关实施违反 GATT 第 8 条第 1 项（a）之措施，故小组认为该法案为裁量性法规，该法案之本身不会构成协议之违反。

〔47〕 WTO Panel Report，*US-1916 Act*，the ECPanel Report，para 3. 48.

〔48〕 WTO Panel Report，*US-1916 Act*，the EC Panel Report，para 6. 82；WTO Panel Report，US-1916 Act，the Japan Panel Report，para 6. 95.

〔49〕 *Id*. the EC Panel Report，para 6. 82.

销情事发生而展开之调查，主管机关所享有是否展开调查之裁量权，并不使该法规成为非强制性[50]。

日本则认为依反倾销协议第 18 条第 4 项："各会员应于 WTO 协议对该国生效以前，采取所有一般或特殊步骤，使该国之法律、规章及行政程序确实符合本协议适用于该会员之各项规定"及 WTO 协议第 16 条第 4 项："各会员应确保其国内之法律、规章及行政程序与附件协议所规定之义务一致"，均要求会员必须确保其国内法规与协议规定相一致[51]。换言之，日本认为 1916 年反倾销法案违反前揭规定。

本案美国败诉后上诉，上诉机构肯认自 GATT 时代以来建立之"强制/裁量"二元思考，并认为该原则系适用在授权予行政机关（executive branch）之情形[52]，重申"强制/裁量"原则不及于授权予司法机关之情形[53]，因此驳回美国之主张[54]。

（二）上诉机构规避响应美国 301 条款案小组"创见"

然而，因为上诉机构认为该法案并非裁量性（行政）法规，故毋庸解释反倾销协议第 18 条第 4 项之意涵[55]。此乃本议题实务发展的一大

---

[50] Id. the EC Panel Report, para 6. 91. 之前在欧共体录音带反倾销税一案中（GATT Panel Report, *EC-Anti-Dumping Duties on Audio Tapes in Cassettes Originating in Japan*, not adopted, GATT A. D. P. （1995）即有类似情形，该案小组认为在反倾销案件中，主管机关本来即享有裁量权决定是否展开调查，故授权决定是否展开调查程序并不当然使该法规变成裁量性法规。

[51] WTO Panel Report, *US-1916 Act*, paras 6. 105～106. 106.

[52] Appellate Body Report, *United States-Anti-Dumping Act of 1916*（US-1916 Act, Appellate Body Report），WT/DS136/AB/R，WT/DS162/AB/R，circulated 28 Aug. 2000, para. 89. "The relevant discretion, for purposes of distinguishing between mandatory and discretionary legislation, is a discretion vested in the *executive branch* of government."

[53] Id. para. 100.

[54] 因为强制性/裁量性原则之建立，其原因在于尊重会员立法之独立性，使其得授权行政机关依不同情形为实施不同措施。

[55] Appellate Body Report, US-1916 Act, Appellate Body Report, para 99. "We note that answering the question of the continuing relevance of the distinction between mandatory and discretionary legislation for claims brought under the *Anti-Dumping Agreement* would have no impact upon the outcome of these appeals, because the 1916 Act is clearly not discretionary legislation, as that term has been understood for purposes of distinguishing between mandatory and discretionary legislation. Therefore, we do not find it necessary to consider, in these cases, whether Article 18. 4, or any other provision of the *Anti-Dumping Agreement*, has supplanted or modified the distinction between mandatory and discretionary legislation. For the same reasons, the Panel did not, in the Japan Panel Report, need to opine on this issue."

遗憾！如果上诉机构能针对该条正面分析，等于必须明确处理传统见解与美国 301 条款案小组创见之差异。易言之，究竟反倾销协议第 18 条第 4 项所谓 "……法律、规章及行政程序确实符合本协议各项规定"，意指 "适用该国内（抽象）法律及行政命令之所有可能（具体）结果均符合'反倾销协议'"，还是指，"适用该国内（抽象）法律及行政命令之（具体）结果并不必然违反'反倾销协议'"？可惜上诉机构规避此问题，仅在上诉机构报告之批注中，提及美国 301 条款案之新见解，但并无针对该等见解有任何评论。

综上所述，本案上诉机构避开此问题，因此我们无从得知上诉机构对该问题之解释。但至少我们可以确定的是，上诉机构肯认传统 "强制/裁量" 二元思考之存在，且并无直接否定美国 301 条款案小组之突破性见解。此对后续案件有相当重大之影响，自美国 1996 年反倾销法案一案后，截至 2003 年 9 月 1 日为止，共有 10 个案子[56] 引用该案上诉机构关于 "强制/裁量" 二元思考之见解。然而，上诉机构规避响应美国 301 条款案小组 "创见"，使本议题处于不确定状态。惟一的结论是：传统 "强制/裁量" 二元思考，在 WTO 实务仍然有其意义。但究竟 "裁量性质法规本身" 的定位如何，目前处于相当不确定的状态。

---

〔56〕 WTO Panel Report, *United States-Anti-Dumping Measures on Certain Hot-Rolled Steel Products*, WT/DS184/R, circulated 28 Feb. 2001；WTO Panel Report, *United States-Measures Treating Exports Restraints as Subsidies*, WT/DS194/R, circulated 29 June 2001；WTO Panel Report, Brazil-*Export Financing Programme for Aircraft*, WT/DS46/RW/2, circulated 26 July 2001；WTO Panel Report, *United States-Section 211 Omnibus Appropriations Act of 1998*, WT/DS176/R, circulated 6 Aug. 2001；WTO Appellate Body Report, WT/DS176/AB/R, circulated 2 Feb. 2002；WTO Panel Report, *Canada-Export Credits and Loan Guarantee for Regional Aircraft*, WT/DS222/R, circulated 28 June 2002；WTO Panel Report, *United States-Anti-Dumping and Countervailing Measures on Steel Plate from India*, WT/DS206/R, circulated 28 June 2002；WTO Panel Report, *United States-Section 129（c）（1）of the Uruguay Round Agreement Act*, WT/DS221/R, circulated 15 July 2002；WTO Panel Report, *United States-Preliminary Determinations with respect to Certain Softwood Lumber*, WT/DS236/R, circulated 27 Sep. 2002；WTO Panel Report, *United States-Countervailing Measures Concerning Certain Products from the EC*, WT/ DS212/R, circulated 31 July 2002；WTO Panel Report, *United States-Sunset Review of Anti-Dumping Duties on Corrosion-Resistant Carbon Steel Flat Products from Japan*, WT/DS244/R, circulated 14 Aug. 2003.

肆、"强制/裁量"措施与国际义务之衔接

一、案件成熟度理论在 DSU 之适用

William Davey 教授认为,就各国国内政治面向而论,WTO 不应干涉会员国在内国抽象措施层次"保留违反 WTO 规范"之可能性。依据 Davey 教授之见解,在类似于《六法全书》之成文法典内置入不完全符合 WTO 义务之法条,有其"政治上之必要性"[57]。盖依据案件成熟度(ripeness)理论,此类抽象措施在裁量权行使之前,尚未"成熟",而非如强制性质立法般,有其存在本身之违法确定性[58]。

本文同意前述看法,并认为在不过分妥协"法律安定性与可预测性"之原则下,会员对于 WTO 积极义务之履行,应不以强制性质之立法为限。对于消极义务之履行,亦不应过度强调裁量性质立法本身所造成之"风险"。

本文认为,强制性质与裁量性质之立法,属一国主权范围下所得自由选择之方式。WTO 介入会员国内国立法方式之趋势,应被质疑。任何贸易争端中系争措施之 WTO 合法性,倘涉及裁量行政,应以最后结果为据,而不应将焦点置于尚未被具体适用之抽象措施。

二、WTO 会员 DSU 谈判关于"裁量行政"之提案

目前进行中之 DSU 检讨特别会期,乃 1994 年部长会议时,会员原拟定于 1999 年 7 月之前完成之争端解决机制检讨工作。然此谈判工作因西雅图会议之挫败而无法具体化[59]。由于会员无法在该期限内达成共识,遂于多哈会议中决议,将有关争端解决之谈判期限延至 2003 年

---

〔57〕 Davey 教授认为 " indeed, one can imagine cases where a Member believes that it is politically necessary for it to have certain measures on the statute books, that may be of questionable WTO-consistency, but not politically necessary for that Member to take action under such measures. "

〔58〕 William Davey, *Has the WTO Dispute Settlement System Exceeded its Authority?* 4(1)JIEL 79~110 (2001).

〔59〕 Proposed Amendment of The Dispute Settlement Understanding, WTO Doc WT/Min (99) /9, 22 Nov. 1999.

5 月[60]，然而，该期限之后又历经多次延展，以至目前相关提案及主席版文件已涵盖诸多议题。其中，日本关于"强制规范/裁量规范"之提案值得重视。如【图表三】所示，日本建议 DSU 第 22 条补偿及暂停减让等规范，应将"强制/裁量"区分概念加入，以区隔二者"造成WTO 涵盖协议义务之违反"之不同效果。此建议虽不一定有机会在DSU 谈判中被重视，但本文认为，DSU 终究要面对内国"强制/裁量"措施与国际义务之违反议题。

【图表三】　　日本 DSU 谈判提案说明："强制/裁量"在 DSU 之区分

会员	原条文背景说明	具体修正建议
日本 (01/22/2003)	第 19 条小组及上诉机构之建议： 若小组或上诉机构认定某一措施不符合某一涵盖协议之规定时，应建议该相关会员使其措施符合协议之规定。除上述建议外，小组或上诉机构一并得向相关会员提出执行此建议之方法。	增加批注： 倘被控诉国违反 WTO 涵盖协议之措施为"裁量性规范"时，小组或上诉机构应建议该败诉国会员采取必要措施，以避免该国在行政裁量权之行使下，再度造成WTO 涵盖协议义务之违反。
	第 22 条补偿及暂停减让： DSB 所授权减让或其他义务暂停之程度，应与受剥夺或损害之程度相当。	增加批注： 倘被控诉国违反 WTO 涵盖协议之措施为强制性规范[61]，所谓"应与受剥夺或损害之程度相当"之估算，不应限于目前已造成之剥夺或损害，而应涵盖未来该败诉国在完全履行 DSB 建议或裁决之前，所可能再次发生之 WTO 义务之违反所造成的剥夺或损害。

───────────────

〔60〕　早在 1994 年之 Marrakesh 部长会议中，即已指示 DSU 之检讨应于 WTO 成立后四年内展开。罗昌发，WTO 下之"Doha 发展议程"与台湾之参与，杨光华主编，台湾 WTO 新纪元——贸易之开放与防卫，元照，2002 年，216 页。

〔61〕　当特定构成要件事实存在时，该国行政机关即应为特定法律效果之法律规范。（无行政裁量之空间）

日本曾陆续于 2002 年 10 月 28 日、2003 年 1 月 22 日提案[62]。相关内容为：

（一）建议于 DSU 第 19 条："若小组或上诉机构认定某一措施不符合某一涵盖协议之规定时，应建议该相关会员使其措施符合协议之规定。除上述建议外，小组或上诉机构一并得向相关会员提出执行此建议之方法"增加批注，规定：倘被控诉国违反 WTO 涵盖协议之措施为"裁量性规范"时，小组或上诉机构应建议该败诉国会员采取必要措施，以避免该国在行政裁量权之行使下，再度造成 WTO 涵盖协议义务之违反。

（二）建议于 DSU 第 22 条："DSB 所授权减让或其他义务暂停之程度，应与受剥夺或损害之程度相当"规定下增加批注：倘被控诉国违反 WTO 涵盖协议之措施为强制性规范，所谓"应与受剥夺或损害之程度相当"之估算，不应限于目前已造成之剥夺或损害，而应涵盖未来该败诉国在完全履行 DSB 建议或裁决之前，所可能再次发生之 WTO 义务之违反所造成的剥夺或损害。

（三）此外，日本提案，为了避免会员在裁量性法规下，重复实施与 WTO 规定不一致之措施，并避免产生"打带跑"之情形，日本建议：倘被控诉国某系争裁量性质法规，有极高之重复实施、违反 WTO 规范之可能性，即不得有"强制/裁量"原则之适用。

（四）日本亦建议，应由被控诉国负担举证责任，证明系争裁量性质法规符合 WTO 规范。而非由控诉国证明系争裁量性质法规违反 WTO 规范。先推定该措施违反义务，再由被控诉国反证。如此，对被控诉国而言，尚不至于造成权利之侵害，且可借由举证责任之转换，减轻控诉国之举证责任，或许稍可"平衡"控诉国之诉讼困难度。

本文认为，日本提案值得重视，或许是介于"传统原则"与"美国 301 条款案小组创见"之间，一个可行、折中之方式，不失为"尊重会员国内自治立法权"但又能顾及所谓"裁量性法规可能带来之寒蝉效应"的一个均衡点。

---

〔62〕　WTO Doc. TN/DS/W/22. (28 Oct. 2002).

伍、结语：WTO 架构下"裁量性质法规/强制性质法规"二元思考之未来及台湾所应持之立场

传统"强制/裁量"二元思考原则自 GATT 时代建立以来，虽然在美国 301 条款一案中受到挑战，但本文认为美国 301 条款案似尚不足以动摇建立已久之传统原则。然而，由于后续之美国 1916 年反倾销法案一案中，上诉机构并无针对美国 301 条款案背离传统见解的部分正面响应，故此议题仍有待观察未来 WTO 实务发展。

然而，诚如美国 301 条款案中小组所关切的，在某些情况下，裁量性法规所带来之"寒蝉效应"，其对贸易行为之影响其实并不亚于强制性法规所带来者。不可否认地，尊重国家立法自治权固然重要，而避免会员滥用裁量性法规破坏贸易自由化原则，以求多边贸易体制之健全发展，确保贸易自由化目标之达成，亦是不可忽视的。如何在此两相矛盾之目标下寻求解决方案，实为困难议题。故尽管本文强烈反对美国 301 条款案对于会员立法权之干预，但仍认为美国 301 条款案是一个省思"强制/裁量"原则之契机，或许可以如日本所提案者，借由修改 DSU 或解释 WTO 协议第 16 条第 4 项规定等方式，寻找前述问题的平衡点。

本文以"裁量行政"为主轴，讨论 WTO 义务之履行问题。首先，本文以全球治理导出各国行政法制所面临之挑战。与乌拉圭回合谈判平行同步进行者，乃各国政府之行政法制革新。全球化对于各国行政法制之最大冲击，乃在于各国行政机关之实质决策权，已被大幅削弱。WTO 为各国经贸规范全球化之核心机制，以整合方式加速世界经济之相互依赖关系。

观察 WTO 争端案，WTO 协议第 16 条所谓"会员应确保其国内法律、规章及行政程序，符合本协议附件规定下之义务"，似应被解释为"适用该会员国内国法律及行政命令之结果并不必然违反 WTO 规范"。鉴于台湾地区经贸法制仍有诸多措施倚赖行政机关裁量权之行使，宜参考相关 WTO 争端案例，以确保已完全履行台湾地区在 WTO 下之义务。

然本文认为，强制性质与裁量性质之立法，属一国主权范围下所

得自由选择之方式。WTO 介入会员国内立法方式之趋势，应被质疑。经济"全球治理"概念下，各国"行政法制"已面临主权概念之侵蚀。WTO 不应过度干预各国立法权限，亦不得实质影响各国裁量行政的实践。任何贸易争端中系争措施之 WTO 合法性，倘涉及裁量行政，应以最后结果为据，而不应将焦点置于尚未被具体适用之抽象法规。

WTO之自由贸易规范在产品安全议题之运用、争议与限制

牛惠之　台湾清华大学科技法律研究所助理教授

目次

壹、前 言

世界贸易组织（World Trade Organization，WTO）所表彰的贸易自由化（trade liberation），虽然可以为全体人类谋求物质与商业利益上之福祉；但商品之自由流通，仍可能因为公平或不公平之竞争关系，在市场机制或人为介入因素之影响下，使得某些位于相对竞争劣势之产业遭到淘汰，并损及一国之经贸利益。对于公平竞争所致之淘汰结果，在大部分情况下为自由贸易所容许的[1]；然而，对于一国为保护自身产业之竞争利益而制定之不公平贸易措施，却可能扭曲市场之竞争关系与公平性，而损及自由贸易之宗旨。故如何消弭不公平之贸易保护措施，以确保贸易活动之公平性与货物之自由流通，向来为 WTO 与其前身关税暨贸易总协议（General Agreement on Tariffs and Trade，GATT）所致力推动之目标。

另一方面，随着贸易活动之日趋活络，产品安全（product safety）也逐渐成为各国在管理货物进口时之一项重要关切。自外国输入产品，可能因为具有设计、材质、成分或携带病菌等安全问题，而在输入或使用之后，危及进口国之人民健康或环境生态。因此，在 WTO 之自由贸易规范中，也发展出一些针对产品安全性进行管理之规定，以维护会员境内之安全。尽管如此，基于全球贸易自由化之理念，WTO 在提供会员产品安全之管理空间时，仍加上了不得损及贸易公平性之相关规定；故纵使会员得以透过贸易措施管理产品安全问题，这类措施之制定与实施，仍非毫无限制。

就会员自身利益观之，当其欲制定一项贸易措施以限制或规范一项产品之进出口贸易活动时，除了考虑关税收入外，通常以贸易竞争与对于产品安全的风险管理为主要原因。然而，当会员要制定以安全管理为

---

〔1〕 例外的情况如因承受 WTO 之相关义务而使得国内生产之同类产品或具有直接竞争关系之产品之制造商造成严重损害或有严重损害之虞时，所得采取之防卫措施。参见 "防卫协议"（Agreement on Safeguards）第 2 条；GATT 1994 第 19.1 条，以及对发展中国家之特别待遇，如 GATT 第 4 部分，Marrakesh Agreement Establishing the World Trade Organization（下称 "WTO Agreement"），前言第 2 段，以及其他散见于 WTO 协议之规定；参见林彩瑜，开发中国家与 WTO "特殊及差别待遇条款"，台大法学论丛，31 卷 1 期，2002 年 1 月，289～336 页。

目的之限制措施时，往往可能会遭遇两种问题：

（一）当这类措施具有贸易限制之效果，而可能使其他会员之贸易利益受到损害时，极易引发这类措施是否果真为对于产品之安全性进行必要之管理，或在实质上隐含贸易保护效果之争议。

（二）在 WTO 自由贸易原则的主导之下，WTO 相关协议所授权会员制定之安全管理措施，在相关贸易条款的限制下，是否真能有效地管理产品的安全性，不无疑义。

就此，本文试图透过 WTO 之自由贸易规范运用于处理产品安全议题之争议进行初步探讨，由于相关问题十分复杂与多元，无法以有限之篇幅逐一深入处理，故本文之定位为议题介绍与分析性质。首先，本文将经由扼要介绍 WTO 与其前身 GATT 之发展背景与过程，以呈现自由贸易规范之特质与涉及安全管理之规范内涵；其次，本文将借由贸易利益与贸易竞争关系之国际现实，检视会员制定贸易措施之动机与在 WTO 自由贸易体系下之争议；第三部分则转而探讨在自由贸易之主轴下，WTO 授权会员采取的措施对于产品安全之管理的实质效益与可能的限制效果。

贰、WTO 贸易规范之主要宗旨与议题范围

不论是 WTO 或是 GATT 都以提高生活水准，确保充分就业以及确保实际收入与有效需求之巨额且稳定之成长、促进世界资源之充分利用及增加货品之生产与交易等贸易与经济目的为其致力之宗旨[2]。为达此目的，WTO 协议前言第三段更明白指出，会员间应订定互惠与互利之协议，以降低关税及其他贸易障碍，以及消弭国际贸易关系中之歧视待遇。欲了解 WTO 相关规定之实质内涵，单是探究或分析这些规定之文字，并不足以窥得全貌，惟有从 GATT 之发展背景谈起，才能对于自由贸易之理念在 WTO 相关规范之意义，有比较深入之了解。

一、从贸易保护主义到自由贸易与公平贸易

WTO 之相关规定，虽然较 GATT 更为细致，但其核心理念，仍不

〔2〕综合参照 GATT 前言第 2 段，WTO Agreement 前言第 1 段前半。

出 GATT 关于全球贸易自由化的追求。而自由贸易的理念之所以成为 GATT 之核心价值，需要回溯到 GATT 成立之前的高关税壁垒与经济大恐慌时代。第一次世界大战之后，国际之间盛行以高关税壁垒政策所发展出之贸易保护主义；此种行为，严重影响了当时的国际经贸发展环境。例如，1930 年美国之 Smoot-Hawley 关税法案将美国之关税提升至有史以来之最高点，因而引发为数不少的国家调高关税与数量限制，以作为报复，并因而使得全球贸易量暴跌。纵使部分工业化国家能成功地借由贸易保护措施，使得国内产业逐渐发展与具有市场竞争力，但因其国内市场毕竟有限，并不足以提供其产业生存所需之市场，而面临了生产过剩的问题。因此，积极向外拓展市场遂成为势在必行的解决之道。

然而，这些运用高关税壁垒政策减损外国货物之价格竞争力，而成功保护国内产业之国家，在其生产过剩产品欲寻求国外市场之际，却发现当初所采用的贸易保护措施，竟成为其国内产业向外发展的最大阻力。即当这些国家将外来货物以高关税挡于国门之外，以扶植并健壮其国内产业之际，其出口货物也被别国以同样的高关税壁垒而丧失商机。面临这种始料未及的结果，工业化国家因而提出只有透过全球贸易之自由化，经由国际协力消除贸易壁垒与政府介入行为，才能使得货物在国际之间自由流通，并达到最有效率之生产利益与最大的全球福祉。

不同于贸易保护主义，可由单一国家的贸易政策所主导，自由贸易政策的落实，需要所有贸易从事国的通力合作。故由国际组织以统筹主导此一政策，并透过法规之制定，才能确保各国之遵守与贸易自由化的落实。因此，由国际主要国家共同召开的"不列登森林会议"（the Bretton Woods Conference）[3] 所产生之 GATT 的主要设计与运作重点，皆为透过多边贸易谈判、最惠国待遇与国民待遇等原则的运用而逐步调降各国的关税，以消除关税壁垒而达到自由贸易的目的[4]。尽管如此，GATT 并非对于所有的贸易行为做全盘性之规范，而只处理与

---

〔3〕 GATT 系为"不列登森林会议"之产物。关于 GATT 之成立与发展，参见 John H. Jackson, The World Trade System 31～43（Massachusetts Institute of Technology 2nd ed, 1997）；罗昌发，国际贸易法，元照，2000 年 9 月，3～6 页。

〔4〕 如 1947 年"日内瓦回合谈判"、1949 年"阿尼西回合谈判"、1950 年至 1951 年"多奎回合谈判"、1956 年"日内瓦回合谈判"与 1960 年至 1962 年"狄伦回合谈判"等之谈判重点皆为关税减让议题。

贸易限制措施相关之经贸议题；故其规范之对象以政府之贸易措施为主，并借着减少贸易措施之运用以追求贸易之全面自由化。此外，经由减少贸易限制措施以降低政治摩擦与冲突可谓是 GATT 之一项未明示之目标；当各个贸易国一味地设置贸易障碍时，将造成国际贸易之扭曲，并招致报复行为而损及全球的经贸福祉。反观消弭贸易障碍，却可导致国际经济关系之相互依赖性与经济的整合，并进而促进全球性之政治合作〔5〕。

随着关税的逐渐降低，各国为持续保护国内产业发展与生存空间，便转而透过非关税贸易措施之设置，以达到贸易保护之目的。因此，GATT 的缔约国在 1964 年到 1967 年的"肯尼迪回合谈判"所研议之重点，遂开始由关税减让延伸到倾销等非关税贸易障碍。在 20 世纪 70 年代之后的 GATT，如"东京回合谈判"（1973—1979）之主要谈判议题，则以消弭非关税贸易障碍如数量限制、补贴、倾销等贸易措施，以达到公平贸易（fair trade）为主〔6〕。这种情形，一直延续到今日的 WTO。

二、WTO 之议题范围与贸易协议

WTO 之成立，一方面秉持 GATT 所建立之核心价值，致力于贸易之自由化与公平性。其主要手段在于透过国际合作、多边贸易协商、贸易争端之公平解决，以移除或消弭贸易障碍〔7〕，建立全球性自由贸易体系；并将其涵盖的协议区分为对所有会员皆有拘束力的多边贸易协议（Multilateral Trade Agreements）〔8〕，例如"服务业贸易总协议"（General Agreement on Trade in Services，下称"GATS 协议"），与只拘束签署会员之复边贸易协议（Plurilateral Trade Agreements）〔9〕，如"政府采购协议"（Agreement on Government Procurement）。另一方面，WTO 所管辖议题之范围，由传统产品（货物）延伸到智能财产权、服务业等相关于贸易之行为，故全球约 95％之贸易行为因而受到 WTO 所规范。

---

〔5〕 Jeffrey L. *Dunoff*, *Resolving Trade-Environment Conflicts：The Case for Trading Institutions*, 27 Cornell International Law Journal 607, 610 (1994).

〔6〕 Jackson, *supra* note 3, at 142.

〔7〕 WTO Agreement 前言第 4 段。

〔8〕 WTO Agreement 第 2.2 条。

〔9〕 同上注，第 2.3 条。

多边贸易协议之功能，除了扩大 WTO 管辖议题之范围外，也在于强化贸易公平措施之规范；例如"补贴暨平衡措施协议"（Agreement on Subsidies and Countervailing Measures，下称"SCM 协议"）将补贴之类型加以区分，并分别课以不同之管理规范[10]。"技术性贸易障碍协议"（Agreement on Technical Barriers to Trade，下称"TBT 协议"）之中，求会员依据既存之相关国际标准作为技术法规之依据，以降低贸易争议与相关措施被恣意施用之不公平贸易行为[11]；并要求会员确保技术性法规与标准，以及符合技术性法规与标准之符合性评估程序，对国际贸易不会造成不必要之障碍[12]。而在"与贸易有关之智能财产权协议"（Agreement on Trade-Related Aspects of Intellectual Property Protection，下称"TRIPs 协议"）中，则以"减少国际贸易之扭曲与障碍，顾及对智能财产权之有效及适当保护之必要性，并确保执行智能财产权之措施及程序，使之不成为合法贸易之障碍"为主要目的[13]。

三、WTO 下涉及安全议题之规范

关于进口产品之安全管理，已为目前国际间之新兴议题之一[14]。就本文之目的而言，产品安全议题系指，一项产品经由贸易活动而输入或过境会员境内，而因为其在使用材料、组成或设计上之产品特性，以及一项原本为安全之产品，因为生产、运输过程受到污染或携带病菌，并输入活动、使用或弃置行为，引发输入国之人身安全或环境问题。这些安全问题，包括因为使用该项产品，所直接或间接造成之人类或动植物健康或生命上之危害，以及因为产品所携带之有害因子自动散布而造成健康、安全甚至环境之冲击；前者如香烟与石棉产品之致癌性、食品之荷尔蒙与农药残留以及添加物等；后者则如农畜产品携带与散布传染性疾病之可能性、外来入侵种与基因产造产品（genetically modified

---

〔10〕 SCM 协议第 3～9 条。

〔11〕 TBT 协议第 2.4 条。

〔12〕 同注 7，前言第 5 段。

〔13〕 TRIPs 协议前言第 1 段。

〔14〕 如欧盟关于管理由化学物质所制造之产品的安全性，而要求化学物质需先向欧盟注册，并经过安全评估授权之后，才能用以制造成输入欧盟境内之产品的新化学品政策 REACH 草案，以及基于安全管理而对生技产品之审查、追踪与标示要求。参见 G/TBT/W/208，G/TBT/N/EEC/52 and Add.1 & G/TBT/N/EEC/6-7 and Add.1-3，G/TBT/N/EEC/53 and Add.1.

organisms，GMO）等散布于环境所引发之争议。

然而，在 GATT 之条文中，除了"生命与健康"之外，不论是"产品安全"或"环境保护"等文字，或是贸易规范与产品安全之关联性皆未出现；故可知，在一味强调自由贸易之 20 世纪 40 年代，产品安全议题并非贸易体系下之所欲处理之主要议题。虽然在 GATT 第 20 条（b）与（g）有关于"维护人类、动物或植物生命或健康所必要者"、"关于保存可能枯竭之自然资源者"之例外规定，但这些规定在运用之际，仍需确保"这些措施之实施必须符合不被运用于对具有相同条件之国家间构成专断或不正当之歧视方式，或对于国际贸易之变相限制之要求"[15]。事实上，在 GATT 近 50 年的实践过程中，GATT 第 20 条（b）与（g）并无被成功引用之经验。故在大部分的情况下，涉及贸易管制之安全或环境保护措施，多半被视为是非关税贸易障碍之一种类型[16]。

尽管如此，因为 20 世纪 80 年代到 90 年代的涉及环境保护争端案例对 GATT 产生之冲击，特别是当争端解决小组报告对美国限制进口鲔鱼案（下称"鲔鱼·海豚案一"）[17]作出之后，引发了环境保护提倡者一连串之激烈反应与批评[18]，使得"乌拉圭回合多边贸易谈判"不得不审慎于环境与安全议题与贸易之关联性；因此，WTO 协议之前言，便技巧性地将对于环境的关切纳入，并要求会员将世界资源依照永续发展之目的，作最适当之运用，以寻求维护与保育环境，并借提高保护之方法，以符合不同经济发展程度者之需求与关切[19]。

另一方面，国际间以保护人类健康或动植物防疫检疫为名之措施在 1960 年到 1990 年之间，有明显的增加，例如"乌拉圭回合谈判"展开

---

〔15〕 GATT Agreement 第 20 条前言。

〔16〕 相关案例与论述，参见笔者，由涉及环境议题之 GATT/WTO 争端解决小组报告论相关于环境之片面贸易措施之适用范围与限制，经社法制论丛，23 期，1999 年 1 月，163～198 页。

〔17〕 GATT BISD，39th Supp. 155（1993）；30 I. L. M. 1594（1991）。

〔18〕 John H. Jackson，*Greening the GATT：Trade Rules and Environment Policy*，*in Trade* and The Environment：The Search for Balance I 39～51（James Cameron et al eds.，1994）；J. McDonald，*Greening the GATT：Harmonizing Free Trade and Environmental Protection in the New World Order*，23 Environmental Law 397，397～474（1993）。

〔19〕 WTO 协议前言第 1 段后半部分。

之际，由美国出口的产品在国际之间受到的非关税贸易障碍已高达90%[20]。因此，WTO 之多边贸易体系之中，新增加了"食品卫生检验与动植物检疫措施协议"（Agreement on the Application of Sanitary and Phytosanitary Measures，下称"SPS 协议"），以在肯定各会员为保护人类、动物或植物的生命或健康之权利同时，要求会员关于此等措施之实施，不得对处于相同条件下之会员间构成恣意或无理的歧视，或对国际贸易形成隐藏性的限制[21]。在与 SPS 协议密切相关的 TBT 协议之中，亦有相当多之规定将健康与安全议题纳入考量[22]，并强调在不致构成恣意或无理歧视之手段，或成为国际贸易之隐藏性限制之情况下，TBT 协议将不限制任何国家在其认为适当之程度内，采取必要措施以保护人类、动物、植物之生命或健康或环境[23]。虽然 SPS 协议或 TBT 协议都将健康与安全议题纳入处理，但这些规范之涉及逻辑，仍与 GATT 1994 第 20 条如出一辙；也就是会员虽然可以根据健康与安全等理由制定具有贸易限制性的措施，这些措施仍需符合不被运用于对具有相同条件之国家间构成专断或不正当之歧视方式，或对于国际贸易之变相限制之要求，以降低对贸易之负面效果，并维护对于自由贸易之追求[24]。

　　除此之外，在 TRIPs 协议的第 8 条中，将保护公共卫生之概念纳入，其规定为："会员于订定或修改其国内法律及规则时，为保护公共卫生及营养，并促进对社会经济及技术发展特别重要产业之公共利益，得采行符合本协议规定之必要措施。"而在关于专利的保护客体中，规定："会员得基于保护公共秩序或道德之必要，而禁止某类发明之商业性利用而不给予专利，其公共秩序或道德包括保护人类、动物、植物生命或健康或避免对环境的严重破坏[25]。"TRIPs 协议更因与公共卫生议题中艾滋病药品专利问题，而成为国际焦点议题。2001 年"多哈部长

〔20〕　David G. Victor, *The Sanitary and Phytosanitary Agreement of the World Trade Organization：An Assessment After Five Years*, 32 N. Y. U. J. IntL & Pol. 865, 874 (2000).

〔21〕　SPS 协议前言第 1 段。

〔22〕　例如，TBT 协议第 2.2, 2.10, 5.4, 5.7 条等。

〔23〕　同上注，前言第 6 段。

〔24〕　GATT 1994 第 20 条前言，SPS 协议前言第 1 段、第 2.3, 5.4～5.6 条，TBT 协议前言第 5, 6 段、第 2.1～2.3 条。

〔25〕　TRIPs 协议第 27.2 条。

宣言"（Doha Ministerial Declaration）[26] 便作成"TRIPs 协议与公共卫生宣言"（Declaration on the TRIPs Agreement and Public Health）[27]，以处理此一问题。2003 年之"执行公共卫生宣言第六段决议"（Implementation of Paragraph 6 of the Declaration on the TRIPs Agreement and Public Health）[28]，更进一步对相关规定之运用进行阐释[29]。

鉴于 WTO 之自由贸易规范已不能完全自外于安全与健康等议题，WTO 之秘书处更于 2002 年与世界卫生组织（World Health Organization，WHO）针对跨领域之公共卫生议题进行研究，并作成"WTO Agreements & Public Health—A Joint Study by the WHO and the WTO Secretariat"报告书[30]，其中涉及的议题包括与贸易活动相关之传染病防治、食品安全（food safety）、烟害控制、环境议题、药品与疫苗之取得、医疗与卫生服务、粮食保障（food security）与营养，以及基因改造产品等新兴议题。

四、小结

在 WTO 的发展过程中，其关切的议题除了贸易的自由化与公平性之外，已逐渐因应国际之潮流与会员之需求，而关切涉及产品安全、健康与环保与公共卫生等议题。这些议题与产品安全管理之间虽然未必都具有直接的关联性，但却可说明 WTO 对于公共卫生以及产品安全相关

---

[26] Ministerial Declaration，WT/MIN（01）/DEC/1，adopted on 14 Nov. 2001.

[27] WTO Ministerial Conference，Declaration on the TRIPS Agreement and Public Health，WT/WIN（01）/DEC/W/2，14 Nov. 2001.

[28] WT/L540，30 Aug. 2003.

[29] 相关国内外文献，参见 Frederic Abbott，*The Doha Declaration on the TRIPS Agreement and Public Health：Lighting a Dark Corner at the WTO*，5（2）Journal of International Economic Law 469，490（2002）；Carmen Otero Garcia Castrillón，*An Approach to the WTO Ministerial Declaration on TRIPS Agreement and Public Health*，5（1）Journal of International Economic Law 212，218~219（2002）；徐挥彦，与贸易有关之智能财产权协议下有关药品专利与健康权问题之研究，杨光华主编，WTO 新议题与新挑战，元照，2002 年，367~444 页；杨一晴，论 WTO 对于公共卫生议题在国际法之发展与实践，东吴大学硕士论文，2004 年 7 月，63~101 页。

[30] WTO Agreements & Public Health—A Joint Study by the WHO and the WTO Secretariat，World Trade Organization/World Health Organization，2002（下称"WTO Agreements & Public Health"）. Available on http：//www. who. int/media/homepage/en/who _ wto _ e. pdf.

议题之关切，已在逐渐发展之中。

叁、会员之运用贸易措施处理产品安全之策略与争议

透过国际合作与多边咨商以维护与促进全球之贸易自由化向来为WTO所致力达成之主要目标之一。当这样一个国际合作以增进共同福祉之诉求，遇到以国家利益为本位思考之贸易措施时，总不免有所冲突。各个国家为了分享国际市场与其他政治经济等长远的利益，通常愿意以顺应国际趋势、谋求人类福祉等为理由，忍痛调整其国内产业之发展体制与相关措施，以晋身于 WTO 会员之列。

然而，就现实面观之，当国家进入 WTO 舞台之后，并不意味着国家当真同意自由贸易之重要性应当凌驾于其国家利益之上；其反而可能更积极地在具有公平表象的 WTO 规范之中，谋求最大的国家经贸利益。为达此一目的，这些国家可能使用的方式包括在自由贸易的规范下寻找与制定最适合国家利益的产业政策与贸易措施；以及试图钻研WTO 规范中模糊地带对于贸易保护措施所能忍受的极限，以为国内贸易保护主义找到空间，以因应国外产品之竞争冲击。甚至于透过"争端解决规则与程序了解书"（Understanding on Rules and Procedures Governing the Settlement of Disputes，DSU）所赋予会员之权利，透过对于贸易关系国之内国贸易政策之指控，以试图为受损或受限的国家贸易利益扳回一成。

在这种情况之下，一项宣称依据WTO规定而制定之确保产品安全的贸易措施，是否真的只具有产品安全之考量，或同时兼具保护主义的目的，便经常成为利害关系会员之间需要针对产品安全措施之适宜性进行咨商之议题。如果彼此之间无法达成共识，这类措施便可能成为WTO下引发贸易争议之主要来源之一。本节将先就 WTO 会员所可能运用于保护国内利益之措施进行介绍，再进一步探讨涉及产品安全管理措施曾经或可能引发之争议。

一、贸易措施与竞争关系

WTO 会员之措施涉及贸易竞争者，主要有三种可能之情况：（1）对于本国产业之生存发展所采取之必要策略；（2）确保或增加本国产品之

市场竞争力所为之扶助行为；（3）为对于其他会员之不公平贸易竞争之措施进行反制。这些措施可以就贸易竞争关系发生在国内与国外市场分别加以说明。

（一）国外市场之贸易竞争

就国外市场之竞争关系而言，一会员政府能采取之措施应该只有第二类，即透过国内之扶植措施以增加产品出口后之竞争力，这包括品质上之竞争力与价格上之竞争力。关于品质之提升，WTO会员可以透过技术移转等方式以协助其国内产业取得技术。就价格之竞争力而言，协助国内产业降低生产成本为最有效之方式，如透过各种名目之补贴、宽松之智能财产权保护规定，或其他技术取得之方式，直接或间接提供财务上之优惠给相关产业。惟如此种补贴系为以出口为导向之补贴，将与SCM协议第3条之规定抵触[31]，而遭到禁止。如以研发为名义之补贴，在SCM协议下虽有关于研发补贴为不可控诉补贴之规定[32]，然而SCM协议在第31条中特别此类补贴列为暂时适用之措施，关于不可控诉补贴之规定已于2000年起停止使用；故对于产业提供之研发补贴，所涉及对其他会员之国内产业构成损害时，仍须受到SCM协议之其他规定之规范[33]。除了国家行为之外，企业本身也可能透过倾销之方式，以提升其产品在国外市场之价格竞争力。

（二）国内市场之贸易竞争

WTO会员对国内市场之贸易竞争关系，可分为三类加以说明。

1. 对于本国产业之生存发展所采取之必要策略。WTO虽一再强调自由贸易之重要性，但在其相关规定之中仍设有一些例外规定，以供其会员因应特殊情况。当一会员为履行其在WTO下之义务，开放其他会员之产品进入其境内，却因该产品绝对或相对于国内生产为数量增加，并因此对其国内生产之同类产品或具有直接竞争关系之产品之制造商造成严重损害或有严重损害之虞时，该会员得于必要时期与必要范围内采取防卫措施[34]，以为因应。

---

〔31〕 禁止补贴，即当一项补贴行为，系以产业或工业之出口表现，或要求其使用国内货物超过进口货物作为给予补贴之条件或条件之一时，该种补贴措施即应被禁止使用。

〔32〕 SCM协议第8条。

〔33〕 笔者，WTO之SCM协议之发展与重要议题，进口救济法制论丛，21期，2002年12月，17、30～33页。

〔34〕 防卫协议第2条；GATT 1994第19.1条。

2. 会员采取之贸易措施系为对于，其他会员之不公平贸易竞争之措施进行反制。如当一会员对其产业进行补贴措施，而该补贴之结果对于另一会员之国内产业造成损害，或因而剥夺或减损其他 WTO 会员之利益，或对相关利益构成严重损害时[35]，该受害会员得寻求适当之救济途径[36]，其中包括平衡税之课征[37]。同样的，当受到产品之倾销而致国内产业受到损害或有损害之虞，或重大延缓该会员境内生物科技产业之建立时[38]，亦可课征反倾销税[39]，以为救济。

3. 相关措施系可能为确保或增加本国产品之市场竞争力所为之扶助行为。虽然身为 WTO 之会员，并允诺维持贸易之自由化与贸易竞争活动之公平性，但大部分会员之国内产业在面临竞争威胁时，总不免设法加以扶持，以确保其在市场之优势地位。就此而言，一般国家通常会采取三种方式来达到此一目的：(1)降低该等进口产品之价格竞争优势，如透过关税以提高进口产品之价格，或透过补贴以降低本国产品之成本等；(2)增加具竞争关系之进口产品之进入障碍，如采取数量限制、提高关税、设置非关税贸易障碍等；(3)增加具竞争关系之进口产品在进入市场后之流通障碍，如对进口产品提供差别性之待遇。然而，这些措施多半与 WTO 之主要基本规范如关税减让、国民待遇原则、不歧视原则、补贴、反倾销等规定相抵触，故会员往往透过合法之名义，如防卫措施之采行、反倾销之调查[40]、变相之补贴、保护人类、动物或植物生命或健康、保存可能枯竭之自然资源，或防疫检疫、技术性法规等措施之实施，以达此目的。

二、安全与风险管理

在 GATT 与 WTO 过去的实践经验中，确实有不少贸易措施是以维护人类、动物或植物生命或健康、保存可能枯竭之自然资源为由所制定的，而其法律基础，主要为 GATT 1994 第 20 条 (b)、(g)，以及

---

〔35〕　SCM 协议第 5 条。

〔36〕　同上注，第 7 条。

〔37〕　同上注，第 7.8、19 条。

〔38〕　"1994 年关税暨贸易总协议第 6 条执行协议"第 3 条、注 9。

〔39〕　同上注，第 9 条。

〔40〕　C. P. Bown, *Why are Safeguards under the WTO so Unpopular?*, 1：1 World Trade Review 50，51 (2002).

SPS 协议之相关规定。举例而言，如 GATT 之早期争端案例"泰国对进口香烟进口内地税之贸易限制案"（泰国烟草案[41]）中，泰国以国民健康为由禁止未获得进口执照之香烟进口、"鲔鱼·海豚案一"，以及 WTO 时代的"美国限制进口某种小虾与虾制品案"（"小虾·海龟案"[42]）中，美国以保护海豚与海龟为由，对于鲔鱼与小虾进口之禁止措施，或"欧体关于肉类与肉类产品措施案"（下称"荷尔蒙案"[43]）中，欧共体以肉类与肉类产品中所含之荷尔蒙量所可能引发之健康为由，设定较国际标准严格之荷尔蒙含量要求以限制外国相关之措施，皆属于这一类以健康或环保等安全管理之目的，所制定之措施。

虽然 WTO 会员就贸易竞争关系与安全管理目的所采行之措施间未必具有关联性；但根据 GATT/WTO 争端案例之经验显示，对于一项货品进行之安全管理措施，往往也涉及贸易保护主义之争议。故截至目前，在 WTO 之下，只有"欧共体——影响石棉与含石棉产品措施"（下称"欧共体石棉案"[44]）成功地以安全与健康之名，制定必要之贸易管理措施。

该案系因法国之第 96-1133 号法案所引发，系争法案以石棉的可致癌性对于人体可能产生健康危害为由，禁止任何类别之石棉纤维或含有该种纤维之产品的制造、加工、销售、进出口、上市或转移等行为，以保障生产劳工与消费者之安全。由于当时法国所使用的石棉纤维主要由加拿大进口，而法国并未生产或开采石棉纤维，故此一禁止命令对于加拿大石棉出口工业之影响极巨；但对法国国内相关产业的直接冲击却相对有限。除此之外，由于法国本身生产可替代石棉之化学纤维，故而此一禁令的生效，使得相关产业与消费者必须使用该替代产品，法国产业反而蒙受其利。

从保护国人健康的角度思考，法国此举堪称合理。但就国家利益的

---

[41] Thailand-restrictions on Importation of Internal Taxes on Cigarettes，GATT BISD, 37th Supp. 200 (1991).

[42] US-Import Prohibition of Certain Shrimp and Shrimp Products, 37 I. L. M. 832 (1998).

[43] EC Measures Concerning Meat and Meat Products，WT/DS26/R；WT/DS26/AB/R (USA)；WT/DS48/R；WT/DS48/AB/R (Canada) (16 Jan. 1998).

[44] European Communities-Measures Affecting Asbestos and Asbestos-Containing Products，WT/DS135R；WT/DS135/AB/R.

角度思考，法国的此一禁令是否以保护国民健康之名，行保护国内产业之实，则引发贸易受害国加拿大对其提出具有保护主义色彩的质疑。尽管如此，由于系争措施以被争端解决上诉机构认定符合 WTO 相关规定，故成为 WTO 之争端中，首桩经过诉讼程序被认定为合法之安全保护措施[45]。

三、小结

尽管不同的安全与环保措施之合法性，在 GATT 与 WTO 下受到不同的认定，但被认定为抵触相关规定之措施，未必不具有管理安全性之实质功能；反之，被视为合法之措施，亦非全然不具贸易保护之效能。此乃因为 WTO 相关规范之设计，仍以维护贸易之自由化为主要目标。故当发生争端时，争端解决小组或上诉机构必须基于守护自由贸易的立场，检视相关措施之制定或实施，是否违反 WTO 之相关规定，而损及贸易之自由化与公平性。在这种运作模式之下，所可能产生之负面效果，为任何一项以保护国内产业为目的之贸易措施，只要能在 WTO 规范下找到合法的立足点，WTO 便不予干涉。反之，纵使一项贸易措施设立的宗旨具有维护安全上之必要性，一旦该措施与 WTO 规范相抵触，又无法经由 WTO 之例外规定以正当化，该措施便需要因应 WTO 之要求而终止实施或加以修正。

肆、用于管理产品安全性之实效性与限制

在分析会员采取贸易措施之策略在 WTO 自由贸易精神下之意义与限制后，本节将试图探讨当一会员欲运用由 WTO 涉及安全议题之相关规定以管理具安全疑虑之产品时，这些规定之实质效益，以及该会员在制定相关措施时，所可能遭到的限制。限于篇幅，本节仅以 SPS 协议、TBT 协议与 GATT 1994 第 20 条（b）进行分析。

一、SPS 协议

SPS 协议序文第一段开宗明义地指出，该协议设立之目的有二：

---

〔45〕 相关论述，参见笔者，WTO 欧共体石棉争端之研究——技术性法规、同类产品与一般例外条款，进口救济法制论丛，18 期，2001 年 6 月，33～92 页。

(1)基于对会员主权之尊重,授权会员为保护人类、动植物生命或健康,采取或执行必要之 SPS 措施; (2)对于会员基于前述原因而采用之措施,不得对于具有相同条件之会员间,构成恣意或无理的歧视,或对于国际贸易形成隐藏性的设限。由于 SPS 协议设立之背景因素系为避免会员采行之食品安全检验与动物、植物防疫检疫措施(下称"SPS 措施")对于国际贸易所可能产生之负面影响,故在 WTO 自由贸易之色彩下,SPS 协议并非为提供一套最有效率之检验与防疫、检疫机制所设定。反观,在 WTO 多边贸易体系追求全球性贸易自由化的目标之下,以贸易自由化与排除非关税贸易障碍为立基,对于可能危及此一基础之 SPS 措施加以限制,才是本协议设立之本质与上位概念。因此,SPS 协议在本质上应被视为一项贸易协议,而非关于健康议题之协议[46]。

尽管如此,SPS 协议在关于会员保护境内人类、动植物生命或健康之重要性,仍不容轻视。在制度设计上,SPS 协议对于食品检验与动植物的防疫与检疫提供了一套风险管理的机制。根据 SPS 协议第 2.2 条之规定,会员"应保证其检验或防、检疫措施之施行,仅系以保护人类、动物或植物生命或健康之必要程度为限,且该措施系基于科学原理,若无充分的科学证据即不维持该措施。"这些措施,不但不能造成负面贸易效果[47],且必须依据现有之国际标准、准则或建议制定[48];或是依据第 5 条之规定,经过风险评估并决定适当的保护水准之后制定[49]。

SPS 协议之宗旨虽为确保会员境内人类、动物与植物之生命或健康,但相关规定所能适用之产品安全议题,仍有相当之限制。

(一)SPS 措施之制定,必须以食品与动植物产品为对象;而其规范之风险只限于防范因动物、植物或动植物产品所携带之疾病,或因疾病

---

〔46〕 Steve Charnovitz, *The Supervision of Health and Biosafety Regulation by World Trade Rules*, 13 Tulane Environmental Law Journal 271, 276 (2000).

〔47〕 SPS 协议第 2.3 条。

〔48〕 同上注,第 3.1 条。

〔49〕 关于 SPS 协议之相关规定,参见 MARSHA A. Echols, Food Safety and the WTO 77~147 (2001);笔者,世界贸易组织之 SPS 协议关于风险评估与风险管理之规范体系与争端案例研究,台湾国际法季刊,1 卷 2 期,2004 年 4 月,151~236 页。

害虫入侵、立足或传播所导致人类疾病之风险[50]，以及因食品、饮料或饲料中之添加物、污染物、毒素或病原体而导致之人类健康风险[51]。就动物或植物之保护，则需防范因疫病害虫、带病体或病原体之入侵、立足或传播而导致之风险[52]；此外，对动物另需注意因食品、饮料或饲料中之添加物、污染物、毒素或病原体而导致之风险[53]。由此可知，并非所有关于产品安全之措施皆可以 SPS 协议为设置依据，纵使是食品与农业产品之安全议题，亦仅以其造成之风险之原因是该产品散布害虫、病菌，或带有毒素、有害添加物、污染物等。因为欧共体延宕了生技产品进入其市场而引发之"欧共体生技产品市场进入案"[54]中，系争两造关于 GMO 之安全性是否应为 SPS 协议所管辖，便因此持有不同之观点[55]。

（二）当会员欲采取较国际标准高之保护水准时，需要遵循第 5 条之规定[56]，经由依据科学证据之风险评估进行[57]，并因此制定适当之保护水准与相关措施[58]。"荷尔蒙案"解释，如有科学证据能支持关于荷尔蒙禁令之设立，即可认为此禁令措施与风险评估之间具有合理之关联性（rational relationship）[59]。迄今，已有欧共体的荷尔蒙禁令、澳洲的鲑鱼禁令[60]以及日本的火伤病（Fire Blight）进口检疫措

---

〔50〕 SPS 协议附件 A，第 1 段（c）。

〔51〕 同上注，第 1 段（b）。

〔52〕 同上注，第 1 段（a）。

〔53〕 同上注，第 1 段（a）。

〔54〕 European Communities-Measures Affecting the Approval and Marketing of Biotech Products，WT/DS291（United States），WT/DS292（Canada），WT/DS293（Argentina）.

〔55〕 Ibid. paras. 383～385. 学界中持类似见解者，包括 Steve Charnovitz, Improving the Agreement on Sanitary and Phyto sanitary Standards, in Trade Environment, and the Millennium 171, 175 (G. P. Sampson & W. B. chambers eds. , 1999)；笔者，WTO 之 SPS 协议 V. 生物安全议定书——就预防原则与风险型态论争议之不必然性，杨光华主编，台湾在 WTO 新纪元——贸易之开放与防卫，元照，2002 年，245～309 页；以及挪威在本案之第三国意见中所提出之观点。European Communities—Measures Affecting the Approval and Marketing of Biotech Products-DS/291, DS/292, DS/293, Third Party Intervention by Norway at the oral hearing of the Panel, 3 June 2004, para. 6.

〔56〕 SPS 协议第 3.3 条。

〔57〕 同上注，第 5.2 条。

〔58〕 同上注，第 5.3～6 条。

〔59〕 WT/DS26/AB/R（USA）；WT/DS48/AB/R，at para. 194.

〔60〕 澳洲禁止鲑鱼进口措施案（Australia-Measures Affecting Importation of Salmon），WT/DS18/R；WT/DS18/AB/R.

施[61]被认定违反科学证据与风险评估之规定，而遭败诉。

（三）除了关于科学证据之要求外，SPS 协议特别在第 5 条第 7 项设立关于科学证据不充分时之处理方式。在此种特殊情况之下，会员可参照现有之相关信息，包括相关国际组织或其他会员使用的检验或防、检疫措施，决定制定暂时性（provisional）的 SPS 措施。这个特别规定之要件在日本因怀疑包括美国在内之地区出产之苹果等 8 项产品中可能有苹果蠹蛾寄生，所设定之禁令而引发之"日本禁止美国苹果等产品进口措施案"[62]经由争端解决小组加以厘清。会员于依据本项制定 SPS措施时，必须要在相关科学证据不充分之情况下，且基于现有相关信息而设定；在执行该 SPS 的期间，该会员应设法取得更多必要之信息，以做客观的风险评估；并必须在合理期限内检讨检验或检疫措施[63]。因此，当会员对于一项产品之安全性有所担忧，又欠缺充分的科学证据时，必须依据这四项要件，方能制定暂时性的因应措施。

（四）相关 SPS 措施之制定，仍须符合自由贸易原则之基本精神，即不得对于具有相同条件之会员间，构成恣意或无理的歧视，或对于国际贸易形成隐藏性的设限。换言之，如果有一项措施能有效地管理产品安全性，但却可能对贸易有负面效果，则仍无法在 SPS 协议下被运用。

二、TBT 协议

TBT 协议之主要宗旨为确保会员采取其认为必要之技术性法规，以达到国家安全需要、欺骗行为之预防、人类健康或安全、动物或植物生命或健康或环境之保护等合法目的。在 WTO 自由精神之下，会员亦应确保其技术性法规之拟订、采行或适用，不得以对国际贸易造成不必要之障碍为目的或产生该等效果[64]。为此，技术性法规对贸易之限制，不应较诸达成合法目的所必须者严格，同时并顾及未达成该合法目的所可能产生之风险[65]。故不歧视原则则为 TBT 协议之主要原则

---

〔61〕　日本关于苹果进口措施案（Japan—Measures Affecting on Importation of Apples），WT/DS245/R；WT/DS245/AB/R.

〔62〕　Japan—Measures Affecting Agricultural Products, WT/DS76/AB/R.

〔63〕　同上注，para. 8.54.

〔64〕　同上注，序文第 5 段。

〔65〕　TBT 协议第 2.2 条。

之一[66]。

在过去的实践中，在 TBT 协议下被用于保护人类健康或安全、动物或植物生命或健康之技术性法规，占了相当高的比例。例如 2000 年通报之技术性法规，就有三分之一以上是基于健康与安全目的所设置[67]。TBT 协议虽可被用于处理产品安全议题，但仍有几点需加以说明：

（一）TBT 协议关于技术性法规适用之对象，包括工业与农业在内之一切产品；但关于 SPS 协议附件一所界定之 SPS 措施则不在此列[68]。因此，这两个协议在议题之适用范围并不重叠，且在实际运用上，TBT 协议之范围应大于 SPS 协议。

（二）TBT 协议与 SPS 协议相同，透过调和（harmonization）原则之建构，要求会员以相关之国际标准之全部或一部分，作为制定技术性法规之依据，以减低关于相关措施在制定时之争议。例如，关于食品安全之技术性法规，应参照国际粮农组织（Food and Agriculture Organization，FAO）与 Codex 食品标准委员会（Codex Alimentarius Commission，下称 Codex）所颁布相关安全作业程序或安全标准。TBT 协议之中，还有两种不需要依据国际标准之例外规定：（1）虽有国际标准存在，但因为基本气候、地理因素或基本技术等问题，造成该等国际标准并无法成为有效或适当的达成合法目的之方法[69]；（2）无相关国际标准存在之情形[70]。当发生这种情况，且涉及安全、健康、环境保护之紧急问题时，制定技术性法规之会员应立即将该技术性法规及其适用之产品，连同其目标及理由之要点，包括该紧急问题之性质，经由秘书处通知其他会员[71]。

在第一宗直接针对 TBT 协议而引发之"欧共体—沙丁鱼之贸易说明案"中，欧共体在关于罐头沙丁鱼名称之技术性法规，所依据之标准并非国际标准（Codex standard 94），且其无法证明如果依照该项国际

---

〔66〕 WTO Agreements & Public Health, supra note 30, at 33.
〔67〕 通报的 725 项措施中，有 254 项为健康或安全目的。Supra note 30，at 33.
〔68〕 TBT 协议第 1.3, 1.5 条。
〔69〕 同上注，第 2.4 条但书。
〔70〕 同上注，第 2.9 条。
〔71〕 同上注，第 2.10, 2.10.1 条。

标准，将无法有效或适当地达成合法目的，欧共体因而败诉[72]。

就科学确定性之要求而言，TBT 协议要求会员采取相关措施时，需要进行之评估事项包括现有之科学性与技术性资料（scientific information），以及相关之加工资料或对产品所预定之最终用途等[73]。由于"科学性资料"在内涵上因与 SPS 协议所要求之"科学证据"并不相同，此似乎显示 WTO 会员如欲援引 TBT 协议制定技术性法规时，并不需要提出明确之科学证据以证明法规与风险间之合理关联性。故 WTO 会员似可依据 TBT 协议，对于尚欠缺充分科学证据具安全风险性之产品进行必要之管理。

根据 TBT 协议附件一对于技术性法规之定义为："规定产品特性或其他相关生产或制造方法，包括适用具有强制性管理规定之文件。该文件亦得包括或仅规定适用于产品、生产或制造方法之专门术语、符号、包装、标记或标示之规定。"而该文件必须标出产品特性包括品质、特征如成分、颜色、大小、形状、材质、弹性、硬度，或是涉及外观或具指针作用之专门术语、符号、包装、标记或标示等等[74]。

由此可知，当 WTO 会员欲引用 TBT 协议以管理产品安全时，虽不能直接设置禁止危险物品进口之限制性措施，但仍可分别针对产品特性或其他相关生产或制造方法，或标准如包装、标记及标示等方式，达到保护安全与健康之目的。就生产或制造方法之管理，会员可透过技术性法规与标准，规范产品特性或其他相关生产或制造方法，以维护健康、安全或环境等合法目的；例如欧盟之新化学品政策 REACH（Registration，Evaluation，and Authorization of Chemicals）草案中[75]，为了降低化学物质对于人体与环境之危害，要求生产量大于 1

---

〔72〕 European Communities—Trade Description of Sardines，WT/DS231/R；WT/DS231/AB/R.

〔73〕 同上注，第 2.2 条。

〔74〕 "欧共体石棉案"中，上诉机构曾对于技术性法规列出 7 点要点，WT/DS135/AB/R，Paras. 66～70.

〔75〕 COM（2003）644 final，Proposal for a Regulation of the European Parliament and of the Councilconcerning the Registration，Evaluation，Authorization and Restriction of Chemicals（REACH），establishing a European Chemicals Agency and amending Directive 1999/45/EC and Regulation（EC）；Proposal for a Directive of the European Parliament and of the Council amending Council Directive 67/548/EEC in order to adapt it to Regulation（EC）of the European Parliament and of the Council concerning the registration，evaluation，authorization and restriction of chemicals. Available onhttp：//europa. eu. int/comm/enterprise/chemicals/chempol/whitepaper/reach. htm.

公吨之化学物质皆须向欧盟办理注册登记，并提供关于安全的信息、用途、人类与环境之暴露程度；在经过风险管理程序之后，这些登记之化学物质才得用以生产产品，并输入欧盟境内。换言之，REACH 之目的在透过对于有害化学物质被用于生产化学产品之前进行管控，以保护欧共体境内人民与环境之健康与安全。这项法案之草案自 2003 年正式公布之后，便引发各国之关切[76]，且在 TBT 委员会中仍受到许多会员之质疑[77]，故该法案能否如期在 2006 年生效，其实质效果如何，还有待观察。

　　产品之标示也具有作管理产品安全性之功能，例如环保标章[78]、食品标示[79]，当这些标示规定为客观的呈现产品之成分等内容[80]，以能达到保护安全与健康之合法目的，且未构成不必要之贸易限制效果时，应能在 TBT 协议之下找到合法基础[81]。欧盟关于 GMO 之追踪（traceability）与标示规定[82]，因会增加进口商之成本，故曾引发关于其是否符合关于保护人类健康或安全、动物或植物生命或健康等之合法目的之质疑[83]，以及其是否涉及对于同类产品间之差别待遇与贸易歧视行为[84]。

---

〔76〕 例如，在 2003 年，REACH 之草案接受评论之后，便已收到 6000 多份的意见。G/TBT/M34，papa. 17.

〔77〕 同上注；paras. 14～67.

〔78〕 关于环保标章与 TBT 协议之关联性，参见 Arthur E. Appleton, Environmental Labelling：International Trade Law Implications 1～133 (1997).

〔79〕 关于食品标示与健康与安全议题之关联性，参见 C. M. Bruhn, Consumer Needs, in Food Labelling 5～6 (DJ. Ralph Blanchfield ed. , 2000).

〔80〕 如巴西于 2003 年所拟之关于芒果、柑橘、柠檬等之标志、标示及包装等之技术性法规，以保障消费者之安全；G/TBT/N/BRA/83～86 (21 Jan. 2003).

〔81〕 Drik Heumuller & Tim Josing, *Trade Restrictions on Genetically Engineered Foods：The Application of the TBT Agreement*, in the Regulation of Agricultural Biotechnology 79, 83 (R. E. Evenson & V. Santaniello eds. , 2004).

〔82〕 Council Directive 2001/18/EC. 相关论述参见 C. Hilson & D. A. French, *Regulating GM Products in the EU：Risk, Precaution and International Trade*, in Agriculture and International Trade-Law, Policy and the WTO 215, 224～227 (Michael N. Cardwell et al eds. , 2003); C. Morrison, *The Role of Traceability in Food Labelling*, in Food Labelling 267, 268 (DJ. Ralph Blanchfield ed. , 2000).

〔83〕 G/TBT/M/33, paras. 74, 75.

〔84〕 Hilson & French, *supra* note 82, at 215, 232；笔者，论规范基因改造食品风险性之贸易措施在世界贸易组织下之同类产品议题，东吴法律学报，14 卷 1 期，2002 年 8 月，19～66 页。

三、GATT 1994 第 20 条（b）

如果 WTO 会员欲采取 SPS 协议与 TBT 协议以外之贸易限制措施，限制具有安全风险之产品之进口或贩售，则可引用 GATT 1994 第 20 条（b）之规定。运用本项之限制为该措施必须要为人类、动物或植物生命或健康所必要者，且不致构成对相同条件下之不同国家，有武断或不正当歧视或造成对国际贸易之隐藏性限制[85]。事实上，在"欧共体石棉案"之前涉及本条之争端案例之措施，多半是因为不符合必要性之要件[86]，或虽符合此一要件，却因构成负面贸易效果而抵触本条前言之规定[87]，而被认定为违法。

在 1994 年的"鲔鱼·海豚案一"争端解决小组报告中，曾以间接之方式将相当程度之科学确定性列为认定第 20 条（b）之必要性原则之构成要件之一；其并暗示性地期待缔约国将其实施贸易限制措施之科学理由提交 GATT 之争端解决小组，以避免缔约国设定之环保标准被正当化之机会蒙受不确定性[88]。而在"欧共体石棉案"中，争端解决小组在探讨关于法国对于石棉产品之禁令是否为依据第 20 条（b）之保护人类生命及健康之目的所设立时，要求欧共体需对于石棉会构成人类健康之风险负举证之责[89]。欧共体首先提出国际组织（International Agency for Research on Cancer，IARC）于 1977 年对于温石棉纤维致癌性之证据以为佐证[90]，而争端解决小组在经过对于专家的咨询之后，确认温石棉确实具有造成肺癌及肋膜间皮瘤之风险，且此两种癌症之死亡率皆近乎百分之百，故争端解决小组认为已经有充分的证据存在以说明温石棉纤维确实具有致癌性[91]。

在上诉程序中，加拿大主张争端解决小组报告中关于石棉水泥产品对人体健康危害的认定为错误之见解[92]；然而由于石棉之危险性已于

---

〔85〕 GATT 1994，第 20 条前言。
〔86〕 例如前揭"泰国烟草案"。
〔87〕 例如前揭"小虾？海龟案"。
〔88〕 33 I. L. M. 842, 897 (1994)，897～898.
〔89〕 WT/DS135R，Para. 8.180，WT/DS135R.
〔90〕 同上注，Para. 8.186.
〔91〕 同上注，Para. 8.188.
〔92〕 同上注，Para. 155.

1977 年经 WHO 证实，且小组在做出石棉水泥产品有害人体健康之认定时，的确有妥善运用相关证据，故上诉机构认为争端解决小组在引用科学证据与专家见解时并未失当[93]。依据此二争端案例，关于一项产品对于人类健康会构成危害的科学证据似乎已经成为第 20 条（b）的要件之一。换言之，如果贸易限制措施之制定会员无法提出具体的风险证据，或争端相对会员能提出反证以反驳关于健康风险的主张，则第 20 条（b）即无适用之余地。

这种关于科学证据的要求，也可以被解释为诉讼过程所必要之攻防策略。因为 WTO 争端解决小组并不具有主动搜集证据之权限与能力，故当控诉方会员宣称一项措施违反 WTO 之规定，其必须证明该项主张；被控诉会员则需要提出对其有力之证据以证明其所采取的措施之正当性。在一般正常的证据提出之证明程序中，除非被控诉之会员能提出使人信服的反驳证据，否则其极可能因对方提出之初步证据（prima facie evidence）[94]之合理指控而遭到败诉之裁定。"荷尔蒙案"上诉机构报告中曾指出，虽然部分 GATT 与 WTO 争端解决小组已经加诸被控告会员证明 GATT 第 20 条例外的责任，然而这些条款并非建立举证责任义务的积极规则。换言之，关于风险存在之证据之提出，应属于被动式的举证行为，并非基于程序上因举证责任移转所产生之责任[95]。由此可知，纵使第 20 条（b）能成为 WTO 会员规范产品安全之依据，但如该会员无法就该科技风险之存在，提出有效的科学证明，则该风险管理措施即难被认为是为保护人类健康之必要性措施。

四、小结

为促进贸易之自由化，WTO 下涉及产品安全管理之规范皆非以确保产品之安全性为首要或惟一目的，在相关规定或机制之设计上，不但不歧视原则，且皆有关于类似不可构成贸易负面效果之前提要求；并透过必要性原则、国际标准与科学证据之引用以降低会员恣意设置相关措施之机会。这样的规定，虽然符合 WTO 之宗旨，却可能在部分特定情

---

〔93〕　WT/DS135/AB/R, Paras. 157～163.

〔94〕　DSU 第 3.8 条.

〔95〕　WT/DS26/AB/R（USA）；WT/DS48/AB/R（Canada），para. 98.

况下使得贸易自由化之利益，凌驾于产品安全的重要性之上，而使得人身安危沦为贸易利益下之牺牲品。

伍、代 结 论

　　在检讨与分析了 WTO 自由贸易规范用于处理产品安全议题之本质之后，本文肯定 WTO 身为一个国际贸易组织，在因应国际之潮流与会员之需求，对于处理安全与健康议题上之努力；以及其对于自由贸易与产品安全间之平衡关系所发展与设计出之机制，如关于必要性原则、国际标准与科学证据之运用，与不歧视、最小贸易侵害等原则间之调和关系。

　　相关规定之中，SPS 协议提供了较为细致之操作基准，并提供了科学证据不充分之特别规定；其能使用之议题范围却较为有限。TBT 协议虽有处理较多元之产品安全议题，但对于遵循国际标准以外的措施之相关规范设置，却相对不够周延，且会员得依据 TBT 协议制定之产品安全管理措施之形态，仅限于技术性法规。GATT 1994 第 20 条（b）虽可补充 SPS 协议与 TBT 协议之不足，但因受制于必要性原则与该条前言关于贸易效果之规定，该条被成功运用之经验相当有限。

　　就此，本文提出之质疑为，过度强调自由贸易原则，势将在若干情况下限制了会员制定必要的涉及贸易之产品安全措施的自主性。且在自由贸易之主导下，一项有效之安全管理措施，将可能因为其贸易效果而需要被牺牲；而一项贸易保护措施，只要能技巧性地符合相关规定，却可被会员以保护安全之名加以实施。这种结果，也说明了以自由贸易为核心价值的 WTO，在处理产品安全议题时，所具有之本质上的限制。

论《承认与执行外国仲裁裁决公约》的适用范围
——兼论外国裁决与非内国裁决的界定[1]

赵秀文　中国人民大学法学院教授

　　《承认与执行外国仲裁裁决公约》（Convention on Recognition and Enforcement of Foreign Arbitral Award，简称《纽约公约》）主要规定

---

　　〔1〕　本文是作者 2004 年 7 月至 9 月在德国慕尼黑马克·普朗特知识产权、竞争与税法研究所（Max Planck Institute for Intellectual Property，Competition and Tax Law）研究成果之一。对于马普所提供的资金支持、优越的办公条件和丰富的资料，在此表示最为衷心的感谢。

的是缔约国承认与执行仲裁协议和据此协议作出的外国仲裁裁决的规则。[2] 截至 2004 年底公约共有 135 个缔约国。[3] 因此，缔约国法院在承认与执行外国仲裁裁决的问题上，基本上协调和统一了各国的法律。现就《纽约公约》的适用范围及公约项下外国裁决（foreign arbitral award）和非内国裁决（non-domestic award）的含义，作一简要论述。

壹、《纽约公约》裁决的含义

《纽约公约》所解决的主要问题，是缔约国法院应当承认与执行当事人之间，业已订立的通过仲裁解决他们之间商事争议的书面仲裁协议，以及根据该仲裁协议作出的外国仲裁裁决。

主持起草《纽约公约》的是联合国经济暨社会理事会（The Economic and Social Council，ECOSOC，简称"联合国经社理事会"）。早在 1953 年酝酿制定《纽约公约》期间，国际商会就提出制定承认与执行"国际仲裁裁决"的公约的提议，但这一提议遭到多数国家的反对，因而公约的名称没有采用承认与执行"国际仲裁裁决"，而是"外国仲裁裁决"。[4] 而对于何谓外国仲裁裁决，1955 年草案采纳的是地域标准，即规定"裁决受裁决地国仲裁法支配"。但是，包括法国和联邦德国在内的一些大陆法系国家，允许当事人约定裁决受裁决地国以外的国家的仲裁法支配。因此，如果当事人约定在联邦德国作出的裁决应当适用法国仲裁法，则德国法院认为该裁决为法国裁决，同样，法国法院可以将其视为其本国裁决。法国和联邦德国的代表成功地将他们的观点纳入《纽约公约》。[5]

即《纽约公约》第 1 条（1）所规定的关于公约的适用范围："本公约适用于在申请承认与执行裁决地国家之外的国家领土内就自然人或法

---

〔2〕 除了承认与执行外国仲裁裁决有关的事项外，《纽约公约》还特别规定缔约国法院承认与执行有效仲裁协议的义务。

〔3〕 参见 www. uncitral. org，2004 年 8 月 30 日访问。

〔4〕 W. Laurence Craig, *Some Trends and Development in the Laws and Practice of International Commercial Arbitration*, 30 No. 1, Texas International Law Journal 28（1995）.

〔5〕 Albert Jan Van Den Berg, The New York Arbitration Convention of 1958，23（1981）.

人之间的争议而作出的裁决。对于承认与执行地国认为不属于其本国裁决的,本公约同样予以适用。"[6] 解读上述规定,《纽约公约》项下的裁决包括以下两种情况:(1)以地域原则为标准在申请执行地国以外的国家领土内作出的裁决;(2)以仲裁适用法律为标准的根据外国仲裁法在申请执行地国作出的裁决。执行地国法院根据其本国法并不认为该裁决为当地裁决,进而拒绝对该裁决行使撤销的监督权。尽管如此,如果当事人向该裁决所在地法院申请承认与执行时,法院应当按照《纽约公约》规定的承认与执行外国仲裁裁决的条件,承认与执行该非内国裁决。

那么,究竟在什么样的情况下仲裁地法院认为在其本国境内作出的裁决不是本国裁决而将其视为非内国裁决呢?我们认为,之所以出现这种情况,最主要的原因是裁决不是根据裁决地法律作出的。这一点也可以从公约第 5 条(1)(e)的规定中得以证明。据此规定,只要被申请执行人提出证据证明,裁决被"裁决所在地国或者裁决应当适用的法律的国家主管机关撤销",执行地国法院就可以拒绝承认与执行该仲裁裁决。而这里的"裁决所在地国",显然是指仲裁地点所在国,即裁决被裁决地法院撤销后,执行地法院可以拒绝执行该被裁决地法院撤销的裁决。另一方面,"裁决应当适用的法律的国家",从另一个侧面说明,裁决所适用法律的国家,也可以对裁决行使撤销的权利。而一旦裁决被该裁决应当适用的法律的国家主管机关(通常是法院)所撤销,执行地法院也可以不予执行该裁决。

因此,从《纽约公约》上下文规定的有关公约的适用范围和拒绝执行的条件看,公约项下的裁决,不仅包括在执行地法院所在国家领土以外作出的裁决,对于那些在公约缔约国领土内适用外国法作出的裁决,如果该执行地(也是裁决地)法院认为该裁决不属于本国裁决(非内国裁决),若当事人向该法院申请执行该裁决,《纽约公约》规定的承认与执行外国仲裁裁决的条件,同样应当予以适用。故《纽约公约》裁决包

---

〔6〕 该款的英文原文为:"This Convention shall apply to the recognition and enforcement of arbitral awards made in the territory of a State other than the State where the recognition and enforcement of such awards are sought, and arising out of differences between persons, whether physical or legal. It shall also apply to arbitral awards not considered as domestic awards in the State where their recognition and enforcement are sought."

括对外国仲裁裁决和非内国仲裁裁决的承认与执行。

这里必须强调的是,《纽约公约》中的"非内国裁决",是裁决地法院认定该裁决不具有当地国籍情况下的称谓。由于裁决地国法院认为该裁决不是本国裁决,因而拒绝对其行使撤销权力的司法监督,进而将其作为"非内国裁决"。但是,如果当事人向该裁决地法院申请强制执行此"非内国裁决"时,该裁决地国法院仍然有按照《纽约公约》规定承认与执行该裁决的国际法上的义务。另一方面,如果此项裁决到裁决地以外的国家申请承认与执行,执行地国法院根据当地法律或者《纽约公约》,完全有理由将其作为"外国裁决"执行,因为该裁决是在"执行地国以外的国家领土内作出"。

贰、外国仲裁裁决与确定裁决国籍的地域标准

《纽约公约》第1条(1)第一个句子中规定:"本公约适用于由于自然人或法人之间的争议且在申请承认与执行裁决地国家之外的国家领土内作出的裁决的承认与执行。"可见,《纽约公约》下的外国仲裁裁决,显然是指在申请执行地国以外的国家领土内作出的裁决。而这里决定"外国裁决"的标准是地域标准。在国际商事仲裁立法与实践中,地域标准是《纽约公约》适用最为普遍的标准。

根据公约第10条(1)的规定,任何国家在签署、批准或者加入时均可对公约的适用范围作出声明,即公约是否适用于该国在国际关系中所承担责任的所有国家或者其中任何国家的领土范围内。此项声明自公约对该关系国生效时发生效力。[7] 在实践上,各缔约国根据此款规定在签署、批准或者加入时可以作出保留,声明只承认与执行在《纽约公约》缔约国领土内作出的仲裁裁决。这样的保留声明被称为互惠保留(reciprocity reservation)声明。目前,在《纽约公约》135个缔约国中,共有包括中国大陆在内的69个国家在加入公约时提出互惠保留声

---

〔7〕《纽约公约》第10条(1)规定的英文是:"Any State, at the time of signature, ratification or accession, declare that this Convention shall extend to all or any of the territories for the international relations of which it is responsible. Such a declaration shall take effect when the Convention enters into force for the State concerned."

明。[8] 作出互惠保留声明的后果是：这些国家只按照公约规定的条件承认与执行在缔约国国家领土内作出的仲裁裁决，对于在非缔约国境内作出的裁决的承认与执行，不适用《纽约公约》规定的条件。而对于未作出此项保留的国家而言，这些国家的法院应当根据公约规定承认与执行所有的在其本国境外作出的外国裁决，无论此项裁决是否在公约缔约国境内作出。

　　从《纽约公约》的上述规定和许多国家的国际商事仲裁立法与实践看，地域标准（也可称为仲裁地标准）在确定国际商事仲裁裁决的国籍中发挥着最为重要的作用。而这里的地域标准，关键就是仲裁地点位于哪一个国家。例如，《奥地利执行令》第 1 条（16）和第 79 条规定，"在奥地利，仲裁裁决的国籍由仲裁裁决作出的地点决定。"[9] 据此，在奥地利以外作出的仲裁裁决依法被认定为外国裁决。又如，根据瑞典1999 年仲裁法第 52 条规定，在国外作出的裁决应视为外国裁决。依照本法，裁决应视为在仲裁地所在国作出。[10] 因此，凡是在瑞典境内作出的仲裁裁决，均视为瑞典裁决，即便双方当事人不是瑞典的居民，瑞典法也不是解决该裁决项下争议的法律。只要国际商事仲裁在瑞典境内进行，尽管该仲裁当事人不是瑞典人，在瑞典也没有惯常住所或者营业所，仲裁程序所适用的不是瑞典法，仲裁庭成员也不具有瑞典国籍，这些都不重要，重要的是仲裁在瑞典进行，瑞典作为仲裁地点，裁决在瑞典作出，这样的裁决就是瑞典裁决。根据瑞典斯德哥尔摩商会仲裁院1984 年出版的《在瑞典仲裁》一书，在区分仲裁裁决的国籍时适用地

---

　　〔8〕　这 69 个国家是：阿尔及利亚、安提瓜和巴布达、阿根廷、亚美尼亚、巴林、巴巴多斯、比利时、波斯尼亚和黑塞哥维纳、博茨瓦纳、文莱达鲁萨兰国、保加利亚、中非共和国、中国、克罗地亚、古巴、塞浦路斯、丹麦、厄瓜多尔、法国、格鲁吉亚、德国、希腊、危地马拉、教廷、匈牙利、印度、印度尼西亚、伊朗、爱尔兰、牙买加、日本、肯尼亚、科威特、黎巴嫩、卢森堡、马达加斯加、马来西亚、马耳他、毛里求斯、摩纳哥、蒙古、摩洛哥、莫桑比克、尼泊尔、荷兰、新西兰、尼日利亚、挪威、菲律宾、波兰、葡萄牙、韩国、摩尔多瓦、罗马尼亚、圣文森特和格林纳丁斯、沙特阿拉伯、塞尔维亚和黑山、新加坡、斯洛文尼亚、前南斯拉夫的马其顿共和国、特立尼达和多巴哥、突尼斯、土耳其、乌干达、英国、坦桑尼亚、美国、委内瑞拉、越南。参见联合国大会文件，2003 年 6 月 26 日，第 A/CN.9/537 号，13～18 页。

　　〔9〕　Exekutionsordnung-Gesetz vom 27. 5. 1896, RGBL. No. 79 Uber das Exekutions-und sicherungsverfahren, as revised by BGBL, No. 140/1979.

　　〔10〕　关于瑞典仲裁法的全文，可参见宋连斌、林一飞编译，国际商事仲裁资料精选，知识产权出版社，2004 年，407～420 页。

域标准，其中仲裁程序进行的地点具有决定性的作用，而不是签署裁决的地点[11]。美国在加入《纽约公约》时和法院在审判实践中所坚持和适用的也是地域标准。[12]

各国在其有关国际商事仲裁的立法实践中，一般都对在其境内进行的仲裁实施撤销裁决的司法监督权，包括法国在内。例如根据法国1981 年《民事诉讼法典》的规定，法国法院对在其境内作出的裁决行使管辖权。根据该法典第 1504 条（1）规定，国际仲裁程序中在法国作出的仲裁裁决可按第 1502 条规定的理由提起撤销之诉。[13] 这就是说，对在法国进行的国际仲裁，法国法院行使管辖权，尽管法国上诉法院在1980 年 2 月 21 日作出裁定，驳回利比亚请求法院撤销国际商会国际仲裁院仲裁庭依据该院仲裁规则在法国作出的仲裁裁决。[14] 其所依据的理由是：尽管仲裁在法国进行，但是所适用的是国际商会国际仲裁院仲裁规则，而不是法国仲裁法，因此法院对此案无管辖权。但是根据1981 年民事诉讼法，法国法院对该案的管辖权是不言而喻的。

在现代国际商事仲裁立法与实践上，地域标准在国际法上具有重要的地位。按国际法上的国家主权原则，主权国家对其领土范围内的一切人和物，均可行使管辖权。故国家法院依其本国法对在其境内进行的国际商事仲裁程序并作出的仲裁裁决，享有撤销的权力。因此，此项标准从理论上符合国家主权原则，在实践上简便易行，受到多数国家立法与

---

〔11〕 转引自 Petar Sarcevic, *The Setting Aside and Enforcement of Arbitral Awards under the UNCITRAL Model Law*, *in* ESSAYS ON INTERNATIONAT COMMERCIAL ARBITRATION 178 n. 5 (1989).

〔12〕 美国加入该公约时作出互惠保留声明。关于美国的司法实践，参见美国纽约南区地方法院 1990 年对国际标准电器公司案的判词。载赵秀文主编，国际商事仲裁案例评析，中国法制出版社，1999 年，239 页。

〔13〕 第 1502 条规定的是对法院作出的准许承认与执行仲裁裁决的裁定可以提出上诉的条件。这些条件包括：（1）当事人之间不存在有效的仲裁协议，或者仲裁员根据无效或者失效的仲裁协议做出的裁决；（2）仲裁庭的组成或者独任重裁员的指定不当；（3）仲裁员超出其权限范围；（4）未能遵守正当程序的要求；（5）承认与执行该仲裁裁决与国际公共政策相抵触。

〔14〕 即戈特韦肯案（Gotaverken v. Libyan General National Maritime Transport）。戈特韦肯公司是瑞典一家造船厂，与利比亚海运公司订立造船合同。合同在履行中发生争议，根据合同中的仲裁条款，国际商会国际仲裁院适用其仲裁规则在巴黎进行仲裁，裁决戈特韦肯公司胜诉，利比亚公司向法国法院申请撤销该裁决遭到拒绝，理由是裁决未能适用法国仲裁法，法院拒绝对该案行使管辖权。另一方面，戈特韦肯公司向瑞典法院申请承认与执行该裁决，得到瑞典法院的支持。

实践的支持。即便在 20 世纪 50 年代初起草《纽约公约》是极力坚持仲裁适用法律标准的法国和德国，也不反对地域标准。

叁、非内国裁决与仲裁程序适用法律确定裁决国籍的标准

《纽约公约》不仅适用于承认与执行在执行地国家以外的地域内作出的裁决，对于在执行地国境内作出的裁决，如果执行地国法院认为该裁决不具有法院地（也是仲裁地）国的国籍，则将其视为非内国裁决。该执行地/仲裁地法院在承认与执行该非内国裁决时，同样应当适用《纽约公约》。这就是《纽约公约》第 1 条（1）第二个句子所规定的"对于承认与执行地国认为不属于其本国裁决的，本公约同样予以适用"。据此规定，在执行地法院看来，尽管某一裁决在执行地国（同时也是裁决地国）作出，但是执行地法院根据当地法律并不认为该裁决具有法院地国的国籍，将该裁决视为非内国裁决（award not considered as domestic），在此情况下，法院地国法院对该裁决不行使撤销的权力，进而使该裁决即成为无国籍裁决（anational award）。尽管如此，法院在执行该裁决的问题上，仍应当适用《纽约公约》规定的执行条件，即作为公约裁决加以执行。

那么，究竟在什么样的情况下仲裁地法院认为在其本国境内作出的裁决不属于内国裁决呢？我们认为，这种情况主要指根据另一国的仲裁程序法作出的裁决。根据《纽约公约》第 5 条（1）（e）的规定，只要被申请执行人提出证据证明，裁决对当事人尚未产生法律上的拘束力，或者裁决被裁决地国主管机关撤销，或者被裁决应当适用的法律的国家主管机关撤销，执行地国法院就可以拒绝承认与执行该仲裁裁决。据此，对国际仲裁裁决行使管辖权的法院包括两类：（1）裁决地国，（2）裁决所适用法律的国家。如果裁决地国和裁决所适用法律的国家为不同国家，按照上述规定，这两类国家的法院均可行使对国际仲裁裁决的撤销监督权。

根据一些国家的法律，尽管裁决在仲裁地国作出，但是如果适用的不是当地仲裁法律规则，仲裁地法院则根据当地法律认定该裁决为非内

国裁决（arbitral awards not considered as domestic）。有时也可以称为 delocalized arbitral award。关于非内国仲裁的理论与实践，不少学者对此发表一系列的看法，[15] 我认为，非内国仲裁就其实质而言，就是《纽约公约》第 1 条（1）第二个句子中规定的在执行地国境内作出的根据执行地国法律认定为不具有执行地国国籍的仲裁裁决。例如，在南斯拉夫案（SEEE v. Yugoslavia）一案中，[16] 仲裁根据仲裁条款在瑞士洛桑进行，裁决作出后，南斯拉夫在瑞士洛桑所在的沃州（Vaud）法院申请撤销此裁决，理由是按照沃州法律中的强制性的规定，仲裁庭不能由偶数仲裁员组成。瑞士法院未撤销此裁决，但裁定令将已经注册的裁决退回法院注册的一方当事人（SEEE）。理由是根据沃州民事诉讼法第 516 条关于仲裁庭应当由奇数仲裁员组成的规定的含义，本案仲裁员作出的决定不是当地裁决。[17] 即该裁决不是依据瑞士的仲裁法作出，因而不是瑞士裁决。

在戈特韦肯案中，在法国巴黎进行仲裁的仲裁庭裁决戈特韦肯造船厂胜诉，利比亚公司不服此裁决，在法国法院申请撤销该裁决，法国法院认为该裁决适用国际商会仲裁规则作出，而没有适用法国法，否认该裁决为法国裁决，进而拒绝对该案行使管辖权。另一方面，戈特韦肯造船厂则在瑞典法院提出执行此项裁决的申请。瑞典法院受理此案并认定，尽管利比亚以该裁决已经在法国法院申请撤销为由，请求法院中止执行该裁决，然而，无论此裁决在法国的命运如何，瑞典都应当立即执行此项裁决。该案中，尽管法国法院否认该裁决为法国裁决，瑞典法院还是将此裁决作为《纽约公约》项下的外国裁决予以承认与

---

〔15〕 参见许光耀，论非仲裁地化对国际商事仲裁法律适用的影响，法学评论，2 期，1995 年 4 月；朱克鹏，"非内国仲裁裁决"的承认与执行探析，安徽大学学报，哲社版，5 期，1996 年 10 月；王翰，国际商事仲裁的非当地化理论之探析，法律科学，1 期，1998 年 2 月；赵秀文，论非内国仲裁，陈安主编，国际经济法论丛，6 卷，法律出版社，2002 年 10 月；郭玉军、陈芝兰，论国际商事仲裁中的"非国内化"理论，法制与社会发展，1 期，2003 年 2 月。

〔16〕 该案的基本案情如下：SEEE 是在法国注册的公司，1932 年 1 月 3 日与南斯拉夫政府签订在南斯拉夫修建铁路的合同，支付期为 12 年。该合同中包括仲裁条款。铁路建成后，南斯拉夫未能如期付清应当支付的款项，这时原有的法郎贬值，双方在支付问题上发生争议，依照仲裁条款由两位仲裁员组成的仲裁庭在瑞士的洛桑进行仲裁。1956 年 7 月 2 日，这两位仲裁员依据合同中默示的货币稳定条款作出缺席裁决，裁定由南斯拉夫向 SEEE 支付 6，184，528，521 旧法郎。

〔17〕 转引自 Albert Jan Van Den Berg, supra note 4, at 41.

执行。

此外，根据 1985 年修订的《比利时司法法典》第 1717 条（4）规定，如果仲裁协议的当事人为自然人，且均不具有比利时的国籍或居所，或者不是比利时的法人，或在比利时没有设立机构或营业所时，比利时法院不受理对在比利时作出的仲裁裁决申请撤销的诉讼。在瑞士，如果仲裁双方当事人均在瑞士无住所、习惯居所或营业所，也可通过书面协议的方式，放弃向法院提出上诉的权利。[18] 在上述所有情况下在比利时或者瑞士作出的裁决，均不涉及裁决地法院撤销仲裁裁决的情况。上述法院对在其各自国家境内作出的仲裁裁决惟一补救办法，就是承认与执行或拒绝承认与执行仲裁庭在其各自国家境内作出的"非内国裁决"。

非内国仲裁理论的实质，是摆脱国家对国际仲裁裁决的监督中所涉及的撤销裁决的权力。根据国际法上的一般原则，国家享有属地优越权，对其境内发生的法律行为享有管辖权。根据各国仲裁立法与实践，裁决地国法院对在其境内作出的裁决享有撤销的权力，但是，国家在某些情况下也可以放弃对此项权力的行使，如在一国境内适用外国法律或者其他仲裁规则作出的裁决，如在戈特韦肯案中法国法院拒绝对仲裁庭根据国际商会国际仲裁院仲裁规则在其境内作出的仲裁裁决行使撤销的权力。又如，瑞士和比利时法律所规定的法院对外国当事人之间在瑞士或者比利时境内作出的裁决拒绝行使撤销的权力，进而使在上述国家作出的上述裁决成为无国籍裁决。

可见，非内国仲裁裁决的典型特征，就是裁决地国法院不对该裁决行使撤销的权力，进而使之成为无国籍裁决。另一方面，执行地国家则以其本国法，对该裁决的国籍作出认定，在多数情况下将其视为"外国裁决"，因为根据确定国际商事仲裁国籍普遍适用的地域标准，该裁决在执行地国以外的国家或地区作出。如果裁决地国和执行地国均为《纽约公约》的缔约国，或者执行地国在加入公约时，没有作出互惠保留声明，无论裁决是否在缔约国境内作出，均应适用公约规定的条件，决定是否承认与执行该仲裁裁决。

在国际商事仲裁实践中，仲裁程序的适用法律决定仲裁裁决的国籍

---

〔18〕　1987 年《瑞士联邦国际私法》第 192 条。

这一标准的适用范围极为有限，而且在多数情况下国家法院均不单独适用此项标准。就笔者所掌握的资料看，还没有任何一个国家在认定仲裁裁决是否为本国裁决的问题上，只适用仲裁程序适用法律的标准。即便是法国和德国的仲裁立法中所适用的这一标准，也只是作为其中的一个标准，而且也不是主要的标准。事实上法国和德国在适用这一标准的同时，均适用地域标准。也就是说，对在法国和德国境内进行的国际仲裁，这两个国家均依其各自的法律实施管辖。

肆、仲裁裁决国籍的冲突及现代国际商事仲裁立法与实践对裁决国籍的确定

如前所述，《纽约公约》不仅适用于外国仲裁裁决的承认与执行，在非内国仲裁裁决的承认与执行上，同样应当予以适用。在实践中，按照某些国家的法律，国家除了对在其境内进行的仲裁行使管辖权外，对于在其领土以外根据该国国内法而不出仲裁地法作出的仲裁裁决，也被认为是本国裁决。例如，联邦德国在加入《纽约公约》后，在其颁布的关于实施《纽约公约》的法律第 2 条规定："如果《纽约公约》项下的仲裁裁决在另一缔约国境内作出时所适用的是德国的程序法，当事人就可以在联邦德国申请撤销此项仲裁裁决。撤销的程序适用民事诉讼法第 1041、1043、1045（1）和 1046 条的规定。[19]"在起草《纽约公约》的过程中，联合国经社会理事会所提交的草案，所体现的就是仲裁裁决受裁决所适用的仲裁法支配的原则。因为在一些大陆法国家，如联邦德国和法国，允许当事人约定仲裁可适用不同于仲裁地国的仲裁法。[20] 其结果，假定在美国进行的仲裁所适用的是德国程序法，德国法院就可以认为此项裁决为德国裁决，进而对该仲裁裁决行使撤销的权力。希腊的法律也有类似规定。[21] 由此表产生了仲裁裁决国籍的冲突问题。

---

〔19〕 转引自 Albert Jan Van Den Berg, supra note 4, at 27.

〔20〕 同上，23 页。

〔21〕 A. Foustoucos, "Greece" Yearbook Commercial Arbitration 69～72 (Vol. 11, 1986).

一、国际商事仲裁裁决的国籍冲突

（一）裁决的消极冲突

指裁决作出后，裁决地国认为该裁决没有适用当地的仲裁法，因而拒绝对该裁决行使撤销的权力，进而使该裁决成为无国籍裁决。例如在戈特韦肯案中，法国法院以该仲裁未适用法国法为由而拒绝对该案实施管辖，否认该裁决是法国裁决，进而使该裁决对于法国而言，成为无国籍裁决。〔22〕而对执行地国瑞典法院而言，仍然可依其本国法将该裁决视为法国裁决，因为该裁决在巴黎作出。

（二）仲裁裁决国籍的积极冲突

指裁决作出后，一方面，在实行地域标准的绝大多数国家的法律，该裁决受裁决地国法院监督，将其视为裁决地国的裁决。另一方面，在实行仲裁程序或者仲裁裁决适用法律标准决定裁决国籍的国家，由于仲裁程序适用的是裁决地以外的国家的程序法，因而根据裁决程序的适用法律决定该裁决国籍。于是，该裁决便具有双重国籍：即裁决地国和裁决适用法律国家的国籍。例如，国际仲裁协议的当事人在协议中就仲裁程序的适用法律和仲裁地点都作出明确规定，在此种情况下就会出现两种后果：（1）当事人所选择的仲裁程序的适用法律恰好就是仲裁地国的法律，据此作出的裁决所适用的法律既是仲裁地所在国的法律，同时也就是仲裁程序所适用的国家的法律，因为二者是一致的；（2）当事人在仲裁协议中所选择的仲裁程序应当适用的法律与仲裁地所在国属于不同的国家的法律，由此便产生认定仲裁裁决国籍问题上的积极法律冲突：仲裁适用法律的国家认为该裁决属于该国裁决，而仲裁地国则认为该裁决为仲裁地国的裁决。

两个国家均可依其本国法主张对该裁决行使撤销的权力。例如，在印度热能公司（National Thermal Power Corporation v. The Singer

〔22〕　在该案中，尽管该裁决对于法国而言成为无国籍裁决（非内国裁决），但是对于申请承认与执行的瑞典而言，并不一定认为它是无国籍裁决，而可能其视为法国裁决，因为该裁决是在法国作出的；故将该裁决作为《纽约公约》项下的裁决加以承认与执行。根据《纽约公约》的含义，尽管法国将该裁决视为"非内国裁决"进而拒绝对该裁决行使撤销的权力，如果申请人向法国法院申请执行该裁决时，法国法院也应当将其作为《纽约公约》项下的裁决并按照公约规定的条件予以承认与执行。

Company）一案中，[23]当事人约定合同的准据法为印度法，仲裁地点在伦敦。按照包括英国在内的多数国家所采纳的地域标准，该裁决为英国裁决。然而，当裁决认定印度公司败诉后，印度公司向仲裁适用法律的国家印度新德里高等法院申请撤销该裁决，高等法院认定该裁决为外国裁决进而拒绝行使撤销权力。但是，当高等法院的上述判决上诉到印度最高法院时，最高法院则认为高等法院认定伦敦作出的裁决为外国裁决是错误的，因为该裁决按照当事人之间的约定合同应当受印度现行法支配，因此该裁决应当认定为印度裁决而非外国裁决。既然是印度裁决，根据当时有效的法律，印度法院享有撤销该裁决的权力。当然，此种做法遭到国际上的批评。[24]

二、现代国际商事仲裁立法与实践对裁决国籍的确定

在以往国际商事仲裁立法与实践中，地域标准和仲裁程序适用法律的标准可以同时适用。在实践中可能会出现以下两种情况：（1）国际仲裁协议的当事双方虽然未能在就仲裁程序的适用法律作出选择，但约定了仲裁地点。在这种情况下，如无特别约定，仲裁地的法律即为进行仲裁程序所适用的法律。地域标准也就是仲裁程序适用法律的标准。（2）当事人在仲裁协议中既约定仲裁地点，同时也约定仲裁程序的适用法律，而此项法律为仲裁地国以外国家的法律。在这种情况下，如果仲裁地法院根据当地法律认为裁决是当地的裁决，而在实施仲裁程序适用法律的仲裁地以外国家的法院，也可能由于该仲裁程序适用当地法律而根据本国法律认定该裁决为法院地国裁决，尽管该裁决在外国作出。这就是法国和德国在起草《纽约公约》时所坚持的立场，也是《纽约公约》所允许的。

值得特别指出的是在近年来有关国际商事仲裁立法与实践中，人们正逐步地抛弃仲裁程序适用法律确定裁决国籍的标准，而完全实行地域标准决定裁决的国籍。这是由于在经济全球化的条件下，许多国家的法律和仲裁规则规定当事人所选择适用的法律，包括实体法和程序法，不

---

〔23〕 *International Commercial Arbitration* 643～649（1999）. 关于本案案情及其评论，还可以参见赵秀文主编，注 11 书，211～223 页。

〔24〕 Jan Paulsson, Comment, *The New York Convention's Misadventures in* India, Mealey's International Arbitration Report 18～21（Vol. 7, Issue 6）（1992）.

一定局限于某一特定国家,可以是不属于某一特定国家的而又为国际商事交易所普遍认可的法律规则(rules of law)。例如,据1981年仲裁立法(法国民事诉讼法典)第1504条规定,国际仲裁程序中在法国作出的仲裁裁决可按第1502条规定的理由提起撤销之诉。另一方面,该法典第1494条规定,"仲裁协议可以通过直接规定或者援引一套仲裁规则来明确仲裁应遵循的程序;协议也可以选择特定的程序法为准据法。"可见,法国民事诉讼法典上述规定中的准据法可以是任何一个国家的仲裁程序法,也可为不属于任何一个国家的法律的一般法律规则。

德国1998年仲裁立法规定在民事诉讼法典第10篇(1998年仲裁立法)中。就该法的适用范围而言,第1025条开宗明义地规定:"本篇适用于第1043条(1)规定的在德国进行的仲裁。"[25] 另一方面,第1042条(3)又规定,除本篇中的强制性规定外,仲裁协议的当事各方可以自由地约定仲裁适用的仲裁规则或者援引某仲裁规则。所以,无论是法国还是德国仲裁法,均允许当事人在仲裁协议中选择仲裁程序的适用法律或者规则,同时也允许当事人对在其境内作出的裁决提起撤销之诉,实施地域管辖的标准和仲裁适用法律的双重标准。

国际仲裁裁决的国籍直接影响到相关国家的法院对该仲裁裁决所行使的撤销权,因为按照国际商事仲裁立法与实践,一国法院有权撤销其本国裁决,对于外国仲裁裁决,法院只有承认与执行或者拒绝承认与执行的权力。在仲裁裁决产生消极法律冲突的情况下,所有国家均不对其行使撤销的权力。而在积极法律冲突的情况下,裁决地国和裁决程序适用法律的国家均主张撤销该裁决的权力。对于如何解决此相冲突,归根究底取决于相关国家国内法上的规定。即各主权国家根据其各自国家国内法决定其对国际仲裁裁决所行使的撤销权,并根据其国内法或者《纽约公约》的规定,作出是否承认与执行外国仲裁裁决的决定。

从《纽约公约》的现行规定,并没有解决由哪一国国家(裁决地国还是仲裁程序或者解决争议实体问题适用法律的国家)行使撤销仲裁裁决的权力的问题,从现行规定看,公约缔约国可以适用上述不同标

---

〔25〕 关于法国1981年和德国1998年的仲裁立法,以及英国1996年仲裁法、俄罗斯联邦国际商事仲裁法、美国联邦仲裁法的全文,参见赵秀文主编,国际经济贸易仲裁法教学参考资料,中国法制出版社,1999年。

准，因而仲裁裁决国籍的积极和消极冲突的产生，也是不可避免的。如何解决此相冲突，《纽约公约》将此问题留给各缔约国自己解决，而各主权国家在对国际商事仲裁裁决的国籍作出认定并实施撤销监督的情况下，只适用其各自国家的法律，一般不存在适用其他国家法律的问题。

这里必须特别指出的是，在现代国际商事仲裁立法与实践中，包括法国和德国在内的几乎所有国家均采纳地域原则作为确定国际商事仲裁裁决国际的原则。这一点可以从法国1980年民事诉讼法典和德国1998年民事诉讼法典的修订中得以证明，因为当初在制定《纽约公约》时，坚持采用仲裁适用法律标准的正是这两个国家，而现在这两个国家的态度均有了改变。德国政府在解释其民事诉讼法典的备忘录中明确地抛弃了仲裁程序适用法律的标准作为决定仲裁裁决的标准，而完全采用单一的地域标准："德国民事诉讼法第10编的变更是必要的，因为新法遵循了地域原则。今后，在德国作出的裁决受德国法律支配，无论裁决根据哪一个国家的法律作出。在外国作出的裁决视为外国裁决，而在德国作出的裁决均为德国裁决。"[26] 可见，德国已经完全抛弃其在制定《纽约公约》时所坚持的关于"裁决适用法律"决定某一裁决是否属于德国裁决的立场，而无条件地接受"地域标准"作为决定国际商事仲裁裁决国籍的标准。

伍、《纽约公约》在中国大陆的适用

一、中国大陆仲裁立法上《纽约公约》裁决的含义

中国仲裁立法包括国内立法和缔结或者参加的双边或多边国际公约中包括的调整仲裁关系的法律规范的总称。1986年12月2日，第六届全国人民代表大会常务委员会第十八次会议通过中国加入《纽约公约》的决定，同时作了以下两点声明：（1）中华人民共和国只在互惠的基础上对在另一缔约国领土内作出的仲裁裁决的承认和执行适用该公约；（2）中华人民共和国只对根据中华人民共和国法律认定为属于契约性和

---

〔26〕 Albert Jan van den Berg, *The German Arbitration Act 1998 and the New York Convention 1958*, *in* Law of International Business and Dispute Settlement in the 21st Century 789 (Rober Briner & others ed., 2001).

非契约性商事法律关系所引起的争议适用该公约。前者为互惠保留声明，后者为商事保留声明。当时在此会议上作"关于建议中国加入《纽约公约》的说明"的外交部副部长朱启祯指出，如果中国加入该公约时不作这两项保留，就要承认和执行在任何国家领土内作出的任何仲裁裁决。[27] 就中国在加入《纽约公约》时作出的互惠保留声明而言，在中国法院申请承认与执行的"外国仲裁裁决"，是指在中国境外的《纽约公约》缔约国领土内作出的仲裁裁决。由此可以作出如下推论，外国裁决是指在中国境外作出的裁决，也可以解释为以地域标准决定某一特定裁决是否属于外国裁决。

从中国上述立法与实践看，中国对外国仲裁裁决国籍的认定，采用的是地域标准。中国的这一做法，符合多数国家的仲裁立法与实践。根据绝大多数国家的仲裁立法与实践，在一国境内进行的国际仲裁，即便适用裁决地国以外国家的法律，仲裁地法院也可依其本国法对该仲裁裁决实施监督，并认定该裁决为本国裁决。因此，对于在中国境内作出的国际仲裁裁决，无论是用什么样的法律规则，包括程序和实体法律规则，均应当认定为中国裁决，中国法院应当依据中国法律实施监督，包括依法行使撤销的权力和决定是否承认与执行的权力。

二、国外机构仲裁裁决的国籍及其确定

根据现行仲裁立法，在中国境内，除了在某些双边投资保护协议中存在着某些临时仲裁的情况外，[28] 尚不存在法律意义上的临时仲裁。当事人之间订立的仲裁协议约定通过仲裁方式解决当事人之间的争议，仅指机构仲裁，并不包括临时仲裁。因为按照中国现行仲裁法的规定，

---

〔27〕 参见程德钧主编，涉外仲裁与法律，中国人民大学出版社，1992 年，3～5 页。

〔28〕 例如 1992 年 2 月 6 日由中国外长钱其琛和西班牙王国外长奥多涅斯在马德里签署的《中华人民共和国和西班牙王国关于相互鼓励和保护投资协议》第 8 条规定的双方对协议的解释或适用所发生的争端，如果不能通过协商解决，应提交专设仲裁庭解决。其次，该协议第 9 条规定，缔约一方的投资者与缔约另一方之间产生的征收补偿金额的争议，也可以提交国际仲裁解决。再次，如果双方均为《解决国家与他国国民之间投资争议公约》缔约国的，缔约一方与另一方投资者之间由于在东道国投资而产生的争议，任何一方均可将争议提交解决投资争议国际中心解决。如果对方不是该公约缔约方，可根据《联合国国际贸易法委员会仲裁规则》，由专门设立的国际仲裁庭仲裁。而这里所提到的专门设立的国际仲裁庭，即为临时仲裁庭（ad hoc arbitral tribunal）。

仲裁协议必须写明"选定的仲裁委员会",[29] 当事人如果在仲裁协议中没有对其所选定的仲裁委员会作出约定,事后对此又不能达成补充协议的,该仲裁协议无效。[30]

按照中国现行仲裁立法与实践,当事人约定将它们之间的争议提交某一特定的仲裁委员会仲裁,就意味着由该仲裁委员会在其所在地仲裁,因此,仲裁地点就是仲裁机构所在的地点。当裁决作出后,如果当事人申请法院撤销该裁决,申请人应当自收到裁决书之日起 6 个月内,向仲裁委员会所在地的中级人民法院提出。[31] 该相关人民法院应当在受理撤销裁决申请之日起两个月内作出撤销裁决或者驳回申请的裁定。[32] 在如何认定国外仲裁机构适用其仲裁规则在中国境内作出的裁决的标准,中国法院是否行使撤销权力,目前尚未找到法律上的依据。

继中国加入《纽约公约》后不久,《中华人民共和国民事诉讼法》于 1991 年颁布,根据该法第 269 条的规定:"国外仲裁机构的裁决,需要中华人民共和国人民法院承认和执行的,应当由当事人直接向被执行人住所地或者其财产所在地的中级人民法院申请,人民法院应当依照中华人民共和国缔结或者参加的国际条约,或者按照互惠原则办理。"据此规定,"国外仲裁机构"显然是指在中国境外的仲裁机构,包括临时仲裁机构(庭)和常设仲裁机构的仲裁庭在中国领土以外的国家和地区作出的裁决。换言之,外国仲裁裁决是指在中国境外作出的裁决。这些外国仲裁裁决可以分为公约裁决和非公约裁决。公约裁决指在《纽约公约》缔约国境内作出的仲裁裁决,对于这些裁决的承认与执行,中国法院应当按照公约规定办理;非公约裁决则指在《纽约公约》缔约国领土外作出的裁决,对于此类裁决在中国境内的承认与执行,按照中国民事诉讼法的上述规定,应按互惠原则办理。

随着经济全球化和国际服务贸易的发展,仲裁服务领域的国际竞争势必更加激烈。鉴于许多国际仲裁机构都允许当事人就其仲裁地点作出选择,如当事人约定将争议提交国际商会国际仲裁院或者伦敦国际仲裁院解决,仲裁地点在北京。由此作出的裁决究竟属于中国裁决还是仲裁

---

〔29〕《中华人民共和国仲裁法》第 16 条。
〔30〕《中华人民共和国仲裁法》第 18 条。
〔31〕《中华人民共和国仲裁法》第 58 条。
〔32〕《中华人民共和国仲裁法》第 60 条。

机构所在地国的裁决？如果当事人在国际仲裁协议中约定将争议提交临时仲裁庭解决，仲裁地点在中国境内的某一城市，中国法律是否允许当事人作出上述约定？临时仲裁能否在中国境内进行？假定事实上临时仲裁庭在中国境内进行仲裁并作出裁决，中国法律是否承认此项裁决的效力？法院是否对上述裁决行使撤销的权力？从现行有关仲裁的立法与实践中还不能直接找到答案。

仲裁属于世贸协议中的服务贸易总协议项下的专业服务之一。外国仲裁机构适用其仲裁规则在中国境内进行的仲裁，应当属于通过自然人跨国境流动的方式提供的通过仲裁方式解决国际商事争议方面的专业服务。[33] 具体而言，对于国际商会国际仲裁院依照其仲裁规则受理的仲裁案件，其中国某一城市（北京）能否作为仲裁地点？如果回答是肯定的，我们还要回答第二个问题：适用国际商会国际仲裁院仲裁规则仲裁时，依照该规则应当如何确定仲裁地点：究竟将该院所在地巴黎作为仲裁地点，还是将当事人约定的或者仲裁院决定的地点作为仲裁地点？适用该规则在中国境内进行的仲裁，究竟属于该院管理下的机构仲裁，还是在中国境内进行的临时仲裁？现就上述问题谈谈笔者的一些看法。

（一）关于机构仲裁中仲裁地点的确定

有学者认为"在机构仲裁中，仲裁地应为仲裁机构所在地……国际商会（国际仲裁院）的仲裁地应为法国才为妥当[34]"。

对此观点，笔者不敢苟同。根据国际商事仲裁立法与实践，由常设仲裁机构管理并依该仲裁机构仲裁规则进行的仲裁，此项仲裁地点是否就是该机构所在地，应当具体情况具体分析，不应一概而论。而此决定仲裁地点最为关键的问题，取决于该特定仲裁机构的仲裁规则对仲裁地点的规定。就目前各仲裁机构的仲裁规则言，存在以下不同情况：

1. 若仲裁机构的仲裁规则对仲裁地点即为该机构所在地，则仲裁机构所在地即为仲裁地点。例如，俄罗斯联邦 1988 年国际商事仲裁院仲裁规则第 6 条（1），就对仲裁地点作出专门规定："仲裁地点和开庭

---

〔33〕《服务贸易总协议》第 1 条（1）（d）。
〔34〕 康明，我国商事仲裁服务市场对外开放问题初探，仲裁与法律，6 期，法律出版社，2003 年 1 月，57 页。

地点应为莫斯科市。"〔35〕而在一些情况下，如果某一特定仲裁机构的仲裁规则对仲裁地点没有规定，当事人在仲裁协议中也没有专门就仲裁地点作出约定，则当事人将争议提交该特定机构仲裁时，一般情况下该机构所在地应当被视为仲裁地点。比如中国目前各仲裁委员会的实践，当事人将争议提交某一特定的仲裁委员会解决，仲裁地点即为该仲裁委员会（或其分会）所在地。还有的仲裁规则对仲裁地点为仲裁机构所在地点的情况作出专门规定。例如，根据伦敦国际仲裁院 1998 年仲裁规则第 16 条（1）的规定："当事人可书面约定仲裁本座地或法定地点（the seat or legal place）。如无此项约定，仲裁本座地在伦敦，除非仲裁院在给予双方当事人对此发表书面评论后作出决定，认为在伦敦以外的本座地更为适当。"〔36〕据此规定，如果仲裁院没有作出在伦敦以外的地点进行仲裁的更为适当的决定，仲裁地点即为伦敦。在这种情况下，仲裁机构所在地即为仲裁地点。

2. 如果该特定仲裁机构仲裁规则就仲裁地点的确定方法作出专门规定，则应当按照该规则规定确定仲裁地点。比如国际商会国际仲裁院和伦敦国际仲裁院仲裁规则，均对仲裁地点作出专门规定。〔37〕在此情况下，应当根据应当适用的仲裁规则规定的方法，确定仲裁地点。根据这两个国际仲裁机构仲裁规则的规定，仲裁机构所在地不一定就是该特定仲裁案件的仲裁地点，因这两个仲裁机构的仲裁规则均允许当事人就仲裁地点作出约定，仲裁机构也可以对仲裁地点作出决定。如果当事人约定或者仲裁机构决定某一特定案件在该机构之外的另一个国家的某个地点仲裁，则仲裁机构在一个国家，而仲裁地点则在另一个国家。在此情况下，仲裁地点就不是该仲裁机构所在的地点，而是仲裁协议当事人约定或者仲裁机构决定的仲裁地点，此项地点可以是该特定机构所在国，也可以是该仲裁机构所在国以外的国家和地区。

以国际商会国际仲裁院的仲裁实践为例，国际仲裁院自 1923 年成立以来的近 80 年间（截至 2002 年底），依据其仲裁规则办理了 12000

〔35〕 参见程德钧、王生长主编，涉外仲裁与法律（2辑），中国统计出版社，1994年，465 页。
〔36〕 参见赵秀文主编，注 24 书，334～335 页。
〔37〕 国际商会国际仲裁院 1998 年仲裁规则第 14 条、伦敦国际仲裁院 1998 年仲裁规则第 16 条。

多起仲裁案件，涉及 170 多个国家和地区。[38] 根据该院的仲裁规则，如果当事人在仲裁协议中没有就仲裁地点作出约定，应当由仲裁院确定该仲裁地点。[39] 这就是说，仲裁地点首先可以有当事人共同决定，如无此决定，由仲裁院作出决定。从实践上看，无论是当事人约定的仲裁地点，还是仲裁机构决定的仲裁地点，可以是仲裁机构所在国，也可以是该国以外的国家和地区。国际商会国际仲裁院从方便当事人的角度出发，多数仲裁案件的仲裁地点都不在该仲裁院所在地法国巴黎，而是在法国之外的国家和地区。

据权威人士披露的资料，该院所受理的仲裁案件中，大约只有三分之一案件的仲裁地点在巴黎。1980 年至 1988 年期间，至少有 62 个国家作为适用该院仲裁规则进行仲裁的仲裁地点。[40] 就近期统计的数字而言，自 2002 年 1 月到 2003 年 1 月间，该院共受理 593 个仲裁案件，当事人来自 126 个不同国家和地区，仲裁地点分布在全世界 43 个国家和地区。[41] 可见，根据国际商会国际仲裁院仲裁规则，该院负责管理的仲裁案件，仲裁地点不一定就是该院所在地巴黎，如果当事人约定或者仲裁院决定仲裁地点在法国以外的国家和地区，则仲裁地点就不在法国，而是当事人约定或者仲裁院决定的国家和地区。如前所述，在国际商会国际仲裁院仲裁的案件中，就大多数仲裁案件的仲裁地点并不在该院所在地巴黎，而是在法国以外的国家和地区。

因此，就国际商会国际仲裁院适用其仲裁规则在中国境内进行的仲裁而言，根据该院 1998 年仲裁规则第 14 条的规定，当事人可以选择法国以外的国家作为仲裁地点，仲裁院也可就法国以外的仲裁地点作出决定。目前，国际商会国际仲裁院所受理的仲裁案件中，有的案件的仲裁协议中就包括适用国际商会国际仲裁院仲裁规则"在上海仲裁"的规

---

〔38〕　ICC Publication 810, 2002, at 2.

〔39〕　1975 年和 1988 年仲裁规则第 12 条；1998 年仲裁规则第 14 条（1）。

〔40〕　W. L. Craig, W. W. Park & J. Paulsson, International Chamber of Commerce Arbitration (2nd ed., 1990). App. I, Table 8; Ronald Bernstein & Others, Handbook of Arbitration Practice 537 (1998).

〔41〕　ICC Publication 810, 10 (2002).

定。[42] 可见，当事人共同约定的仲裁地点或者仲裁院决定的仲裁地点，可以是在法国巴黎，也可以是在法国以外的国家和地区。那种认为国际商会国际仲裁院负责管理的仲裁案件的仲裁地点只能在法国的观点，不能成立。笔者认为，适用国际商会国际仲裁院仲裁规则在中国境内进行的仲裁并作出的裁决，应当属于中国裁决，由中国法院行使撤销权的监督。

（二）适用国际商会仲裁规则在中国境内开庭审理的案件属于机构仲裁还是临时仲裁？

有学者认为，不在中国设立仲裁机构或者在中国设立不具有独立法人地位的办事机构或分支机构而在中国境内进行的仲裁，在很大程度上是一种临时仲裁的形式。[43]

对此观点，笔者也不敢苟同。众所周知，临时仲裁庭（机构）与仲裁机构的主要区别，在于该仲裁机构是否为解决某一特定的争议而设立。常设仲裁机构根据特定国家的法律设立，其宗旨就是依法为当事人提供通过仲裁方式解决当事人之间争议的服务。这些机构有其特定的名称、章程、固定的办公地点、人员以及所适用的仲裁规则，其中许多仲裁机构还备有供当事人选择的仲裁院名册等。我们通常所说的机构仲裁，是指常设仲裁机构的仲裁。国际上一些知名的仲裁机构，如中国国际经济贸易仲裁委员会、国际商会国际仲裁院、伦敦国际仲裁院、美国仲裁协会等，均属于常设仲裁机构。

如前所述，国际商会仲裁院作为在法国设立的常设仲裁机构，其所审理的仲裁案件的当事人来自世界各地，其仲裁地点除了在机构所在地巴黎进行外，包括大陆在内的世界上的任何国家和地区，都有可能作为仲裁地点。起决定性因素，是仲裁协议当事人共同做出的选择，或者仲裁院根据仲裁规则对仲裁地点作出的决定。如果当事人约定或者仲裁院

---

〔42〕 国际商会国际仲裁院院长 Robert Briner 在 2002 年 11 月 3 日北京国际商事仲裁研讨会上的发言。Briner 院长隔天下午在中国人民法学法学院发表的演讲中，也专门提到这个问题，并就有同学提出的"适用 ICC 规则在中国仲裁"的问题发表自己的意见，他认为，在中国大陆适用 ICC 仲裁规则，关键是由哪一个机构适用，如果由国际商会国际仲裁院以外的机构适用 ICC 规则，则是十分危险的。因为仲裁规则中规定的有关仲裁程序的管理和监督、仲裁庭的组成和仲裁庭与当事人之间签署的仲裁审理事项的审批、裁决书在向当事人正式签发之前的审批、仲裁行政管理费用和仲裁费用的收取标准、仲裁员费用的支付标准等问题，都是由国际商会国际仲裁院行使的，而不是由其他机构实施。

〔43〕 康明，注 33 文，54 页。

决定仲裁地点在中国,仲裁所依据的规则仍然是该院仲裁规则,仲裁院仍然对在中国境内进行的仲裁根据该院的仲裁规则实施行政管理。包括立案、按照仲裁规则规定收取仲裁费和决定仲裁院的报酬;仲裁庭在对案件进入实质性审理之前,还应当与当事人共同签署"审理事项"(terms of reference)的文件,并须提交仲裁院;[44] 在仲裁裁决向当事人签发之前,裁决书草案须经该院批准,[45] 裁决原本需交由秘书处保存。[46]

故适用该院仲裁规则在中国境内进行的仲裁并非临时仲裁,而是机构仲裁,即该仲裁仍然是在国际商会国际仲裁院管理下依照该院仲裁规则在中国进行的仲裁。若当事人约定的仲裁地点在巴黎,只是在中国某地开庭或者仲裁庭进行合议,则开庭地点或者仲裁庭进行合议的地点没有法律上的意义。仲裁地点在巴黎而在北京开庭审理的案件,在这种情况下作出的裁决,同样应当属于仲裁地点所在国(法国)的裁决,而非中国裁决。

因此,对于那些在法国以外适用国际商会仲裁规则进行的仲裁,尽管属于国际商会国际仲裁院管理下的机构仲裁,但是由于仲裁地点不在法国,仲裁裁决在法国以外的国家或地区作出,因而该裁决并不属于法国裁决,进而法国法院不能对该裁决行使撤销的监督权,此项权力应当由裁决地国法院行使,而不是由负责管理该仲裁程序的仲裁院所在地法国法院行使此项权力。[47] 同样的道理,如果当事人在上述仲裁协议中约定仲裁地点在北京,当争议发生后,当事人将争议提交国际商会国际仲裁院仲裁时,北京就是法律意义上的仲裁地点。即便仲裁庭在新加坡或者印度开庭审理该案或者在上述地点进行合议,仍然不能改变北京作为该案中具有法律意义的仲裁地点。当裁决作出后,如果当事人申请撤销该裁决,也只能向北京市中级人民法院申请撤销,而不能向该院所在地法国法院提出,因为按照国际商事仲裁惯例,裁决在具有法律意义的

---

〔44〕 国际商会国际仲裁院1998年仲裁规则第18条。

〔45〕 国际商会国际仲裁院1998年仲裁规则第27条。

〔46〕 国际商会国际仲裁院1998年仲裁规则第28条(4)。

〔47〕 如美国法院在国际标准电器案中,拒绝撤销根据该院规则在墨西哥作出的仲裁裁决;在帕巴克一案中,奥地利法院对在其境内适用国际商会国际仲裁规则作出的裁决所实施撤销和确认该裁决的监督权,关于这两个案件的案情及其评论,可参见赵秀文主编,注11书,197~204、237~242页。

仲裁地点北京作出，在新加坡或者印度开庭审理或者合议的事实，并不改变北京作为法律意义上的仲裁地点。尽管目前中国法律对此没有作出专门规定，但是根据国际民商事合同普遍适用的当事人意思自治原则，当事人自愿选择将中国作出仲裁地点，并不违反中国的法律和社会公共秩序，应当属于法律允许的范畴。

因此笔者认为，对于外国仲裁机构的裁决，不能笼统为外国仲裁裁决，而应当具体情况具体分析。而这里确定国际仲裁裁决国籍的决定性因素，是作出裁决的地点。因此，对于外国仲裁机构在中国境外作出的裁决，应当作为外国仲裁裁决；而对于外国仲裁机构适用该外国仲裁机构仲裁规则在中国境内作出的裁决，应当视为中国裁决，由中国法院行使撤销或者承认与执行的权力。

陆、结　　论

通过上述分析，我们可以得出如下结论：（1）《纽约公约》不仅适用于在申请执行裁决地国以外的国家领土内作出的裁决，对于在执行地国境内适用其他国家的法律或者仲裁规则作出的非内国裁决的承认与执行上，同样应当予以适用。（2）地域标准（仲裁地点）作为决定国际商事仲裁裁决国籍的标准，已经得到包括中国在内的世界各国有关国际商事仲裁立法与实践的普遍认可。（3）对于外国仲裁机构适用其仲裁规则在中国境内作出的裁决，应当认定为中国裁决，应当由中国法院依照中国法律对其行使撤销监督权。

由 WTO 争端解决机制的执行效果论台湾适用该机制的困境与途径

张升星　台中地方法院法官

壹、前　　言

　　WTO 是当今全球最为重要的国际经贸组织，与其前身 GATT 相较，最大的差别之一就是 WTO 大幅改变了 GATT 时期争端解决机制的缺失。在 GATT 时期，争端解决小组（Panel）作成报告后，必须获得 GATT 缔约国全体（Contracting Parties）之共识同意（consensus），才能获得采纳，因此不利认定之缔约国往往利用此项"正面"共识决

(positive consensus) 的规定，杯葛对其不利之报告，使得争端解决机制的功能不彰。但是 DSU（Dispute Settlement Understanding，DSU）对于争端解决机构（Dispute Settlement Body，DSB）下 Panel 的报告则改采"负面"共识决（negative consensus）的规定，除非全体会员一致同意不予采纳，否则 Panel 或者上诉小组（Appellate Body，AB）的报告将自动获得采纳[1]。这项根本性的修正使得 Panel 或 AB 的报告几乎都能获得采纳而产生法律上的拘束力，其法律效果与 GATT 时期相较，重要性不可同日而语。

台湾成为 WTO 会员后，在未来的贸易争议事件中，无论是作为控诉方或者被控诉方，都必须依照 DSU 的规定解决贸易争端。固然在条约文义上，DSU 的规定使得 Panel 报告的法律效力大为增强，但是落实在执行层面时，情形究竟如何，仍然有待进一步的分析。

学者在比较 WTO 与 GATT 的争端解决机制时，均认为 WTO 的 DSU 就争端解决改采规则导向（rule-oriented），有别于 GATT 时期的实力导向（power-oriented）[2]。也就是以 WTO 下的司法模式（judicial mode）取代 GATT 时期的外交模式（diplomatic mode），作为解决贸易争端的方法。但是 DSB 毕竟与内国法院不同，尤其是 Panel 的报告，在执行上往往会牵涉国际政治和经贸关系的互动，并不全然是司法层次的逻辑推论，所以不能单纯地以内国法院判决的效果视之。而台湾作为 WTO 的会员，基于本身经贸结构与国际因素，未来使用 DSU 的可能效果究竟如何，应值得探讨。

本文是以 DSU 条文及实务案例作为基础，讨论 Panel 或者 AB 的报告在执行上所可能遭遇的各种情形，借此说明 DSU 之局限性，俾能客观评价 DSU 的执行利弊。未来台湾如与贸易伙伴发生贸易争端，也能依据客观的评估结果决定是否发动争端解决的法律程序。本文的研究方法系采文献整理之方式，首先说明争端解决机制在 WTO 与 GATT 时期的重大改变，其次从国际法的观点介绍 DSU 的重要规范内容及其

---

〔1〕 Dispute Settlement Understanding,（hereinafter DSU）Art. 16 (4).

〔2〕 John H. Jackson, The World Trading System 109～111（2000）. 中文部分参阅罗昌发，国际贸易法，1999 年，823～824 页。

法律效果。再者依据 WTO 相关贸易争议案件说明 DSU 在执行上的缺失及其原因，借此检视 DSU 在执行层面的效力与局限。基于上述分析，依据台湾的产业结构与贸易依存之特性，说明台湾使用 DSU 处理贸易争端的利弊。最后提出本文之结论。

贰、DSU 的规范特色

DSU 乃是解决 WTO 会员国间贸易争端"强制性"（compulsory）的程序规定。除非其他协议就争端解决订有特别规定者外，否则会员国间之贸易争端悉依 DSU 之规定处理[3]。换言之，凡是 WTO 会员间发生贸易争端时，适用 DSU 解决贸易争端乃是 WTO 会员之义务。DSU 的内容总共有 27 个条文，爰就其中较为重要的法律规范加以介绍。

一、DSU 本身即是 WTO 多边条约义务之一部分，而不是对于条约文义的"解释"或者"实务谅解书"（understandings of practices）[4]。一旦 Panel 或 AB 的报告获得采纳，对于相关的当事会员国而言，均具有拘束力（binding）。遭受不利裁决之会员国必须依照报告的建议，"使其措施符合协议之规定[5]"。

就此，首先必须厘清一个重要的基本观念。如果 WTO 会员的内国措施遭到 Panel 或 AB 认定不符 WTO 规范时，该会员可否选择支付赔偿，但仍继续维持已遭裁决不符 WTO 条约规范之措施？学者间对此曾有不同争议[6]。也就是说，从国际法的观点来看，依照 DSU 程序所做成的报告是否就产生国际条约的拘束力？还是须再得到当事国的同意？学说上有肯定说与否定说。

（一）否定说者主张国际法之拘束力应该来自于国家主权的同意（consent），不应由 DSB 来创设国际义务，强制 WTO 会员国遵守。其理由如下：

1. 因为国际上并没有更高位阶的中央政府体系，无法像内国政治

---

[3] DSU, Art. 1 (2).

[4] John H. Jackson, William J. Davey & Alan O. Sykes, jr., Legal Problems of International Economic Relations 340 (3rd ed. 1995).

[5] DSU, Art. 19 (1).

[6] John H. Jackson, The Jurisprudence of Gatt & The WTO 163. (2000).

体制可以透过修法来控制法院的滥权[7]，所以不能把 DSB 模拟于内国法院的地位而赋予其司法效果（judicial effect），否则如此宽松的标准将不当侵犯国家主权。

2. 其次是因为 WTO 协议下的条约义务在文字上都具有相当之"模糊性（ambiguity）"，这是因为为了顺利完成多边谈判的结论，参与谈判的国家不得不在条约文字上予以抽象化而保留弹性。这种颇为模糊的条约文字，如果任由 Panel 或 AB 的报告来解释，并且赋予国际法之条约效力，必将严重危及相关会员国之原始意愿及国家利益[8]。

3. 再者则是认为 DSU 是由 GATT 时期的外交协商模式演化而来，如与司法程序相较，基本上即欠缺正当程序、平等保障以及程序透明等要件，所以如果遽然认其报告具有拘束力，实有未妥[9]。而且就像所有的司法审判权一样，法律见解可能随着不同时空而有宽严不一的解释，并且逐渐演进（evolution）。在 Shrimp/Turtle 一案中，AB 就认为 GATT 1994 第 20 条（g）款关于"可能枯竭的自然资源（exhaustible natural resources）"的解释应随时代而演进[10]。如果 Panel 或 AB 的报告具有国际条约的效力，但却可能因为不同个案而对同一条文产生不同解释，显然也与国际条约法律效力的确定性不符[11]。

4. 还有学者主张，允许 WTO 的被控诉国对于不利于己的争端解决报告书，可以选择继续保持该项不符 WTO 规范的措施，改由控诉国暂停减让或由被控诉国赔偿的方法，借此来维持 WTO 会员国的资格，以避免若干经贸大国因为认为国家主权遭受侵犯而退出 WTO。学者借

---

[7] John A. Ragosta, *Unmasking the WTO—Access to the DSB System：Can the WTO DSB Live Up to the Moniker "World Trade Court?"*, 31 LAW & Policy International Business 739（2000）.

[8] Robert Hudec, *The Judicialization of GATT Dispute Settlement*, in In Whose Interest? 16，23（Michael Hart & Debra Steger eds.，1992）.

[9] Michael K. Young, *Dispute Resolution in the Uruguay Round：Lawyers Triumph Over Diplomats*, 29 INTL LAW 406（1995）；Alan Wm. Wolff & John A. Ragosta, *How the Uruguay Round Will Change the Practice of International Trade Law in the United States*, in The World Trade Organization：Multilateral Trade Framework for the 21st Century and U. S. Implementing Legislation 697~698（Terrence P. Stewart ed.，1996）.

[10] United States — Import Prohibition of Certain Shrimp and Shrimp Products, WT/DS58/AB/R para. 130.

[11] John Ragosta, Navin Joneja & Mikhail Zeldovich, *WTO Dispute Settlement：The System Is Flawed and Must be Fixed.*, 37 International Lawyer 697~752（2003）.

用经济分析的方法，引用契约法上所谓"效率违约"（efficient breach）的概念，主张借由允许一方继续违反 WTO 规范而他方暂停减让或取得赔偿的方式，可以有效调整双方的利益，最终达成平衡[12]。

（二）肯定说则主张：依照 DSU 许多条文的文义解释，可以确定 WTO 的会员都同意 Panel 或 AB 之报告本身即是国际义务，具有国际法之效力。其理由如下[13]：

1. 第 3 条第 7 项：……争端解决机构之首要目标系撤销不符合内括协议规定之措施。双边协议无法达成，仅在无法立即撤销不符合内括协议之措施时，才诉诸补偿条款，补偿规定之适用且应仅为撤销该措施前之临时措施。

2. 第 17 条第 1 项：若小组或上诉机构认定某一措施不符合某一内括协议之规定时，应建议该相关会员使其措施符合协议之规定。除上述建议外，小组或上诉机构一并得向相关会员提出执行此建议之方法。

3. 第 21 条第 1 项：为确保争端有效解决并使各会员受益，必须立即遵行 DSB 所作之建议或裁决。

4. 第 22 条第 1 项：补偿及暂停减让或其他义务，系于建议或裁决未能于合理期间内执行情况下之暂时性措施。惟建议之充分执行使采行之措施符合内括协议，应优先于补偿及暂停减让或其他义务。补偿系自愿性，倘承诺给予，应符合内括协议之规定。

5. 第 22 条第 8 项：减让或其他义务之暂停，应属暂时性……依照第 21 条第 6 项之规定，DSB 应继续监督所通过之建议或裁决之执行，包括已获补偿或已暂停减让或其他义务而仍未执行建议使措施符合内括协议之建议案件。

6. 第 26 条第 1 项（b）款：某项措施若被认定剥夺或损害相关内括协议下之利益，或妨碍该协议目的之达成，但并未违反内括协议之规定时，采取该措施者并无撤销该措施之义务。惟在此情形，小组或上诉机构应建议相关会员作一令双方满意之调整。

---

〔12〕 Warren F. Schwartz & Alan O. Sykes, *The Economic Structure of Renegotiation and Dispute Resolution in the World Trade Organization*, 31 Journal of Legal Studies 179 (2002).

〔13〕 Jackson, *supra* note 6, at 166.

事实上 DSU 的实务也采肯定说,虽然学者主张应该考虑不同会员内国政治的需求,允许会员选择支付补偿而维持被认定不符内括协议的措施[14],但是这样的主张并不被 DSU 的实务所采纳。

本文认为依照 WTO 宪章第 16 条第 1 项明文规定:"除非多边协议另有规定,WTO 应受 1947 年 GATT 缔约国全体(CONTRACTING PARTIES)及其架构下建立之机关采行之决定、程序及惯例之指导[15]",上述条文系为贯穿全部 WTO 协议之基本精神,对于解释 WTO 的条文应该具有重要参考价值。

如前所述,在 GATT 时期,对于 Panel 的报告是采取"正面"共识决的规定,因此受不利认定之国家如果不愿受其拘束,都会在采认的过程中投票否决该份报告。显然在 GATT 缔约国的认知里,Panel 的报告如果取得"正面"共识决,就具有拘束力。WTO 既然是沿袭 GATT 而来,除了在 Panel 或 AB 报告生效的要件由"正面"共识决改成"负面"共识决之外,关于 Panel 报告的法律性质,应该依照 GATT 的惯例为之,始符合宪章第 16 条第 1 项的规定。

再者,DSU 第 22 条第 1 项规定:"补偿系自愿性,倘承诺给予,应符合内括协议之规定",益证即使被认定违反 WTO 规范的国家自愿给付补偿,仍应符合内括协议之规定,显然并不允许会员支付补偿但继续维持不符合 WTO 规范的措施。尤其是在立法政策上,如果允许会员可以支付补偿而继续维持不符 WTO 规范的措施,显然将使国际贸易争议又从规则导向退回到实力导向的模式,这对于经贸实力不成比例的许多小国而言,如果欠缺足够的经济实力和经贸大国进行对抗,则其有无必要继续参加 WTO 即需重新考虑,如此将对全球贸易的自由化造成戕害。

最后,WTO 的 DSU 和 GATT 争端解决机制另一项重大的差别是,在 DSU 的程序下,允许有利害关系的第三国参与争议当事国的争端程序[16],此项司法属性明显的设计,其目的就是要借由利害关系国的参

---

〔14〕 Beatrice Chaytor, *Dispute Settlement under the GATT/WTO: The Experience of Developing Nations*, *in* Dispute Resolution in the WTO 267 (James Cameron & Karen Campbell ed., 1999).

〔15〕 Agreement Establishing The World Trade Organization, Art. XVI (1).

〔16〕 DSU, Art. 10.

加，促使 DSU 的程序忠实履行[17]。综上所述，仍应采取肯定说为当。

二、DSU 旨在提供贸易争端解决的可预测性（predictability），DSB 的建议或裁决，旨在维护内括协议下之权利义务，不得增加或减损内括协议规定之权利义务[18]，学者认为此乃 Panel 或 AB 在审查内国措施是否符合 WTO 规范的"自我抑制[19]"。

三、DSU 确认控诉国有权要求成立 Panel，被控诉国无法像 GATT 时期一样，在 Panel 成立之初即予否决[20]。这项修正虽然只是除去以往 GATT 时期成立 Panel 时所面临的障碍，但是 Panel 一旦成立之后，后续各个阶段的争端解决程序都有期限的要件必须遵守[21]，对于被控诉国而言，这些法律期限的要求，其实也是一种无形的压力。反之，对于控诉国而言，能够在争端解决程序的时间上掌握主动权，则是优势。此外 DSU 设置上诉程序，由 AB 对 Panel 的报告进行法律审查[22]，AB 可以维持、修正或撤销 Panel 的裁决，但是 DSU 并无发回重审（remand）的制度[23]，同样采取负面共识决的模式[24]。

四、DSU 明文授权当受不利裁决的会员国，逾越合理期间仍然拒绝履行 Panel 或 AB 的建议时，控诉国可以采取暂时性（temporary）的措施，要求补偿（compensation）或者暂停其对被控诉国之减让或者其他义务[25]，暂停减让的范围包括其他产业及其他协议下，控诉国对于被控诉国之减让或其他义务[26]。就法律效果而言，由于负面共识决的采行，几乎 Panel 或 AB 的报告都能获得采纳，因此其法律效果等同于

---

〔17〕 John H. Jackson, *International Law Status of WTO Dispute Settlement Reports：Obligation to Comply or Option to "Buy Out"?*, 98 AJIL. 109, 120 (2004).

〔18〕 DSU, Art. 3 (2).

〔19〕 John H. Jackson, *Dispute Settlement in the WTO：Policy and Jurisprudential Considerations.*, The University of Michigan (School of Public Policy) Research Seminar in International Economics, Discussion Paper No. 419 (9 Feb. 1998).

〔20〕 DSU, Art. 6 (1).

〔21〕 相关的条文例如 Art. 4 (3) (7), 5 (4), 7 (1), 12 (8), 16 (1) (2) (4), 17 (5) (14), 20, 21 (3), 22 (2).

〔22〕 DSU, Art. 17 (6).

〔23〕 DSU, Art. 17 (13).

〔24〕 DSU, Art. 17 (14).

〔25〕 DSU, Art. 22 (2).

〔26〕 DSU, Art. 22 (3).

自动执行（self-executing），无须再践行其他法律程序。

　　五、无论是 GATT 或 WTO 的贸易争议案件，并不受国际法上"当地耗尽原则（exhaustion of local remedies）[27]"的拘束，其理由在于 WTO 是政府间的协议，私人并非法律关系的主体，而"当地耗尽原则"主要是作为限制私人申请其本国行使外交保护（diplomatic protection）时，必须满足的前提条件，对于政府与政府间的国际协议，主张权利之一方并不受上述原则之限制。

叁、争端解决机制在执行层面的局限

　　DSU 的建立固然是 WTO 重大的进展，就个案贸易争端的裁决，确实增加前述"规则导向"的效果，但是裁决后的执行层面却因诸多国际政经因素和不同会员间产业结构的差异，使得执行效果未如预期。从执行的角度来看，争端解决机制的局限性如下：

　　一、就立法沿革而言，DSU 相关条文之所以获致共识，乃是因为参与乌拉圭回合谈判的国家，迫于美国 301 条款片面报复的压力，而不得不同意 DSU 有关负面共识决，自动授权报复等规范。原本参与乌拉圭回合谈判的国家，在谈判之初仅同意自动组成 Panel，但仍保留否决权及自动授权报复的规定[28]。这样的背景因素，使得许多 GATT 的缔约国自 GATT 过渡至 WTO 之前，均大量行使否决权[29]。由此可见，与其说 DSU 是 WTO 会员的共识，不如说是美国单方的政策偏好，伴随其强大的政经力量的游说结果。因此会员国对于不利于己的裁决报告，有意识地回避履行其义务，应该也不足为奇。仔细分析各个国家拒绝履行国际义务的原因，不外乎担心国际组织的功能将侵蚀"国家主权"和国际规范的执行会限制"领袖权力"两项因素[30]。

---

〔27〕　United States—Imposition of Anti-Dumping Duties on Imports of Fresh and Chilled Atlantic Salmon from Norway，para. 347~351 BISD 41S/229（30 Nov. 1992，Adopted 27 Apr. 1994）.

〔28〕　GATT BISD，36th Supp. 61~67（1990）.

〔29〕　依据学者 Robert E. Hudec 引述 WTO 秘书处的统计资料显示，GATT 时期最后的 29 个裁决报告，有 12 个未获采纳；包括最后的 9 个报告中的 6 个未获采纳。参见 Robert E. Hudec，*Broadening the Scope of Remedies in WTO Dispute Settlement*，in Improving WTO Dispute Settlement Procedures 45~67（Friedl Weiss & Jochem Wiers，eds. 2000）.

〔30〕　JACKSON，supra note 2，at 108.

二、依救济态样观察，DSU 并未授权 Panel 或 AB 报告得以"强制"受不利裁决的会员国废除（abolish）该项受争议之内国措施，而只是建议会员国应"使其措施符合协议之规范[31]"，所以受到不利裁决的会员国仍然享有广泛的空间，依其国家主权的作用来决定如何履行 Panel 或 AB 的建议。往往造成受到不利裁决的会员国可能在表面上废止某项被认定不符合 WTO 规范的措施，但是另以其他保护效果类似的新措施来代替。也就是说"换汤不换药"的情形在现行的 DSU 规范下，仍然无法避免。

例如在 Banana 一案[32]中，AB 认定 EC（European Community）所采取的香蕉进口政策不符 WTO 的规范，因此 EC 就其香蕉进口政策加以修正，但是控诉国之一的美国认为 EC 修正后的政策仍然不符合 WTO 的规范，双方就此再次产生争议。美国认为 EC 并未遵照 AB 的建议履行，因此美国有权报复；EC 则认为其新措施已经符合 AB 建议的内容。于是新的 Panel 再次成立，裁决 EC 修正后的措施是否合法。EC 认为新的 Panel 必须先行认定其所采取的新措施仍然不符合 WTO 的规范，然后控诉国才能采取报复措施。美国则持反对见解，并且在新的 Panel 尚未裁决其报复措施是否与其损害程度相当之前，即已进行报复，对 EC 出口至美国的商品课征百分之百，总值 5.2 亿美元的报复性关税。由此可知，依照 DSU 的规定，受不利裁决的一方，嗣后修正的措施是否符合 WTO 规范，仍然可能造成循环论证而使得争议结束遥遥无期。

上述 DSU 在规范上的缺陷，理论上，任何受不利裁决的会员国都可以仿照 EC 的模式办理，但是一旦如此，将使国际贸易争端的解决回复国际政治权力导向的本质，因此政经实力不成比例的小国或者发展中国家，基于政治和经济的各种考虑（例如军事合作、外国援助或移民配额等）及内国法律资源的限制，事实上根本无法援引 EC 的模式对经贸大国进行冗长的法律争讼。

最明显的例子就是面对 EC 的新措施，原先的控诉国之一 Ecuador

---

〔31〕 DSU, Art. 19 (1).

〔32〕 European Communities—Regime for the Importation, Sale and Distribution of Bananas, WT/DS27/R (22 May 1997), WT/DS27/AB/R (9 Sep. 1997).

援引 DSU 的规定[33]，要求原来的 Panel 来裁决 EC 的新措施是否符合 WTO 的规定，而不愿像美国一样直接援引授权报复的条款，对 EC 进行报复[34]。由此可见，相对于经济上的强权，其贸易对手国在思考是否采取贸易报复时，都会自我抑制，避免使用贸易报复的手段[35]。其实不只是 Ecuador，所有参与该案的发展中国家，例如 Guatemala，Honduras，Mexico 也都没有对 EC 进行贸易报复。

　　三、若从损害赔偿的原理来检视 DSU 的救济方式，同样无法令人满意。如果受不利裁决的会员国拒绝履行 Panel 或 AB 的建议，控诉国固然可以要求补偿，但是补偿本身是自愿性的[36]，不具有强制力。而且补偿必须以非歧视的方法为之，也就是说必须符合最惠国待遇（MFN）的原则。因此若被控诉国决定支付赔偿予控诉国时，其他国家也可无条件地（unconditionally）主张被控诉国也应同样支付补偿，如此对于被控诉国而言，其代价可能远大于直接承受撤回减让的结果，因此不会选择支付赔偿，所以该项规定成效有限。而 DSU 规定减让或其他义务的暂停，其程度应与受剥夺或损害之程度相当（equivalence）[37]，因此对于受不利裁决的会员国而言，最坏的情况也不过是回复到争议前的状态而已。

　　此外在国际法的实践上，"惩罚性赔偿"（punitive damage）并不被承认属于国家责任（State responsibility）的范围。在联合国国际法委员会（International Law Commission，ILC）对国家责任的草案中规定：国家对于不法行为之义务是"停止不法行为（cessation）"和"补偿受害者（reparation）[38]"，并无所谓"惩罚性赔偿"。WTO 是国际经贸组织，故其同样接受上述法理，因此对受不利裁决的会员国而言，并没有所谓"惩罚性赔偿"的危险，所以 Panel 或 AB 的报告无法发挥抑制不法（deterrence）的作用。理论上来说，进口国有可能基于内国保护主义的目的，持续地就各个不同的产业，制定不符 WTO 规范的措施。倘若日后遭到认定不符 WTO 的规范，届时再行废弃受不利认定的

---

〔33〕　Ecuador 的依据是 DSU，Art. 21（5）的规定。

〔34〕　美国的依据是 DSU，Art. 22（6）的规定。

〔35〕　Hudec, *supra* note 29.

〔36〕　DSU，Art. 22（1）.

〔37〕　DSU，Art. 22（4）.

〔38〕　UNGA Doc A/CN. 4/L. 528/Add. 2，July 16，1996.

措施，不会遭受巨额的惩罚性赔偿之损失。

即使是"损害赔偿"性质的补偿，从 GATT 的立法沿革来看，发展中国家多主张若遭 Panel 裁定违反 GATT 的规范时，应以金钱赔偿之。但是历次谈判均遭到发达国家的反对[39]。WTO 既是承袭 GATT 的实践而来，因此 DSU 不采金钱赔偿，也是其来有自。

四、DSU 允许跨产业及跨协议的报复方式，此一规定对于具有农业、制造业、服务业、智能财产权等多重产业结构的会员国而言，必然会增加其对外谈判的筹码。但是对于许多中小型国家而言，其经济形态仅有农业初级产品和纺织及轻工业，由于内需市场不大，经济成长几乎全然倚赖对外贸易，因此进口国的保护措施就可能大幅度影响其国民所得及经济成长。只要这种经济力不对称（asymmetry）的情形没有改变，对于小型经济形态的 WTO 会员而言，DSU 的跨产业、跨协议的贸易报复并无实益可言。根据学者的研究，被控诉国对于市场依赖度较高的国家、控诉国整体 GDP 仅占控诉国市场规模些许的国家以及低度开发国家，对于不利于己的 Panel 报告较能忠实履行；相反的，享有市场力量优势的民主国家，反而不愿忠实地执行不利于己的 Panel 报告[40]。

对于产业结构集中于某些特定产业的国家而言，DSU 的冗长程序可能构成难以承受的诉讼成本。依照学者的估算，对于出口国而言，从发动争端解决程序开始，一直到获得救济为止。尤其是 DSU 新设的上诉程序，其间耗时可能长达 2 年半之久[41]，对于以外贸导向为主，小型经济形态的会员而言，这样冗长的争端解决程序，如果无法确保 Panel 报告能够忠实执行，则 DSU 所保障的种种权利只是空中楼阁而已。

〔39〕 Hudec, *supra* note 29.

〔40〕 Marc L. Busch & Eric Reinhardt, *Bargaining in Shadow of Law Early Settlement in GATT/WTO Disputes*, VOL. 24, NO. 1-2 Fordham International Law Journal 158～172.

〔41〕 Bernard M. Hoekman & Petros C. Mavroidis, Enforcing Multilateral Commitments: Dispute Settlement and Developing Countries. , Geneva: Trade and Development Centre, 1999. [Paper for the WTO/World Bank Conference on Developing Countries in a Millennium Round, 20～21 Sep. 1999].

Eric Reinhardt, Aggressive Multilateralism: The Determinants of GATT/WTO Dispute Initiation 1948-1998, prepared for delivery at the (1999 Annual Meeting of the International Studies Association, Washington DC, 17～20 Feb. 1999).

此外 DSU 跨产业的报复方式，更可能让利害相关的厂商利用政治献金进行政治游说[42]，使得选择报复的产业偏离原有目的，可能造成某项产业会因为他项产业违反 WTO 规范而无辜受害的情形。

五、DSU 虽然允许第三国（third party）参与控诉国与被控诉国的争端解决程序，但是该第三国的权利仅止于提出书面意见[43]，第三国并不能援引 Panel 或者 AB 的报告作为本身进行贸易报复的法律依据。从理论上来说，引进第三国参与争端解决程序，如果能将贸易报复的规模由所有参与程序者共同分担，则受到有利裁决的控诉国及利害相同的第三国只要各自承担"部分"的福利损失，就可以造成被控诉国严重的经贸伤害，而受不利裁决的被控诉国却必须"单独"承受所有利害相关者加总的（aggregated）的福利损失，这种比例悬殊的吓阻作用无形中就促使被控诉国忠实履行 Panel 或 AB 的报告，因而达成贸易自由化的目的。

但是 DSU 并不允许这种集体性的报复，因此，WTO 的规范虽然是多边（multilateral）的权利义务关系，但在贸易制裁的执行上却只是双边（bilateral）的力量抗衡，因此对于经济力量不足的中小型国家而言，难以期待其能以单一的力量进行贸易制裁。

值得强调的是，WTO 的实务案例显示，第三国参与争端解决的目的反倒是等待本案确定后，如第三国认为该案理由有利于己时，便会进一步成为控诉国，就同一议题要求 Panel 再行裁决。例如在 India—Patent Protection for Pharmaceutical and Agricultural Chemical Products 一案[44]，美国是控诉国，EC 则为参与争端解决之第三国，嗣后 AB 修正部分 Panel 的见解，认定印度未制定保护农化产品及药品的专利法案，因此违反 TRIPs 的规定。随后，EC 即自任控诉国就同一事件要求 Panel 裁决[45]。印度虽然提出异议指出此乃程序权的滥用，但是 Panel 仍然依照 EC 的主张而达成类似的结论。同样的情形也发生在 Argentina—Certain Measures Affecting Imports of Footwear,

---

〔42〕 Steve Charnovitz, *Should the Teeth be Pulled? A Analysis of WTO Sanctions.*, *in* The Political Economy of International Trade Law Essays in Honor of Robert E. Hudec. 624 (Daniel L. M. Kennedy and James D. Southwick ed., 2002).

〔43〕 DSU, Art 10 (3).

〔44〕 WT/DS50.

〔45〕 WT/DS79.

Textile, Apparel and Other Items 一案[46]，美国为控诉国，认为阿根廷就纺织品课征最低的从量税及3％的从价税分别违反 GATT 第2条及第8条的规定。直待该案美国获得有利之裁决后，原本参与争端解决的第三国欧盟又再次决定自任控诉国，就同一事件要求 Panel 再为裁决。后来组成的 Panel，其成员（panelist）与美国与阿根廷之前案相同，因此阿根廷主张后案的成员已有偏颇而提出异议，但遭驳回。

由此可知，即使是第三国参与争端解决程序，也无法因此联合第三国达成集体报复（collective retaliation）的效果。相反的，第三国，尤其是具有经贸实力的第三国，其所采取的立场往往能够影响 DSU 最后的结果[47]，这应该就能说明为什么在许多的贸易争议中，美国、欧盟和日本是最常出现的第三国的原因。

六、纯就自由贸易的理论而言，贸易报复的结果只会造成双输的结果，因为贸易是基于比较利益（comparative advantage）而来，如果提高贸易障碍的门槛，结果就是使得总体福利的效果减损，而且就国际贸易的现况来看，欧美等国家的关税贸易壁垒已经相当低，而贸易障碍较高的国家，其报复后造成的福利损失也更大。换句话说，贸易报复其实是以进口产品的消费者（无论是控诉国或者被控诉国）承担终局的后果（例如进口货品价格高涨）。问题是，进口产品的消费者和引起争议的保护措施一点关系也没有，只是成为代罪羔羊，被迫成为国民所得重分配的牺牲品[48]。

七、DSU 在操作上还有一个值得重视的现象，当控诉国就被控诉国的某项措施诉请争端解决的时候，在贸易关系上利害相关而有替代效果的国家都会竞相提请争端解决，以避免贸易转向（trade diversion）的效果发生。例如当美国对韩国牛肉进口配额限制提出争端解决的时候，澳洲和新西兰因为担心韩国只提高美国牛肉的配额，随即也提出同样的争端请求；相同的情形也发生在新西兰、美国和智利共同对欧盟的苹果进口限制提出的争端解决请求。总之，这些争端解决的请求，其目

---

〔46〕 WT/DS56.

〔47〕 Geoffery Garrett & James McCall Smith, The Politics of WTO Dispute Settlement., UCLA International Institute. Occasional Paper Series. Paper wtogarrettsmith. (July 31, 2002)

〔48〕 Kym Anderson, *Pecularities of Retaliation in WTO Dispute Settlement.*, 1（2）World Trade Review 123～134（2002）.

的只是为了确保本国贸易利益不致遭到其他贸易对手国争端解决结果的影响。

尤其不能忽略的是，多数的贸易争端是经由两造非正式的和解而落幕，而这种和解的问题在于它是不透明的（non-transparent）。依照DSU 的规定，对于进入 Panel 审查前的和解，并没有任何法律规范，WTO 会员国惟一的义务就是通知 DSB 关于两造达成的和解内容[49]，并且确保其和解内容应符合内括协议的规定[50]，也就是说必须符合最惠国待遇的原则。但是因为 Panel 审查前的咨商阶段并不公开，因此争议双方达成的和解内容是否符合最惠国待遇的原则，事实上是难以查证的。说得坦白些，和解条件其实还是取决于争议双方的国际政经力量。至于利害相关的第三国的利益，是有可能在这种情形下被牺牲的。

八、因为 DSU 乃是国际经贸规则在法律面的技术性操作，因此法律专业资源是否充足，对于争议两造就会产生关键性的影响。固然DSU 规定 WTO 应该为会员国提供关于法律层面的技术协助[51]，但是却有若干限制。首先是 WTO 秘书处协助的对象只限于"发展中国家"。其次则是依照法条规定，秘书处应提供一位适格的法律专家协助，但是实施的成效不彰。实务操作的结果显示，秘书处会提供二位法律专家，但并非"全职"而系"兼职"为之[52]。最后则是 DSU 的法律协助只限于"争端解决程序激活后"，如果希望在"争端解决程序激活前"由秘书处的法律专家对于贸易伙伴的某项措施是否符合 WTO 规范进行评估，以便作为是否提请争端解决的判断标准，在现行的 DSU 操作实务上并没有办法达成。因此所谓的法律协助往往只有发展中国家成为被控诉国时，才能获得秘书处的法律协助[53]。虽有学者主张 WTO 秘书处所提供的法律协助应该在 Panel 成立前的咨商阶段就介入处理[54]，但是并未获得实务采纳。

---

〔49〕 DSU, Art. 3 (6).

〔50〕 DSU, Art. 3 (5).

〔51〕 DSU, Art. 27 (2).

〔52〕 Bernard M. Hoekman & Petros C. Mavroidis, *WTO Dispute Settlement, Transparency and Surveillance*., 23 World Economy 527~542 (2000).

〔53〕 *Id.*

〔54〕 Busch & Reinhardt, *supra* note 40.

肆、台湾产业结构与贸易依存度于适用争端解决机制的困境

上述 DSU 的执行局限固然是肇因于技术性的规范欠缺所致，但是根本的原因仍然在于争端会员彼此间的贸易报复力量悬殊所致。因此有关影响贸易报复力量的因素即有探讨之必要。

一、争端解决机制执行力之本质

对于不履行争端解决小组报告的被控诉国，虽然 DSU 并不使用"贸易报复"（trade retaliation）或经济制裁（economic sanction）的字眼，但是 DSU 允许控诉国采取所谓"暂停减让或其他义务"的概念[55]，本质上就是贸易报复。因为 WTO 协议下的义务范围远较 GATT 广泛，因此"暂停减让或其他义务"并不只是对于争议双方权利义务的重新平衡（rebalance）而已，而应视为控诉国借此对于被控诉国施加经济压力的贸易报复[56]。因为如果只是为了重新平衡争议双方的权利义务，那么经由控诉国"暂停减让或其他义务"的决定就能达成重新平衡的目的，可是 DSU 明文规定争端解决小组的建议之充分执行才是 DSU 执行的第一要务，可见所谓的"暂停减让或其他义务"必须让被控诉国感受到贸易报复的威胁，否则难以确保争端解决小组的建议会被遵守。

DSU 为了符合 WTO 贸易自由化的目标，因此在条约文义避免使用与 WTO 宗旨不符的文字（例如贸易报复、经济制裁），否则无异于欲以保护主义的手段达成自由贸易的理想，难免陷于逻辑论述的矛盾。这个道理就如同以维护世界和平为宗旨的联合国，其宪章规定会员国负有义务以和平方式解决争端[57]，但是同时也赋予安全理事会（Security Council）以集体安全的措施对抗侵略[58]。

既然 DSU 执行效果的本质在于贸易报复力量的有效程度，那么影

---

〔55〕 DSU, Art. 22 (1).

〔56〕 Steve Charnovitz, *Rethinking WTO Trade Sanction*, 95 AJIL. 792～832 (2001).

〔57〕 United Nations Charter, Art. 2 (3).

〔58〕 *Id*. Art. 41, 42.

响贸易报复力量的相关因素究竟为何,自应详加探究。多数学者一致同意的观点是:经济力量庞大的国家利用贸易报复作为工具要比小型经济形态的国家更为有利[59]。对于工业化大国而言,贸易报复就像巨大的棒子(giant club),能够发挥威胁吓阻的功能;但对于小型经济体而言,贸易报复只是树木的裂片(splinter)而已,中看不中用[60]。除了经济规模的差距之外,贸易依存度也是重要的关键[61]。

因此,台湾本身的产业结构和贸易依存度将是决定台湾适用 DSU 时的重要考量因素。过去台湾面对美国 301 条款的报复威胁时往往任由美方予取予求,其中若干议题(例如智能财产权之保护)固然确实是造成谈判不利的关键因素,但是更主要的原因是台湾对美国的贸易依赖程度甚深,当然会在贸易谈判时处于不对称的悬殊差距。

二、台湾对外贸易概况及其分析

台湾本身幅员狭小,欠缺天然资源,内需市场不足以支撑经济成长,因此对于国际贸易的依存度相当高,对外贸易对于台湾经济成长具有绝对的影响。从 20 世纪 70 年代的十大建设出发,台湾产业的技术水准普遍提升,迄至 80 年代,产业结构已经转型为以信息工业及精密机械等高科技作为制造业的主力。

2003 年台湾对外贸易总额达到 2715 亿美元,较 2002 年成长 11.8%,其中出口增加 14%,为 1442.4 亿美元;进口增加 13.1%,为 1272.6 亿美元,为世界第 15 大贸易地,出超为 169.8 亿美元,较上年同期衰退 6%。

(一)产业结构的分析

出口商品的产业结构是以电机设备及机械产品为主,其中电机设备出口总值为 440.2 亿美元,成长 17.4%,占出口比重 30.5%,机械设

---

〔59〕 Joost Pauwelyn, *Enforcement and Countermeasures in the WTO: Rules Are Rules-Toward a More Collective Approach*, 94 AJIL. 338 (2000); Pierre Pescatore, *The GATT Dispute Settlement Mechanism: Its Present Situation and Its Prospects*, J World Trade 9, 15 (Feb. 1993); David Palmeter, *The WTO as a Legal System*, 24 Fordham International Law Journal 444, 472~473 (2000).

〔60〕 Pierre Pescatore, Breaking The Labor-Trade Deadlock 4 (Inter-American Dialogue and Carnegie Endowment for International Peace, Working Paper No. 17, Feb. 2001).

〔61〕 Petros C. Mavroidis, *Remedies in the WTO Legal System: Between a Rock and a Hard Place*, 11 EUR. J. INT'L L. 763, 807 (2000).

备出口总值为 313.6 亿美元，衰退 5.4％，占出口比重为 21.7％。其余主要出口产品依序分别为塑料及其制品、光学仪器、钢铁、运输设备、钢铁制品、矿物燃料、人造纤维丝及有机化学产品等。

　　进口总金额则为 1272.6 亿美元，较 2002 年成长 13.1％，主要进口货品也是以电机产品和机械用具为主，电机设备进口总值为 346.8 亿美元，成长 8.1％，占进口比重 27.2％；机械用具进口总值为 182.5 亿美元，成长 1.3％，占进口比重 14.3％。其余主要进口产品依序分别为矿物燃料、光学仪器、有机化学产品、钢铁、塑料制品、杂项化学产品、火车以外之运输设备及零件、铜及其制品等。

　　初步的观察就能发现，台湾进口产品性质上多属制造业之设备工具（机电、机械工具及光学产品）或者生产原料及能源（矿物燃料、塑料制品及铜），这些产品几乎就是台湾制造出口产品的重要元素。从产业结构的观点来看，如果利用主要进口产品作为贸易报复的手段，一旦生产设备、原料或能源产生短缺，或者成本上涨，无疑是对台湾出口产业的命脉自我扼杀，殊属不智。

　　（二）贸易依存度的分析

　　台湾的主要贸易伙伴为美国、日本、香港、大陆、欧盟及东南亚国协，以 2003 年为例，双边贸易额各为 427.7 亿美元（美国）、445.6 亿美元（日本）、300.9 亿美元（香港，包含与大陆之间接贸易约 210 亿美元）、324 亿美元（中国大陆）、316.5 亿美元（欧盟）、348.8 亿美元（东南亚国协）等，各占台湾贸易总额之比重为 15.8％（美国）、16.4％（日本）、11.1％（香港，包含与大陆之间接贸易）、11.9％（大陆）、11.7％（欧盟）、12.8％（东南亚国协）。台湾与上述贸易伙伴间的双边贸易额合计已占总贸易额之 79.7％。

　　由上述统计数据可知，台湾的出口市场集中于香港、大陆、美国、日本、欧盟和东南亚国协。在高度的贸易依存之下，台湾如与主要贸易伙伴发生贸易争端，应否选择诉诸 DSU 的规范请求争端解决，必须仔细斟酌。爰就台湾与各主要贸易伙伴的双边经贸关系逐一分析如下：

　　1. 2003 年台湾与美国商品贸易总额 427.7 亿美元[62]，只占美国

---

〔62〕参见"台美经贸关系"，"经济部"国际贸易局，available at http：//www. trade. gov. tw/bi _ trade/index _ 4. htm 最后浏览日 20/09/04。

全部贸易额的 2.48％。对美主要出口产品是电机设备及零件、机械用具等；进口产品则是以电机设备、机械用具、光学仪器为主。美国为台湾在政治与经济上最重要的盟友，台湾对美国市场的依赖程度仍然很深，客观上实在难以想像台湾能对美国采取哪些具有意义的贸易报复措施。

2. 2003 年台湾与日本贸易总额为 445.6 亿美元，只占日本全部贸易额的 5.33％，主要的进出口产品都是电机设备及机械用具等。日本为台湾外来投资技术合作之主要来源，岛内厂商所使用之机械设备及零组件，在岛内无法供应下，均需倚赖从日本进口。另一方面，台湾产业发展程度亦与日本有所差距，故无法摆脱对日技术及关键性零组件之依赖〔63〕。单凭经贸依存的考虑即知，台湾显然欠缺对日进行贸易报复的筹码。

3. 2003 年台湾与欧盟双边贸易总额 316.5 亿美元，占欧盟 15 国对外贸易总额的 1.5％，出口主要产品是机械用具、电机设备、运输设备、钢铁制品；进口产品则为电机设备、机械用具、光学仪器、运输设备。

以上的分析即可发现，台湾地区与各主要贸易伙伴的双边贸易，各占主要贸易伙伴对外贸易总额极小的比例，最重的比例亦不过是 5.33％（台湾地区和日本贸易额占日本对外贸易总额的 5.33％）。再依照各项进口产品观察，台湾自主要贸易伙伴进口之产品多为制造业之设备工具（机电、机械工具及光学产品）或者生产原料及能源（矿物燃料、塑料制品及铜），如果把这些工具设备及原料作为贸易报复的标的，无异于自行削弱台湾在制造生产方面的优势，反而不利于台湾出口产品的竞争。因此从产业结构和贸易依存的角度观察，台湾对于各个主要贸易伙伴都欠缺威吓的报复实力。

三、国际现实与外交处境的分析

（一）台湾地区与大陆、美国、日本及欧盟相较，不仅存在着经济力量的不对称，同时更有着政治力量的不对称。众所周知的，台湾地区

---

〔63〕 参见"台日双边经贸关系"，"经济部"国际贸易局，available at http：//www. trade. gov. tw/bi＿trade/ index＿4. htm 最后浏览日 20/09/04。

与大陆仍有紧张的军事对峙，尤其现阶段两岸贸易并没有全然依照WTO 的规范（最惠国待遇，国民待遇）进行，大陆则因为避免在国际组织造成一中一台对等争讼的政治考虑，而没有就台湾地区的诸多歧视措施促请争端解决机构进行裁决。就两岸贸易而言，台湾地区迄今仍然片面地（unilaterally）基于安全的理由歧视大陆产品，所以纯就经贸利益而言，台湾实在欠缺动机诉诸争端解决机制。

至于美国、日本和欧盟对台湾来说，基于稳定台海局势的重要目的，在面临外交孤立的处境下，这些贸易伙伴在国际外交上对台湾的支持，是台湾生存发展不可或缺的资源。因此即使台湾与美国、日本或者欧盟发生贸易争端，在利益的考虑下，都可能因为外交处境的顾虑，使得台湾地区使用争端解决机制的意愿受到限制。

必须强调的是，即使是民主国家的政府，也会因为各种不同的政治考量（例如选举因素）而作政策上的取舍，所以美国政治惯例向来不喜欢在大选年讨论重要的贸易政策。换句话说，在某种程度内，政府也是特殊的利益团体，会有特定的立场，未必都会以福利的极大化作为施政的指针。虽然 DSU 明文规定：调解之请求及争端解决程序之援用，不得被视为争执性之不友善举动（contentious acts）[64]；但是学者的研究也显示，各国政府间可能基于其他考量（例如避免外交尴尬），互相形成默示共谋（tacit collusion），避免质疑贸易伙伴的内国措施，以免对方同样提出反诉而使得关系紧张。由于 DSU 并不允许私人兴讼，国家是惟一的当事人，因此在政治考量之下，个别企业竞争条件的利害或者特定产业的荣枯，恐怕不会是政府决定考虑的重点[65]。

（二）台湾的经济实力与大陆、美国、日本、欧盟相较，显然不成比例。以最近的统计数据为例，国民生产毛额（GNP）在 2003 年时，美国是 11592 亿美元，日本是 43677 亿美元，德国是 23903 亿美元，法国是 17576 亿美元，英国是 17969 亿美元，韩国是 6052 亿美元，新加

---

〔64〕 DSU，Art. 3（10）.

〔65〕 Hoekman & Mavroidis, supra note 41. 至于是否开放私人（例如跨国企业）作为DSU 的争议主体，也有实际的困难。倘若允许私人争讼，将会造成各国在贸易谈判中不敢轻易承诺，以免未来争讼不断，反而使得贸易自由化的目的无法达成。此外，依照经济学的理论，政府如果是有效率的，则其决定是否请求争端解决的裁量也可能符合福利极大化的要求；但是私人则只可能考虑个别企业的盈亏，其福利效果未必更佳。参见 Levy & Srinivasan (1996)，引自 Hoekman & Mavroidis, supra note 52.

坡是 902 亿美元，香港是 1567 亿美元，大陆是 12511 亿美元（2002年），台湾则是 2959 亿美元[66]。因此在和主要贸易伙伴的双边贸易关系中，台湾都算是小的，贸易报复力量有限。

况且如前所述，DSU 并不允许集体报复的制度，因此单凭台湾的经贸实力，对于主要贸易对手实难产生具有意义（meaningful）的报复。反之，如果不是主要贸易伙伴，纵使发生贸易争端，因为可能涉及的贸易利益微乎其微，所以无论是否使用 DSU 进行争端解决的程序，其实影响也不大。

值得一提的是，台湾与大陆间的贸易日趋重要，但因两岸的政治歧见严重，如果发生贸易争议，应该如何适用 DSU 的规范等问题，可能牵涉敏感的主权争议，干扰的变量甚多，尚难遽然判断其效果，本文暂置不论。况且短期内台湾与大陆之产业仍然存有垂直分工的关系，竞争关系不大。虽然台湾基于安全而片面地歧视大陆的产品，但是大陆因为国际政治的顾虑而不愿向 WTO 请求争端解决，因此除非未来台湾针对中国大陆的某项措施提出控诉，否则两岸暂时恐怕不至于成为 DSU 程序的当事方。

伍、贸易争端的其他解决模式——咨商与和解

基上所述，鉴于 DSU 在执行层面的规范限制和经贸现实，对于台湾而言，如果能够善用 DSU 规范的技术性规定，将贸易报复的能量尽量放大，也是值得思考的方向。例如在现行 DSU 的规范下，有没有其他方法可能达成类似集体制裁的效果？例如在某项具有共同利害关系的贸易争议中，相关的国家或地区（例如东亚的台湾、韩国、新加坡、香港、东南亚国协的泰国、印尼和南亚的印度等）可否同步提出各自的主张，针对经贸大国（例如美国、日本、欧盟等）的特定措施（例如钢铁产品的反倾销税）要求争端解决小组裁决，在实质上形成"同一事由"的多数请求（multiple claims）而产生集体报复的效果？

依据 Banana 一案中 Panel 的见解，提请争端解决时，控诉国并不

---

〔66〕 详细资料参见"经济部"统计处，available at http：//2k3dmz2. moea. gov. tw/gnweb/statistics/statistics01/reports/A03. xls 最后浏览日 20/09/04。

需要证明就该议题具有直接贸易利益 (direct trade interest),只需要具有潜在的贸易利益 (potential trade interest)[67] 即可,所以上述假设,其合法性应无足疑。可是 DSU 的实务显示,这种情况并不常见,因为被控诉国可以拒绝各个控诉国以外的会员国参与共同咨商[68],即使该会员国与控诉国各自提出的争端解决请求内容完全相同,被控诉国仍然可以化整为零地分别与各控诉国进行独立的咨商。即使未来咨商结果不成而进入争端解决的程序,因为是不同的请求案件,各个 Panelist 的选择未必相同,由于争端解决的程序是采用秘密进行[69],不同的争端解决小组未必知悉其他系属中的案件内容,因此裁决的结果就可能发生歧异。这个法律程序的特性,使得希望结合相同利害的国家同步请求争端解决以达成集体报复的目的就没有办法达成。

其实争端解决程序的目的未必都以 Panel 的裁决作为最后的结果,多数案件都是以和解收场。根据学者的统计,在请求争端解决的案件中,将近 55% 的案件在 Panel 成立之前,两造即已达成和解;即使 Panel 已经成立,但在裁决报告公布之前达成和解的比率更高达 63%[70]。由此可见即使请求争端解决后,达成和解而撤回请求者乃是常态而非例外。

令人好奇的是,既然 DSU 存在着上述的缺陷,为什么被控诉国仍然愿意与控诉国达成和解呢?其中可能的原因之一是为避免 Panel 或 AB 一旦裁决后,可能让原本在内国就不认同该项措施的团体援引 Panel 或 AB 的报告,抨击政府的该项措施。此外对于国际视听的观感不佳,也是被控诉国可能选择和解的动机[71]。换个角度来说,正是因为 DSU 规范的法律效果作为后盾,才使得和解容易达成[72]。

虽然和解是争议双方最满意的结局,但是和解能否成立并不全然取决于当事国的主观意愿,客观条件的限制也是影响和解的重要因素。根

---

〔67〕 European Communities—Regime for the Importation, Sale and Distribution of Bananas, WT/DS27/R (22 May 1997), WT/DS27/AB/R (9 Sep. 1997), supra note 32 , para. 7.49.

〔68〕 DSU, Art. 4 (11).

〔69〕 DSU, Art. 14.

〔70〕 Busch & Reinhardt, *supra note 40*.

〔71〕 *Id.*

〔72〕 Jackson, *supra* note 19.

据学者的研究，在各项贸易争议当中，属于财政性的贸易争议（例如关税）会比属于健康和安全措施等内政措施的争议容易达成和解[73]，因为前者单纯只是国家收益（revenue）的增减，后者却是内国公共政策的偏好，而可能受内国政治和意识形态的影响。高度贸易依存的关系，也会使得削弱进行和解谈判的能力[74]。

另外在总统制的国家，凡涉及贸易谈判者，不同选区的国会议员均会努力维护该选区产业与选民的利益，因此总统的行政权往往会受到国会立法权的全面制衡，较难达成和解。而在内阁制的国家，国会对于贸易政策的介入程度，就不像总统制的国家那么深[75]，和解比较不会受到国会干涉。

若从国家的属性来说，民主国家的政府决策难免受到利益团体游说的影响，因此 Panel 的报告对民主国家而言，乃是正当的法律程序，有时也可以利用 Panel 的报告来摆脱内国各种利益团体要求贸易保护的压力，所以反而不倾向采取非正式，不公开的双边和解来解决贸易争端[76]。

陆、结　　论

WTO 建立的 DSU 固然将国际贸易争端的解决改为规则导向，而非实力导向，但是受限于经贸实力不对称的结构性影响，使得 Panel 报告在执行时受到很大的压缩。对于台湾这类小型开放的经济形态的地区而言，DSU 的争端解决机制对于主要贸易伙伴不符 WTO 规范的措施，在执行力上恐怕效果有限。

就台湾和各个主要贸易伙伴而言，由于经贸实力不成比例，而且国际政治陷于孤立，如果和主要贸易伙伴发生贸易争端，选择在 Panel 做成报告前与主要贸易伙伴达成和解，应该是最为务实的做法。尤其是假若贸易争端的内容是具有时效急迫的贸易救济案例（例如反倾销），从

---

〔73〕 Andrew Guzman & Beth A. Simmons, *To Settle or Empanel? An Empirical Analysis of Litigation and Settlement at the World Trade Organization*, 31 Journal of Legal STUDIES 205 (2002).

〔74〕 *Id.*

〔75〕 *Id.*

〔76〕 *Id.*

个体经济的角度考虑，为了避免造成台湾产业损害的扩大，努力达成双方都同意的和解方案，纵使未必全然符合 WTO 相关规范，但对台湾而言，恐怕也是在实力不对称之下的次佳选择（second best option）。

如果从总体经济的角度出发，对于贸易伙伴的内国法律、命令等长期影响贸易关系的措施提出争议（例如欧盟对美国 301 条款之控诉），既然并无急迫性的压力，台湾不妨就若干利害相关的案件选择作为第三方[77]，尔后再视 Panel 的报告内容，决定是否成为控诉方。这种方式，一方面避免直接挑战贸易伙伴的内国措施，以减低外交冲击，另一方面则可利用前次程序既有的法律成果，减轻本身的争讼成本，享受搭便车（free rider）的好处。

---

〔77〕 关于台湾以第三国身份参与 WTO 争端解决机制，参见彭心仪，以"第三国"参与 WTO 争端解决程序之研究，月旦法学杂志，105 期，2004 年 2 月，145 页。

日本、台湾地区间关于侵害生命权之赔偿责任的比较

——兼论日本名古屋地院"华航名古屋空难"事件之一审判决[1]

苏惠卿 东吴大学法律学系副教授

[1] 本文是作者 2004 年 7 月至 9 月在德国慕尼黑马克·普朗特知识产权、竞争与税法研究所（Max Planck Institute for Intellectual Property, Competition and Tax Law）研究成果之一。对于马普所提供的资金支持、优越的办公条件和丰富的资料，在此表示最为衷心的感谢。

壹、前　言

由于关于损害赔偿制度之理念的不同，日本关于人身损害之赔偿，特别于生命权受侵害时，其赔偿金额往往较台湾地区为高，而令人感叹在台湾人命并未受到应有的重视。甚且于实际情形中，致人重伤时之赔偿责任往往重于致人死亡之情形，而且处理上较为棘手，以致偶有所闻发生交通事故等意外时，行为人于肇祸后发现被害人受伤严重时干脆故意再次将被害人辗毙，以利赔偿之进行，对生命权之轻忽实莫此为甚。

日本名古屋地方法院针对发生于1994年4月26日之华航名古屋空难事件，于2003年12月26日做出第一审判决[2]。针对台籍死伤者之损害赔偿，适用日本民法相关规定之结果，出现迥然不同于依据台湾地区现行民法判决之情形。

本文之目的即在于借此判决之内容，分析日本于侵害生命、健康权时之赔偿责任，并比较双方责任内容之异同，以了解日本之赔偿金额较高之理由，希望从中找出可为台湾借镜以提高台湾损害赔偿金额之方法。

甲[3]为前述空难事件之死亡罹难者，甲死亡时为43岁，留有配偶及未成年子女两名（X₁～X₃），双亲尚健在（X₄、X₅），X等以中华航空公司（下称"Y"）为被告，于名古屋地方法院起诉主张Y之损害赔偿责任。

法院判决Y应负以下之损害赔偿责任：一、甲因死亡所丧失之所失利益为2747.4417万日元；二、甲因死亡得请求之精神慰抚金为1200万日元；三、甲之父母X₄及X₅固有之精神慰抚金请求权各50万日元。其中第一、二项之请求权因甲已死亡，由其继承人X₁～X₃继承

---

〔2〕　本件案例系以发生于1994年4月26日之华航名古屋空难事件为题材，包含台籍及日籍之部分罹难者家属及一名伤者于名古屋地方法院起诉主张华航及罹难飞机之制造商空中巴士之损害赔偿责任。法院虽肯定华航之赔偿责任，但驳回对空中巴士之请求，判决全文请见平成15年（2003年）12月26日名古屋地方裁判所民事第7部判决。http：//courtdomino2. courts. go. jp/kshanrei. nsf/webview/5798FEDD47A7B9C649256E22001D5C2E/？OpenDocument.

〔3〕　于本案中为编号B44之被害人，仅系作者任意抽出作为讨论对象之案例而已，并无其他特别含义。

请求[4]。

名古屋地方法院系依据以下之事实计算前述之赔偿金额。亦即：

一、所失利益

甲于死亡前分别担任两家公司之董事长及董事，事实上之年薪资报酬[5]共为新台币 93.18 万元，死亡时为 43 岁，距 67 岁一般退休年龄为止，尚有 24 年劳动期间。则今后 24 年之劳动期间，甲每年至少应可获得相当于前述报酬九成之收入即新台币 83.862 万元，再据此基础收入扣除甲本人之生活费[6]，即基础收入之 30%，并根据赖布律兹计算法以年利率 5% 计算之中间利息后，甲之所失利益为新台币 810.247 元，换算成日元为 2747.4417 万日元[7]。

二、死者本人之精神慰抚金

原告主张本件事故为空难事件，是所有侵权行为类型中最为凄惨之事故，并且事故之发生乃因严重的人为操纵疏失所致，被害人临死之际面临极大之恐怖感，因此被害人本人之精神慰抚金以 1 亿日元为相当。法院判决则认定，本件之被害人确实受有极大之精神上痛苦，但被害人于本件事故中所遭受之侵害，与因交通事故而蒙受之侵害，与本质上并无不同，因此原告之主张不可采。判决日籍被害人如为家庭之主要经济来源时精神慰抚金为 2600 万日元，类似此等地位之被害人（家庭主要经济来源者之配偶等情形）之精神慰抚金为 2200 万日元，其他情形者之精神慰抚金则以 2000 万日元为相当；就台籍被害人而言，顾及台日两地间物价、所得及生活水准等经济事由之差异，台籍被害人所得主张之精神慰抚金为日籍被害人之二分之一为恰当（即分别为 1300 万、

---

〔4〕 此外尚包含每一死者 90 万日元之殡葬费及一定金额之律师费用的赔偿，因非本文主要讨论对象，于此略去不谈。

〔5〕 事故当时如无实际收入或实际收入未达平均收入时，日籍被害人以平成 6 年（1994年）薪资普查（赁金センサス）之平均薪资为准；台籍被害人则以“行政院”主计处普查局公布之同年度“台湾地区受雇员工动向调查报告统计表”中各行业受雇员工之平均收入为准，男性为新台币 46.7373 万元，女性为新台币 31.9136 万元。

〔6〕 这是损益相抵之范围，依据本判决揭示之标准，如为家庭主要经济来源之男性被害人者，被扶养人 1 名时之扣除率为 40%，被扶养人 2 名以上时之扣除率为 30%，其他之情形扣除率为 50%，女性被害人之扣除率为 30%。

〔7〕 言词辩论终结当日（平成 15 年 6 月 13 日）之汇率为 1：3.3918（新台币：日元）。

1100 万、1000 万日元）。

甲为其家庭之经济支柱，所应获得赔偿之精神慰抚金原应为 1300 万日元，但因其父母亦主张固有之精神慰抚金请求权，法院则认定各 50 万日元，自甲能获得之精神慰抚金中扣除，因此甲固有之精神慰抚金请求权为 1200 万日元。

合计甲本人得主张之损害赔偿金共 3947.4417 万日元，因甲死亡，由其配偶及两名子女共同继承。再加计甲之父母的精神慰抚金请求权后，因甲死亡所得获得之赔偿总额为 4047.4417 万日元（未计入殡葬费及律师费用），换算成新台币则为 1193.3019 万元。

三、一定亲属固有之精神慰抚金

死者之父母依据日本民法第 711 条规定，享有固有之慰抚金请求权。经法院斟酌本件事故之态样及其他事由，认定各以 50 万日元为其精神上慰抚金为适当。

四、殡葬费

关于殡葬费，本件判决采取定额认定之方式，日籍死者每人一律以 150 万日元为相当；就台籍死者而言，综合考量日本与台湾间物价水准之差异及其他因素等，每人一律以 90 万日元为相当。

贰、日本民法之损害赔偿责任

由以上就本件判决之简单叙述可知，由于侵权行为之行为地在日本而适用日本法之结果，Y 因甲死亡所应负之损害赔偿责任的范围及金额迥异于台湾"民法"规定之内容。

法院认定因甲之生命权受侵害之损害，包含：(1)甲因死亡而丧失一定期间应得之收入；(2)甲因死亡本身所受之精神上痛苦；(3)与甲有一定关系亲属之精神上痛苦。甲所受之所失利益及精神上痛苦之损害赔偿请求权，一旦由甲本人取得，再因甲死亡由其继承人继承行使。

实务上所采取之此种损害赔偿理念，请求权人系继承自死者取得之权利，而非继承人固有之权利，一般以"继承构成论"称之。相对于"继承构成论"，大多数学说则主张，继承人所得主张之权利系因被害人死亡以致扶养权受侵害之损害赔偿，此种权利系继承人固有之权利非继承而得，一般以"扶养构成论"称之。以下分别就：（1）损害赔偿请求权之根据；（2）财产上损害；（3）非财产上损害；（4）一定亲属之非财产上损害等项目，探讨其于不同学说理论下所得主张权利之根据及内容。

一、损害赔偿请求权之根据

日本关于侵权行为之损害赔偿责任，规定于民法第 709 至 711 条。条文规定内容如下：第 709 条："因故意或过失侵害他人权利者，负损害赔偿责任。"第 710 条："不问侵害他人之身体、自由、名誉，或侵害他人之财产权，依前条规定应负损害赔偿责任人，就（被害人）财产以外之损害，亦应负损害赔偿责任。"第 711 条："侵害他人生命者，就被害人之父母、配偶及子女虽非财产上之损害，亦应负损害赔偿责任。"

（一）立法者之见解

依据立法者之说明，第 709 条乃系规范侵权行为之成立要件及其法律效果。第 710 条除确认身体、自由、名誉等为第 709 条所指之"权利"外，同时在规定于有权利侵害时，亦得请求非财产上之损害赔偿。[8] 至于第 711 条之立法目的，乃在于生命权受侵害时，死者已丧失权利能力，不可能取得任何损害赔偿请求权，其继承人自不可能因此继承任何权利。父母子女及配偶相互间，并未享有"使他方继续生存之权利"，因此亦无法依据第 709 条主张固有之损害赔偿请求权。为了生命受侵害时仍应有给予一定关系人某种保护之必要，限于生命权受侵害之情形，赋予本条规定之请求权人固有之慰抚金请求权。[9] 亦即，被害人本人受侵害死亡后，自不可能以自己之死亡为由向加害人主张损害赔偿责任，继承人亦无从继承行使任何权利。与被害人有一定关系之亲属所得主张之权利，主要为权利人因被害人之死亡所受之损害，易言之即扶养权受侵害之损失，以及因此所致之精神上痛苦[10]。换言之，立法者之见解系以扶养权受侵害为主张损害赔偿之根据，即前述之"扶养

〔8〕森岛昭夫，不法行为法讲义，有斐阁，昭和 62 年 3 月 25 日，349 页。
〔9〕平井宜雄，债权各论Ⅱ不法行为，弘文堂，平成 4 年 4 月 20 日，177 页。
〔10〕潮海一雄，相续构成と扶养构成，宫原守男·山田卓生编集/新·现代损害赔偿法讲座，5 卷，一版，日本评论社，1997 年 9 月 10 日，212 页。

构成论"。

（二）判例之发展

然而于实务运作上却出现不同于立法者解释之发展，自大正时代至今大约九十年间，一贯地以采用"继承构成论"为主要趋势[11]。亦即绝大多数之判决皆以生命权受侵害时，被害人因此所受之所失利益及精神上痛苦之损害赔偿请求权，先由被害人本人取得，嗣后因被害人已死亡，此等请求权成为遗产之一，由继承人继承取得行使，亦即前述之"继承构成论"。

判例长久以来坚持采"继承构成论"之主要理由有以下数端：[12]

1. 为取得死亡与重伤、当场死亡与重伤后死亡间损害赔偿责任之均衡。

2. 基于司法政策之考量及便利性，"继承构成论"有其优越性。亦即此时请求权人为法定继承人，范围明确；所请求之赔偿内容乃以被害人之实际所得额为计算标准，原告举证责任之负担较轻。并且较不易因事件之差异而受影响损害赔偿之范围，较易保障个案间之公平性。

3. 被害人为年幼子女时，虽有"逆继承"[13]之不合理现象发生，但可以借由改采赖布律兹计算法扣除中间利息，扣除到成年为止之养育费用及以抑制慰抚金之金额等方法而获得改善。

4. 请求权人依据"继承构成论"可以获得比较高之赔偿金额，以呼应社会之要求，并使请求权人获得比较优厚之保障。

"继承构成论"所主张者乃被害人本人先取得损害赔偿请求权，再由其继承人继承行使。但被害人已因生命权受侵害而死亡，如何尚得以取得损害赔偿请求权并成为继承财产，由继承人继承取得。为解决此一理论上之矛盾，"继承构成论"者试图以下列理由克服此难题：[14]

1. 时间间隔说[15]：此说主张即便在当场死亡之情形，被害人于遭

---

[11] 潮海，注9文，226页以下揭示之裁判例。

[12] 平井，注8书，173页。

[13] 所谓"逆继承"指，于一般情形，子女应后于父母死亡，因此子女继承父母遗产始为一般情形，殊难想像父母得以继承将来子女成年后，进入劳动市场于一生中所能获得之劳动收入。如今因为年幼子女生命权被侵害时，仍计算其如未死亡所能获得之劳动收入为其所失利益，由其继承人即父母继承，此与一般情形相反，称之为"逆继承"。

[14] 潮海，注9文，213页以下。

[15] 大判大正15年2月16日判决。

受致命性伤害到死亡之间，仍存在"理论上"或"观念上"之时间间隔，被害人于受到致命性伤害时，取得损害赔偿请求权，因死亡由继承人继承取得此请求权。

2. 极限概念说：此说主张生命权之侵害乃属对身体权极度之侵害，损害赔偿请求权于被害人死亡之同时，移转于继承人取得。

3. 死者人格存续说：加害人对被害人之侵权行为一旦已明确成立时，并不因"死亡"此一自然事实，而于死亡之瞬间开始使得享有损害赔偿请求权之法律上主体亦随之消灭。限于损害赔偿请求权之范围内，死者之人格于死后继续存续。

4. 同一人格继承说：此说则主张被继承人与继承人属同一之人格，被继承人之损害赔偿请求权，由继承人原始取得。

"继承构成论"以被害人本人之所失利益为主要之赔偿内容，比较能真实反应侵权行为发生当时被害人及其一定身份关系亲属间之利害状况，而且损害赔偿金额亦比较符合社会之期待[16]。但是前揭各种学说之努力，仍无法解释何以被害人于生命权受侵害丧失权利能力之同时，犹能取得损害赔偿请求权。时间间隔说及极限概念说于说明当场死亡与伤害间之关系时，流于概念之拟制，缺乏说服力；死者人格存续说则形成死亡后人格尚继续存续之矛盾；同一人格继承说则否定人格之独立性，并不可采。

（三）学说之见解

相对于实务上之见解一面倒地偏向"继承构成论"，早期虽亦有学说上之见解主张"继承构成论"，战后则以"扶养构成论"为有力学说，已成为今日之通说。[17]亦即于生命权受侵害时所发生之损害，乃系依存于死者之受扶养人，因死者死亡以致无法继续受扶养之固有损害。

"扶养构成论"主要基于以下之理由受到支持：

1. "扶养构成论"以扶养权或受扶养之利益为损害赔偿之内容，请求权人所主张者为自己固有之权利或利益，不像"继承构成论"会发生

---

〔16〕 前揭所举实例，如依台湾规定计算Y之赔偿金额，应不至于前述之金额。

〔17〕 森岛，注7书，356页；平井，注8书，175页；潮见佳男，不法行为法，一版，信山社，1999年5月15日，346页；仓田卓次，相続构成から扶养构成へ，有泉亨监修/现代损害赔偿法讲座，7卷，一版，昭和49年2月10日，93页以下。四宫和夫，现代法律学全集10-ii不法行为，青林书院，昭和62年2月20日，485页。

于理论上之矛盾。

2. 被害人为年幼子女时，依据"扶养构成论"之主张，父母实际上并未受有扶养之利益，因此在无特殊事由下，不能主张扶养利益受到侵害之损害赔偿。如此一来即可避免采用"继承构成论"时产生之逆继承的不合理现象。[18]

3. "继承构成论"可能产生获得意外之财的"偷笑的继承人"之不合理现象，盖"继承构成论"是以法定继承人为请求权人，被继承人与继承人间如往来并不密切（例如与被继承人断绝往来之兄弟姊妹），同时被继承人事实上对其他人有扶养之事实（同居人）时，反而事实上受被害人扶养之人无法获得任何补偿，已与被害人关系疏远之亲属却获得意外之财。如采用"扶养构成论"，将可避免此种不合理现象。

4. 如前所述，立法者之原意系采"扶养构成论"，采取"扶养构成论"比较符合立法者之意思，而且其他国家之立法例亦鲜少有采"继承构成论"者。

5. "继承构成论"批评依据"扶养构成论"之主张，于死亡与重伤间之损害赔偿的内容有失均衡之嫌，但是重伤如为严重后遗症，以致被害人几乎完全丧失劳动能力之情形，重伤之被害人获得较高之赔偿，亦不足为怪。"继承构成论"之批评，尚不足以动摇"扶养构成论"之正当性。

基本上配偶除有诸如婚姻破裂长期分居而无婚姻之实等特别事由之外，皆可得主张被害人如未死亡，于婚姻共同生活中可得期待之财产利益丧失之损害赔偿。未成年子女基本上与被害人处于共同生活之地位，自亦可主张扶养权被侵害之损害赔偿。父母是否可得主张扶养受侵害则视被害人而定，亦即，被害人如为未成年子女，则父母实质上并未自子女受有任何财产上利益，基本上无从主张此种损害；被害人如为成年子女，父母与其同财共居，自被害人受有扶养时，则父母可主张扶养受侵害之损害赔偿。[19]

二、财产上损害

日本之判例与学说有以上所述之对立，其所主张之损害亦有所不

---

[18] 平井，注 8 书，176 页。
[19] 平井，注 8 书，175 页以下。

同。判例所采之"继承构成论"主张之财产上损害为，被害人如未死亡依其劳动能力应可获得之劳动报酬。其计算方式则以被害人事实上之收入或依据薪资普查调查所得之平均工资，扣除被害人用于自己之生活费后，即为被害人应获得之财产上纯利益，再据以乘上被害人可能劳动期间所得之金额，即为被害人所失利益之总额。如于现在一次给付全部金额时，尚需扣除中间利息[20]。

至于学说所采之"扶养构成论"主张之被侵害法益为扶养权利人受扶养之利益，其赔偿额或以一定之具体金额为基准，或以被害人收入之一定比率为计算基准，乘以可能扶养期间即为应赔偿之金额，如于现在一次给付时亦应扣除中间利息。[21]

关于殡葬费用，虽然日本并无如同台湾"民法"第 192 条之规定，但通说并不否定此为实际支付殡葬费用之人之积极损害，于合理限度内可以向加害人请求赔偿。本件法院以定额认定之方式为之，乃为日本关于交通事故强制汽车责任险采行之惯例，且其金额已经高于交通事故案例之金额[22]。

三、死者本人之慰抚金请求权

非财产上损害之请求权具有一身专属性，于生命权被侵害之情形，是否得由本人以外之人请求，颇有争议。最早实务上之见解认为，被害人已有表示请求之意思时，慰抚金请求权转换成普通金钱债权，自得成为遗产之一，由继承人继承取得。其后在所谓"残念残念"事件[23]中，法院放宽对于请求精神慰抚金之意思的认定，被害人纵然并未明确表示，但从其表达之话语可得认定有请求精神慰抚金之意思时，即视为有请求精神慰抚金之意思表示。最高法院昭和 42 年 11 月 1 日大法庭判决更进一步指出：侵权行为之被害人，于损害发生之同时，亦取得精神慰

---

〔20〕 中间利息之扣除法有霍夫曼氏计算法及赖布兹计算法，日本通说认为两种计算方法并无优劣之分，惟现在大多采用赖布兹计算法。

〔21〕 潮海，注 9 文，219 页。

〔22〕 日本强制汽车责任险关于殡葬费之给付，原则上为 60 万日元，如能举证证明实际支出之金额高于 60 万日元时，于不超过 100 万日元之限度内，依照社会通念上认为相当之实际支出金额给付。

〔23〕 大判昭和 2 年 5 月 30 日判决。本件之被害人虽未明示欲主张精神慰抚金之意思，但于临死前一直高喊"残念残念"而死亡。日语中"残念"（zannen）意指失望、可惜、悔恨等情绪。

抚金请求权，除非有可解为放弃此项请求权之特殊事由，否则不需特别明示有请求此项损害赔偿之意思，即可行使此项权利。于被害人死亡之情形，当然由继承人继承行使。

四、死者一定亲属之慰抚金请求权

由于实务上之见解认为被害人之继承人得继承行使被害人本人之精神慰抚金请求权，而继承人又往往即为第711条规定之被害人的一定关系亲属，继承人看似可以主张两个精神慰抚金请求权，但是在实务上往往以死者本人之非财产上损害如获得赔偿，继承人之精神上痛苦即已获得慰抚为理由，继承人实质上仅能行使一个精神慰抚金请求权。如于继承人之外，另有其他得主张慰抚金之请求权人时，则透过金额的调整而采"扶养构成论"者则主张被害人之一定亲属并无法请求死者本人之非财产上损害，而是仅能根据第711条请求自己固有之非财产上损害。

此外通说认为条文中虽明确指出本条系规定"被害人之父母、配偶及子女"固有之慰抚金请求权，但是此种表示之目的不在于限制本条适用之范围，而是在说明其他人与被害人之间之关系如等同于列举之情形时，亦可主张固有之精神慰抚金请求权，因此与被害人间有如同法定配偶般关系之同居人、同居共财之兄弟姊妹及事实上之亲子间，均得根据本条规定向赔偿义务人行使权利。[24]

叁、台湾"民法"之损害赔偿责任

关于台湾就被害人死亡之损害赔偿责任，除极少数见解外[25]，判例通说不采"继承构成论"，多与前述"扶养构成论"采相同见解。亦即判例所言："不法侵害他人致死者，其继承人得否就被害人如尚生存所应得之利益，请求加害人赔偿，学者间立说不一。要之，被害人之生命因受侵害而消灭时，其为权利主体之能力即已失去，损害赔偿请求权亦无由成立，则为一般通说所同认，参以我民法就不法侵害他人致死者，特于第192及194条定其请求范围，尤应解为被害人如尚生存所应

---

〔24〕 平井，注8书，179页。

〔25〕 史尚宽，债法总论，初版五刷，1978年9月，141页；丘聪智，新订民法债编通则（上），新订一版，2000年9月，272页。

得之利益，并非被害人以外之人所得请求赔偿。"[26]

一、损害赔偿请求权人

既然台湾通说主张，被害人如尚生存所应得之利益，并非被害人以外之人所得请求赔偿，而被害人本人之权利能力又已消灭无从主张[27]。因此被害人死亡之情形，仅有第 192 及 194 条之请求权而已。请求权人系被害人对之负有法定扶养义务之第三人，得主张法定扶养权受侵害之损害赔偿。被害人之父、母、子、女及配偶则得主张非财产上之损害赔偿请求权。

二、损害赔偿之内容

（一）扶养请求权

被害人对之负有法定扶养义务之第三人，得主张法定扶养权受侵害之损害赔偿。"被害人虽尚无养赡其父母之能力，而其父母将来赖其养赡，苟无反对情形，不得谓其将来亦无养赡能力，侵害被害人将来应有之养赡能力，即与侵害其父母将来应受养赡之权利无异，其父母得因此诉请赔偿。至养赡费数额，应以被害人将来供给养赡能力为准，不应以父母此时需要养赡之生活状况为准。"[28]"又关于扶养费之损害，以当年度所得税税率条例所定扶养亲属宽减额为请求依据，固不失为客观标准，……关于扶养费之给付标准，各地方之社会环境及经济状况不同，扶养亲属宽减额尚难认为全国惟一之依据。"[29] 但是实际上检视法院之判决，除极少数判决有以平均消费支出[30]或以最低生活费标准[31]为依据外，几乎均以当年度所得税税率条例所定扶养亲属宽减额为计算依

---

[26] 1965 年台上字第 951 号判例。孙森焱，新版民法债编总论（上），修订版，2002 年 11 月，340 页。

[27] 1965 年台上字第 951 号判例："不法侵害他人致死者，其继承人得否就被害人如尚生存所应得之利益，请求加害人赔偿，学者间立说不一。要之，被害人之生命因受侵害而消灭时，其为权利主体之能力即已失去，损害赔偿请求权亦无由成立，则为一般通说所同认，参以我民法就不法侵害他人致死者，特于第 192 及 194 条定其请求范围，尤应解为被害人如尚生存所应得之利益，并非被害人以外之人所得请求赔偿。"

[28] 18 年上字第 2041 号判例。

[29] 1987 年台上字第 1908 号判例。

[30] 例如：板桥地方法院民事判决 2002 年诉字第 915 号。

[31] 例如：板桥地方法院民事判决 2004 年诉字第 285 号。

据，以致台湾关于扶养费之赔偿有偏低之倾向，不能反映被扶养人真实受扶养之实际情形。[32]

（二）殡葬费

台湾"民法"第 192 条第 1 项明文规定：不法侵害他人致死者，对于支出殡葬费之人，亦应负损害赔偿责任。因此，关于侵害行为与殡葬费间之因果关系虽不无疑虑，但自公共卫生等公益之观点，乃明文规定就此部分应负损害赔偿责任。以实际支出此项费用者为请求权人，通常为被害人之亲属，但亦有可能为其他之第三人。所得请求赔偿之内容既为殡葬费，"……系指收殓及埋葬费用而言，此等费用是否必要，应斟酌当地丧礼习俗及宗教上之仪式定之。而人死后，如采土葬者，必购置墓地，修建坟墓；另依当地丧礼习俗，祭祀须使用冥纸者，冥纸亦属必需丧葬用品。是购置墓地、修建坟墓及冥纸等费用，如属必要，难谓非属埋葬费用。被害人所需之诸此费用，应衡量其身份、地位及经济状况与实际上是否必要而定之。"[33] 其他与丧葬有关之费用，诸如"出殡鼓吹、入殓鼓吹、乐队、司仪、礼生、手续费、捡骨红包、起火红包、司机红包、出葬客车、花毛巾、白毛巾、动棺红包"[34]、"挽联、电子琴、乐捐毛巾、手帕、纸厝、车、国乐、孝女电子琴"[35] 等项目，是否属于必要之殡葬费用，因为尚无共识，于诉讼中往往成为双方当事人攻防之项目，实务上似乎采取较为保守之立场，对于上述项目之费用多采否定之见解。

实则，殡葬费与加害行为间是否有因果关系存在本即有疑问，民法第 192 条规定之主要立法理由乃是出自公益之考量，则斟酌当地丧礼习俗及宗教上之仪式，除非如同电子花车之类有背善良风俗之支出外，如属必要之费用，则不应予以苛扣，以免有为德不卒之感。

（三）一定亲属之精神慰抚金

第 194 条规定被害人之父、母、子、女及配偶则得主张非财产上之损害赔偿，法院于衡量精神慰抚金之金额时，应斟酌赔偿义务人之赔偿能力，并被害人暨其父、母、子、女及配偶之身份、地位、经济状况及

---

〔32〕 丘聪智，注 24 书，271 页。
〔33〕 2000 年台上字第 2540 号判决。
〔34〕 2003 年台上字第 779 号判决。
〔35〕 2003 年度台上字第 1051 号判决。

加害程度等关系定之，赔偿数额含有主观之成分，应依各事件之具体情事定之，难以做出统一标准。

肆、私　见

首揭案例因甲之死亡，依据日本民法之规定，甲之家属所得获得之损害赔偿金额高达新台币 1193.301 万元，远高于 Y 航空公司于事发后提示之和解金额（新台币 410 万元）。甲之情形如依台湾"民法"之规定计算其可以请求之损害总额，其两名未成年子女可以依据第 192 条请求扶养权之侵害固无疑问，但法院经常以扶养亲属宽减额为计算标准，有偏低之嫌。其父母是否得主张本条之扶养权，必须"受不能维持生活之限制"[36]，始得主张甲对其负有法定扶养义务，而请求损害赔偿。

至于配偶欲请求扶养权受侵害之损害赔偿时，因"夫妻间扶养义务之发生原因，与一般亲属之扶养义务固异其趣，故在外国立法例及学说，多不以一方之生计困难为其要件，依民法第 1114 及 1117 条解为受扶养权利者，仍需以不能维持生活而无谋生能力者为限，自非毫无根据"[37]。民法关于夫妻扶养义务在增订第 1116 条之一后，配偶受扶养权利之顺序虽被明订与直系血亲尊亲属相同，关于配偶之请求扶养请求权，虽有实务上见解认为："1985 年 6 月 3 日修正公布之民法第 1116 条之一规定：'夫妻互负扶养之义务，其负扶养义务之顺序与直系血亲卑亲属同，其受扶养权利之顺序与直系血亲尊亲属同'。夫妻互受扶养权利之顺序，既与直系血亲尊亲属同，自不以无谋生能力为必要。本院 1954 年台上字第 787 号判例系就民法修正前所为之诠释，自'民法'增订第 1116 条之一规定后，即不再援用。"[38]

但亦有实务上见解仍主张："民法第 1116 条之一仅规定夫妻受扶养权利之顺序与直系血亲尊亲属同，并未规定其受扶养之要件与直系血亲尊亲属同，应无同法第 1117 条第 2 项规定之适用。依同条第 1 项规定应以不能维持生活而无谋生能力为其受扶养之要件（1990 台上 2202 号

---

[36]　台北地方法院 2003 年度诉字第 5188 号判决。

[37]　1954 年台上字第 878 号判例。

[38]　1990 年台上字第 2696 号判例、2003 年台上字第 2430 号判决、2003 年台上字第 2400 号判决。

判决参照）。"[39]

由以上实务见解可知，父母及配偶欲在侵权行为案例中主张其受扶养权利被侵害，而求得损害赔偿实非易事。结果就本件而言，确实可获得赔偿之内容惟两名未成年子之扶养费，及五名家属之精神慰抚金而已。在这样的损害赔偿制度，既不符合社会上实际扶养之实情，赔偿金额自然又不符社会之期望。

欲提高损害赔偿之金额，日本实务界采行之制度有值得参考之价值，但由于现行之损害赔偿制度于台湾已行之有年，且于理论上有其优越之处，恐怕无法一夕之间骤然改变。

一、保险制度之配合

但在现行制度下，吾人亦可发现在某些特别案例中，台湾亦有高额赔偿之情形，例如发生于 1998 年华航大园空难事件，华航提示之和解金额为新台币 990 万元，针对 2000 年 10 月新航之坠机事件，新航提示之和解金为四十万美元。2003 年阿里山小火车翻车事件，"林务局"提示之和解金为710 万元，同年发生在高速公路之尊龙火烧车事件之和解金额在 600～800 万元之间。以上案例中，赔偿义务人之所以能负担高额之赔偿责任，有保险制度（乘客伤害险）在背后支持为重要原因。

反观日本之损害赔偿制度，因为以被害人之所失利益为主要赔偿对象，于死亡或重大伤害之情形，极容易发生高额赔偿之情形[40]，但是由于保险制度之配合，对赔偿义务人而言，并不会因此造成生活不力之影响，请求权人又可获得充分之赔偿，保障其生活。以发生侵权行为之主要原因的交通事故而言，日本汽车强制责任险对人之最高理赔金额为3000 万日元，汽车持有人于强制责任险外投保第三人任意责任险之付保率已达 70％[41]，逾越汽车强制责任险给付限度之赔偿，可借由任意责任险之给付负担，如此一来，被害人之损害可获得较优渥之赔偿，而赔偿义务人亦不致因此而陷于生活困境，实为两全之策。

---

〔39〕 1992 年 2 月 27 日厅民一字第 02696 号函复台高院、1992 年 10 月 13 日厅民一字第16977 号函复台高院、2003 年台上字第 1051 号判决。

〔40〕 参考日本"损害保险料率算出机构"http：//www. nliro. or. jp/index. html 公布之案例：http：//www. nliro. or. jp/service/databank/statistics/data06. pdf.

〔41〕 资料来源为"损害保险料率算出机构"之数据库：http：//www. nliro. or. jp/service/databank/statistics/ data04. pdf.

二、依据实际扶养情况计算扶养费

关于扶养费之认定，实务上绝大多数判决皆以扶养亲属宽减额为计算标准，然而扶养亲属宽减额只不过用于决定纳税义务人为抚养亲属支出之一定范围所得不予课征所得税而已，并非表示此即为抚养亲属之实际支出。实际情形，扶养义务人系将其收入除用于自己之生活费外，皆贡献于扶养家庭之其他成员，如有剩余亦累积为财富成为被害人之遗产，势将由其继承人获得。鉴于此种事实，于计算扶养费时之依据，应如同日本实务界采用之计算方式，以扶养义务人之薪资所得为计算依据，始能真实反应扶养之实情，真正达成损害赔偿是在回复原状之功能。或许如此一来将使赔偿金额大幅提高，可能使赔偿义务人无法负担之虞，但同时亦可提醒大众保险制度之重要性，而提高第三人任意责任险及乘客责任险之投保率，形成良性循环，改善损害赔偿之现状。

三、提高精神慰抚金之金额

"慰藉金系以精神上所受无形之痛苦为准，非如财产损失之有价额可以计算，究竟如何始认为相当，自应审酌被害人及加害人之地位、家况并被害人所受痛苦之程度、与其家属之关系暨其他一切情势，定其数额。"[42] 因此，法院于斟酌精神慰抚金之金额时，有时受限于赔偿义务人之赔偿能力，而有偏低之倾向。但精神慰抚金具有：（1）补足难以金钱估计及证明之财产损害；（2）使受害人心理上不愉快感获得补偿；（3）使加害人受经济上不利益，而达到惩罚加害人之目的等功能[43]。因此精神慰抚金之金额应该达到让赔偿义务人"痛"，请求权人"快"之地步，始能达成前述功能，显然实务上还有努力之空间。

---

〔42〕 1959 年台上字第 798 号判例。
〔43〕 黄立，民法债编总论，二版一刷，1999 年 10 月，407 页。

论中国民事诉讼费用制度的改革与完善

廖永安　湘潭大学法学院教授

壹、前　　言

　　诉讼费用制度是一国诉讼理念、经济发展水平、国家对社会经济生活控制能力以及司法功能和地位的反映。[1] 随着中国经济水平的飞速

---

〔1〕 左卫民，诉讼权研究，法律出版社，2003年，126页。

发展，社会生活的急剧变迁，人与人之间利益冲突的凸显，现有诉讼费用制度越来越难于满足现实发展的需要。为了使各种民事纠纷能顺利进入法院审判的视野，并确保公民充分有效地行使裁判请求权，民事诉讼费用制度的改革与完善开始备受关注。

从中国现行基层法院诉讼费用制度运行及审判资源获取与分配情况来看，基层法院从政府获取的审判资源十分有限，司法资源匮乏的困境已严重阻碍了司法功能的充分发挥；另一方面，基层法院主要依靠对当事人收取诉讼费用来支撑法院的正常运转，给当事人造成了沉重诉讼负担的同时也限制了其寻求司法救济的机会。政府和法院作为都要谋求利益最大化的两大主体，两者在围绕审判资源的获取与分配领域形成了一种博弈：政府迫于来自各方面的财政压力，更倾向于司法资源的少投入多产出，并寄希望于法院尽可能地通过诉讼收费自行解决经费问题；而法院在得不到更多地方财政支持的情况下，为实现自身利益的最大化，将负担转嫁给诉讼当事人成为了最自然的选择。既然有利益最大化的潜在驱动，而且在制度上存在着有关规定的模糊性和管理体制尚待完善的情况下，很难否认法院在民事经济审判中确实有尽量从当事人中获取更多资源的趋向，因此，乱收费现象应运而生。这在一定程度上滋生了司法腐败，也动摇了社会安定的基础。政府和法院在围绕审判资源的获取与分配过程中，都各自选择对自身最有利的方式，从而导致双方选择结果脱节的现象，违背了两大主体力图优化司法环境的初衷，陷入了所谓的"囚徒困境[2]"。

深陷于"囚徒困境"的民事诉讼费用制度，在实际操作中其自身的制度性弊端更是不胜枚举。由于经费不足，司法机关便不得不自己筹措经费来购置设备和发放工作人员的福利，有些司法机关便利用管辖案件的权力收取不符合法律规定的费用，虚列第三人，甚至虚设法律关系，以调解结案规避上级法院的审查，尤其是部分司法人员利用自己分管案件的权力从当事人处获得好处，更是影响司法机关的公正司法，凡此种

---

〔2〕 所谓"囚徒困境"是博弈论理的经典范例之一，内容是两个嫌疑犯作案后被警察抓住，分别关在不同的屋子里审讯。警察告诉他们：如果两个人坦白，各判刑8年；如果两个人都抵赖，各判刑10年；如果其中一个人坦白另一人抵赖，坦白的放出去，不坦白的判刑10年。结果是两个人都选择坦白，各判刑8年。两个决策主体最理想的结果和各自最佳的选择结果之所以脱节，是因为在无法传递信息、进行沟通和协商的情况下，他们能且只能作出使各自利益最大化的决策。参见张卫平，司法改革：分析与展开，法律出版社，2003年，568页。

种，不一而足。另外，法院诉讼费用的实际收取情况和《人民法院诉讼收费办法》规定的收费标准也是大相径庭。举个简单的例子，按照《人民法院诉讼收费办法》的规定，离婚案件每件受理费为 50 元人民币（下同），涉及财产分割的、财产总额不超过 1 万元的，不另收费；超过 1 万元的，超过部分按 1％ 交纳。就笔者所了解到的湘中某山区基层法院，该院立案庭受理的离婚案件每件受理费为 700 元，基层法庭每件为 800 元；涉及财产分割，超过 1 万元的，超过部分再按 1％ 交纳。就在这样一个人民生活水平相对低下的国家级贫困县，基层法院的诉讼收费却超过法定标准 16 倍之多，可见超标收费似乎已经到了随心所欲的地步。对于广大贫困群体来说，如此高昂的诉讼收费显然限制了其接近法院的机会，保障公民裁判请求权的实现也只能是无法企及的镜花水月了。

目前理论界与实务界的同仁都已经认识到了该问题的严峻性，并力图通过一系列的举措来弥补现有制度的不足和缺陷，可是收效甚微，治标不治本。但是如果没有现实土壤的基础，我们就不能过于盲目地把希望寄托在迅速高效地彻底变革现有的制度上，它的发展与完善是一个长期的社会博弈的过程。同时，我们也绝不能因为现有体制尚难以立即改变而放弃对具体制度的建设。本文将以实现当事人的裁判请求权为基本指导理念，以减轻当事人负担和接近司法正义为最终目标，从中国的基本国情出发，提出健全国诉讼费用制度的根本性和具体性的举措，并将其与相关的周边制度进行科学的协调与整合，以确保公民有效地接近法院、接近司法。

贰、民事诉讼费用制度改革的指导理念

中国所倡导的"司法最终解决原则"主张，绝大多数纠纷通过其他方式或在其他机构部门无法解决时，以司法程序为最终解决纠纷的手段。这样客观上使司法成为了保护民众权利的最后一道屏障。为了能使各种民事纠纷顺利进入法院审判的视野，作为司法第一道"门禁"的民事诉讼费用制度开始备受关注。在社会生活迅速转型、现代社会日趋法制化和民主化的今天，任何零敲碎打的局部改革都已经不能适应形势发展的需要了。民事诉讼费用制度因其直接关系到国民接近司法的程度，

对其进行全面改革与重塑业已提上议程。根据理性至上原则，任何一项法律制度的确立都必须以一定且能贯穿于该制度始终的司法理念作为指导。我们只有在设计某项制度时找到一种全局性的司法理念作为指导，并使该理念在制度的各个环节得到首尾一致的体现，我们才有可能判断这个制度是合理的、和谐的。

人权是人作为人依其自然及社会属性享有或应该享有的不可或缺的权利，它和人类相伴而生，是不断被人类反思和探寻的永恒主题。人权作为一项神圣不可侵犯的权利，其主体承担者应是社会全体成员，而不论其在职业、财产、社会身份、性别、宗教、民族或文化等方面的差异。随着人权理论的演进，承认人权和尊重人权已成为人类的一种共同信念。基本人权是人权的核心，人的一切权利都是由基本人权所衍生和发展出来的。从宪法角度来看，宪法在赋予公民个人享有生存权、自由权、财产权以及平等权的大框架下，肯定了公民个人应受保护的基本人权。但是倘若没有裁判请求权，则上述基本人权都将因缺乏最终保障而被落空。因此，为了使国民能够充分享有各项基本人权，就必须设置裁判请求权作为基本保障，该项权利的有效行使是法治现代化所必需的，也是程序保障应有之义，应当为宪法所确认和保障。

具体来说，所谓裁判请求权是指任何人在其权利受到侵害或与他人发生争执时，享有请求独立的司法机关予以审判的权利。它具体包括两方面的内容：（1）诉诸法院的权利，即任何人在其民事权利受到侵害或与他人发生争执时，有请求独立的合格的司法机关予以救济审判的权利；（2）公正审判请求权，即当事人在其权利受到侵害或与他人发生争执时有获得公正审判的权利，包括获得公正程序审判的权利和获得公正结果的权利，即有公正程序请求权和公正结果请求权。[3] 诉诸法院的权利是裁判请求权的基石，没有诉诸法院的权利，裁判请求权也无从谈起。对裁判请求权的限制，就是对公民所享有的宪法和法律实体权利的限制，作为保障公民权利的宪法和法律也就无法发挥其法律权威的作用。所以说，应尽可能地扫除阻碍裁判请求权实现的各种障碍，帮助当事人更好地接近法院，是谋求社会稳定与和谐的重要举措。

裁判请求权的实现是民事诉讼程序保障的核心内容之一，也是衡量

---

〔3〕 刘敏，论裁判请求权，中国法学，6 期，2002 年。

一国民众接近司法、利用法院程度的标尺。裁判请求权既是当事人的基本程序性权利，又是当事人实现民事利益、制衡审判权的必要性权利，它作为公民的一项基本权利已得到世界各国宪法的确认和肯定。据此，国家就必须保障民众享有利用司法解决权利义务之归属的权利，必须保障司法能有效地为所有人接近，而不仅仅只是形式上地为所有人接近。但基于目前诉讼费用制度存在的缺陷，相对高昂的诉讼费用已经阻碍了国民，尤其是经济贫困国民诉权的行使，甚至可以说在很大程度上剥夺了他们的诉权，从而导致国家设计民事诉讼制度的初衷和实现当事人的裁判请求权的理念就此出现脱节。因此，目前我们改革诉讼费用制度时，必须以保障当事人裁判请求权的实现为基本理念，并以此为切入点明确未来改革的方向，使公民不论贫富均有平等接近法院以请求司法救济的机会。

当然，任何制度的改革，除了指导理念的明确外，还必须立足于一国的国情。民事诉讼费用制度改革因其直接关涉当事人与国家，以及当事人之间诉讼成本的合理分担，国情的关注尤不可忽视。过去民众在认知上普遍存在这样一种误解，认为大幅降低诉讼费用、减轻当事人负担理应成为有效接近司法的根本途径。但不容忽视的是在中国大幅降低诉讼费用势必会给法院的正常运转带来负面影响。所以我们在强调诉权保护宪法化、国际化的同时，诉权保护的本土化也不容小觑，毕竟理念不是凭空臆造，而是根植于现实的土壤，两者须进行有机的结合。在中国，当事人除了作为纳税人承担支撑审判制度的一般责任外，还因为具体利用审判制度获得国家提供的纠纷解决这一服务，而必须进一步负担支撑审判费用的部分费用。尤其在尚未达到足够富裕、财政还比较紧张的情况下，由国家投资的公共设施或提供的公共服务，通过适当的收费以补足财政实属必须，否则对于没有利用公共设施或没有享受公共服务的其他纳税人来说实在不公平。因此我们在改革民事诉讼费用制度的时候，对于审判费用的分担问题最好能实现国家负担与个人负担的合理平衡，将保障当事人诉权的基本理念融合到与诉讼费用制度相关的周边制度中去，在拉动和促进其他制度变革的同时，以支撑和完善诉讼费用制度本身。

叁、民事诉讼费用制度改革的基本内容

诉讼费用的过高以及无法预期，无疑对民众的诉权是一种侵蚀，该问题的存在与诉讼费用制度本身的制度性缺陷不无关系。在国家财政和审判资源整体稀缺的情况下，我们不能过于盲目地把保障弱势群体诉权的希望完全寄托在迅速高效地彻底变革现有诉讼费用制度上，实现审判公共成本与当事人私人成本的平衡需要精细的制度设计，不断改革与完善现有制度的缺陷是实现当事人程序保障权的第一选择。

一、立法体例与模式选择的正当化

中国《民事诉讼法》对诉讼费用设置专章进行规定，但并未涉及具体内容，仅作一原则性规定，即：（1）当事人进行民事诉讼应当按照规定交纳案件受理费；（2）当事人交纳诉讼费用确有困难，可以申请缓交、减交、免交；（3）收费办法另行制定。因此，中国现行诉讼费用制度主要是通过一系列的司法解释予以规定的，包括1989年最高人民法院制定的《人民法院诉讼收费办法》（下称"收费办法"），1992年最高人民法院制定的关于适用《中华人民共和国民事诉讼法》若干问题的意见中的"诉讼费用"一章和1999年最高人民法院制定的《〈人民法院诉讼收费办法〉补充规定》等。但是认真考察一下可以发现，由最高人民法院制定的诉讼收费方面的规范缺乏相应的法律依据。

首先，根据现行《立法法》第9、10条的规定，全国人大及其常委会作出授权立法决定应当明确授权的目的、范围。而《民事诉讼法（试行）》第80条和1991年《民事诉讼法》第107条只是规定收取诉讼费用的办法另行制定，两者都没有将制定诉讼收费规则的权力明确授予最高人民法院。故最高人民法院对该规则的制定权尚缺乏明确的法律依据。

其次，根据中国《立法法》第8条的规定，诉讼和仲裁制度只能制定法律。可见，制定有关诉讼法律制度的权力只能由宪法所规定的立法主体全国人大及其常委会来行使。并且人大常委会1981年颁布的《关于加强法律解释工作的决议》规定：凡关于法律、法令条文本身需要进一步明确界限或做补充规定的，由全国人大常务委员会进行解释或用法

令加以规定，凡属于法院审判工作中具体应用法律、法令的问题，由最高人民法院进行解释。诉讼收费显然不属于"具体应用法律、法令的问题"的范围，其本身并不存在法院审判时如何适用的问题，而应属于诉讼制度的范畴，由全国人大常委会来做进一步的补充规定。所以，由最高人民法院来制定收费办法其主体的正当性不能不受到质疑。

最后，1989 年的收费办法是根据 1982 年的《中华人民共和国民事诉讼法（试行）》第 3、80、178、190、200 条的规定制定的。但是，1982 年的《民事诉讼法》已随 1991 年新《民事诉讼法》的实施而废止，也就是说 1989 年的"收费办法"作为司法解释，其被解释的对象已经失效，可时至今日它不但没有随之失效反而作为《新民事诉讼法》实施的配套规则在诉讼制度中（同样适用于行政诉讼）占有一席之地。难怪会有学者戏称：1989 年"收费办法"是最高人民法院为《民事诉讼法》和《行政诉讼法》预先准备的规则。[4]

此外，若从利益角度来分析，最高人民法院制定有关诉讼收费规则的行为，其正当性更加备受质疑。法院作为诉讼费用法律关系的当事人一方，诉讼费用的征收与其内部利益直接挂钩，由直接利害关系主体一方来制定对另一方的收费规则，显然是有失公允。大陆虽有规范诉讼费用管理的所谓"收支两条线"的规定，但目前毕竟只是形式上的"两条线"，法院多收则财政多退，少收则少退。有学者一针见血地指出，至少到目前为止，支撑着法院运转的资源看来主要是由当事人通过民事经济案件的交费这种方式（也许还有其他渠道）来提供的，当事人提供的资源不仅用来支出具体案件的办案费用和日常的办公费，还提高了审判人员的生活待遇，甚至法院的基本建设也在一定程度上依靠诉讼收费积累。[5] 法院收费养活自己，使得自身根本无法摆脱通过各种途径尝试和努力改善自身条件的利益动机。因此，人们怎么可能相信在某种法律关系中享有切身利益的一方当事人能够以公正的立场甚至从保护对方当事人的利益出发制定出合理的规则？[6]

司法公正的前提是立法的科学性、公正性。[7] 倘若从立法上都不

〔4〕 方流芳，民事诉讼收费考，中国社会科学，3 期，1999 年。
〔5〕 王亚新，社会变革中的民事诉讼，中国法制出版社，2001 年，189 页。
〔6〕 傅郁林，诉讼费用的性质和诉讼成本的承担，北大法律评论，4 卷 1 辑，2001 年。
〔7〕 王利明，司法改革研究，法律出版社，2000 年，14 页。

能保证诉讼费用规则的法律性、权威性，又何以谈及公正、充分地保障国民诉讼权利的实现呢？如果说民法中格式合同的双方当事人处于非平等法律地位，但至少还有相应的规范和解释规则对优势方予以限制。而就诉讼费用制度而言，中国法院的权力是直接以国家强制力为后盾，其相对于诉讼费用法律关系其他当事人的优势简直是无与伦比，并为法院乱收费现象留下隐患。从各国的立法例来看，在德、日法系，讼费征收规则属单行法而归为国会立法权限。在美国，联邦各级法院的首席法官组成的"司法会议"，制定适用于各级联邦法院的讼费征收规则。[8]但由于美国是纯粹当事人主义模式国家，其诉讼成本主要体现为私人成本而非公共成本，其诉讼费用制度主要调整当事人之间的诉讼费用关系，法院基本上超脱于诉讼费用关系之外，因此由法院参与制定诉讼费用规则并不违反中立性原则。[9]

总之，实现司法公正，并使司法获得民众的信赖，实现诉讼收费规则制定的科学性、公正性，确保收费规则制定主体的权威性与中立性是十分重要的。考虑到诉讼费用制度在司法制度体系中的重要地位，中国有必要通过全国人大常委会来制定专门、统一、权威的诉讼费用法，这样不仅可以满足立法者中立的要求，而且还有正当的立法依据，不会出现越权立法的现象。将诉讼费用法与《民事诉讼法》相结合，贯彻特别法优于普通法的原则，对中国的诉讼费用制度进行全面的规范和整合。

二、诉讼费用构成的科学化

按照《中国大百科学全书》（法学卷）的解释，所谓诉讼费用是指民事诉讼当事人向法院交纳为进行诉讼所必需的法定的费用。诉讼费用包括两类：案件受理费和应当由当事人负担的实际开支。前者具有国家税收的性质，为国库收入。后者由法院收取，用于补偿实际支出。[10]从上述有关诉讼费用的界定及构成来看，中国诉讼费用制度具有如下特点：（1）诉讼费用制度只调整当事人与法院之间的关系，当事人彼此之间不存在诉讼费用关系。正如《人民法院诉讼收费办法》第31条所规定的，案件审结时，人民法院应将诉讼费用的详细清单和当事人应负担

---

〔8〕 同注 4。
〔9〕 同注 6。
〔10〕 中国大百科全书/法学，中国大百科全书出版社，1984 年，567 页。

的数额用书面通知本人。同时，在判决书、裁定书或者调解书中写明当事人各方应负担的诉讼费用。当事人凭交款收据和判决书、裁定书或者调解书，向人民法院结算诉讼费用，多退少补。[11]（2）诉讼费用不包括当事人费用。根据《人民法院诉讼收费办法》的规定，诉讼费用由案件受理费和其他诉讼费用两部分构成。其他诉讼费用主要包括勘验、鉴定、公告、翻译费；证人、鉴定人、翻译人员出庭的交通费、住宿费、生活费和误工补贴费；保全申请费和实际支出；执行判决，仲裁和调解协议的费用；人民法院认为应当由当事人负担的其他诉讼费用。由此可见，中国所谓的诉讼费用实际上就是德、日等大陆法系国家的审判费用。中国的这种把诉讼的私人成本完全排除在诉讼费用范畴之外的做法，从国际立法通例来看，可以说是绝无仅有的。按照有些学者的观点，这也是中国绝对的职权主义诉讼模式在诉讼费用制度上的体现。

中国现行的《人民法院诉讼收费办法》制定于20世纪80年代末，其制定依据是1993年民事诉讼法（试行），从当时的立法和司法实践来看，中国民事诉讼模式毫无疑问属于典型的职权主义诉讼模式。与此相对应，在诉讼法律关系理论中，两面关系说是最有力的通说。因此，将诉讼费用制度定位为调整法院和当事人之间就承担诉讼公共成本所形成的责任与风险关系也就在情理之中。并且在职权主义的诉讼模式下，法官负责包揽调查取证，"当事人张张嘴，法官跑断腿"的情形随处可见。为了追求所谓的"客观真实"，法官一般都会不遗余力地全面收集有关案件的证据，甚至有查不清事实不罢休的精神，在这种情况下，诉讼的私人成本，相对于审判的公共成本而言，显然是可以忽略不计的。此外，在强职权主义的诉讼模式之下，律师制度往往显得无足轻重。当事人即使聘请律师，由于律师在当时被定位为国家法律工作者，其作用无非是帮助法官更好地查清案件事实和正确适用法律，而绝非只是为了维护当事人的利益，律师在当时所收取的费用也是相对低廉的。因此，在当时历史条件下，中国诉讼收费规则将诉讼费用制度定位为调整当事人

---

〔11〕　然而在实践中，胜诉方当事人根本不能要求法院返还预交的诉讼费，而是依据生效判决和讼费收据申请法院强制执行败诉方的财产以充抵诉讼费。法院将本来应当自己承担的无法向败诉方收取案件受理费的风险转嫁给了胜诉当事人。在1998年整顿法院以后，有些法院改变了以往的做法，只要当事人胜诉，法院就退还预交的案件受理费，但是这并没有成为一种普遍的做法。

和法院如何分担公共成本，也就不免具有某种合理性。

但自 20 世纪 80 年代末以来，以强化当事人举证之审判方式改革，使中国民事诉讼模式逐步从职权主义向混合主义模式转换。这场改革的起因源自法院的诉讼效率和诉讼成本，法院在推行审判方式改革方面既有内在驱动力，也是最大的受益者。相反，当事人的举证责任和风险意识得到了加强。从审判成本这个角度来说，诉讼模式的转换意味着原有的一部分公共成本向诉讼私人成本转移。如果说中国现行诉讼收费规则有关诉讼费用的界定及构成在 20 世纪 80 年代尚还具有某种合理性的话，那么随着诉讼模式的转换，其合理性已逐渐丧失。混合主义诉讼模式较职权主义诉讼模式而言，法院的职权（尤其是调查取证的职权）相对弱化、诉讼公共成本相对减少，而当事人的举证责任和风险意识则不断加强，当事人诉讼的私人成本相对提升。尤其在当今社会，随着法律的不断专业化而复杂化，当事人往往还不得不花一笔数目可观的费用来聘请律师代为诉讼。在这种情形下，重新调整法院和当事人承担诉讼公共成本比例，并把诉讼私人成本纳入当事人双方分担的范围也就显得必要。因此，我们认为，诉讼费用不仅应包括法院的审判费用，而且还应包括合理的当事人费用，即当事人实施诉讼行为所支出的合理费用也应由败诉方负担。因为对于权利人而言，如果实现权利的成本过高且须由自己支付成本的话，那么对他而言，诉讼就不是一种理想的选择。此外，从保护权利人利益的角度来看，也有必要规定由败诉方偿还对方当事人所支付的费用。当然，这只能限于胜诉方实施正当的诉讼行为所支出的费用，对于因当事人不正当的诉讼行为所支出的费用，应由该当事人自行负担。

总之，改革后的诉讼费用制度应当调整两类关系：（1）针对原告缴纳审判费用而形成的法院与当事人之间分担诉讼公共成本的纵向关系；（2）败诉方当事人赔偿胜诉方当事人因支付公共成本和私人成本而形成的横向关系。此外，为了确保诉讼费用征收和评定的合理性，法院应就诉讼费用征收的项目开列清单，就当事人费用的评定及诉讼费用负担的比例，说明理由。当事人对诉讼费用的评定有异议的，应允许当事人有申请复议的权利，法院应就复议申请作出相应的答复。

三、诉讼费用性质的明确化

诉讼费用是由一部分诉讼公共成本（即审判费用）和一部分诉讼私人成本（即当事人费用）构成的。中国诉讼费用由两部分构成：一部分是案件受理费或其他申请费，另一部分是应当由当事人负担的其他诉讼费用。采取诉讼保全措施实际支出的费用；执行判决、裁定或调解协议所实际支出的费用等。与其他国家相比，中国所指诉讼费用实际上就是审判费用，并没有包括当事人费用。在审判费用中，对于第二部分费用的性质大多没有争论，即具有补偿性。目前理论界争论颇多的是案件受理费和其他申请费的性质。概括起来，主要有以下三种观点：（1）税收说。该观点认为，税收既出自国家财政收入的需要，同时也带有调节社会行为的功能。案件受理费则体现了税收的这种作用和功能。受理费的收取既可以增加财政收入，亦可抑制滥诉行为。〔12〕（2）国家规费说。该说认为，一方面，诉讼如同其他社会活动一样，需要收取一定的规费，以表明手续或程序的开始，并显示主体对实施该行为的慎重；另一方面，司法机构和解决民事纠纷需要作出相应物质耗费，因此，裁判费用也是当事人分担这种耗费所必须作出的支付。〔13〕（3）惩罚说。该说认为，既然诉讼费用一般由败诉方负担，败诉方对因自己的行为造成的损失承担赔偿责任，从这个意义上说，负担诉讼费用是对违反法律规定的当事人一种经济制裁。〔14〕

对于上述诸观点，我们认为第二种观点较为科学。首先，中国案件受理费不具有税收性。一般来说，税费是由一般纳税人通过税收方式上缴国库并由国家财政以行政拨款形式统一分配给全社会一般纳税人共同享用的费用。如果当事人交纳的案件受理费全都上缴财政，作为预算内资金纳入政府的财政预算，并且当事人交纳的案件受理费粘贴印花税票，那么在这种情况下，我们可以认定案件受理费具有税收的性质。在日本，案件受理费就是诉讼税。〔15〕但中国不是这样，根据 1989 年最高

---

〔12〕 参见柴发邦主编，体制改革与完善诉讼制度，中国人民公安大学出版社，1991 年，84 页。周道鸾主编，民事诉讼法教程，法律出版社，1988 年，173 页。

〔13〕 肖建国，民事诉讼程序价值论，中国人民大学出版社，2000 年，303 页。

〔14〕 参见谭兵主编，中国民事诉讼法要论，西南财经大学出版社，1991 年，292 页。

〔15〕 参见肖建国，注 13 书，307 页。

人民法院、财政部《关于加强诉讼费用管理的暂行规定》以及 1996 年《人民法院诉讼费用暂行管理办法》的规定，法院征收的包括案件受理费在内的整个裁判费用分别由受诉法院、高级法院和最高法院分享。高级人民法院（计划单列市中级人民法院）可按一定比例适当集中一部分诉讼费用，用以统一购置必需的业务设备和适当补助贫困地区的法院业务经费，最高人民法院可适当集中一部分用于为全国法院系统购置必需的业务设备和适当补助贫困地区法院业务建设需要。其余部分上交地方财政或存入地方财政部门的"预算外资金管理专户"，全部用于法院的业务经费支出。由此可见，将案件受理费认定具有税收的性质显然是说不通的。虽然，从清除司法腐败、维护司法公正这个角度出发，费改税也不失为一良策，然而，中国现行收支两条线的管理方式离这一目标还相差太远。其目的只是禁止法院动用自收费、罚款和没收财产的收入为自身牟取利益，并不意味着法院必须全额上交所有的诉讼费。再加上费改税这样一种制度的变迁，将涉及制度变动本身所产生的信息成本、组织成本和技术成本，如果制度安排的改变不能使取得的收益大于这些成本的总和，则改变现行制度的尝试或者会遭致失败，或者会变形走样。[16]

其次，征收案件受理费也并不是对当事人的一种惩罚或经济制裁。惩罚说有违诉讼的目的和价值导向。一般来说，惩罚源于错误，处罚数额的多少取决于一方当事人主观过错的程度以及给对方造成的客观后果。由于立法者与守法者，以及守法者相互之间总难以站在同一条理解的水准线上，不同的守法者对立法条文产生不同的理解，并最终因理解的分歧而导致诉讼，你能说这种分歧就是错误吗？因分歧而导致诉讼就应当受罚吗？答案显然是否定的。诉讼费用实行"败诉者负担的制度合理性只限于影响当事者的行为动机，而没有对当事人进行争议的意识和行动，从道义上或法律上加以谴责的内容。"[17] 然而，惩罚说或制裁说在本质上违反了这一原则，它否定了当事人求诸司法机关解决民事纠纷的正当性，否定了当事人寻求司法保护是当事人的一项诉权，把当事人花钱购买司法服务的行为当作反面的东西加以贬抑或限制，结果必然会压制社会大众对诉讼的需求，误导大众对争议本身产生否定性评价。尤

---

〔16〕 关于信息成本、组织成本和技术成本的分析，参见王亚新，注 5 书，178～179 页。

〔17〕 ［日］棚濑孝雄，纠纷的解决与审判制度，中国政法大学出版社，1994 年，290～291 页。

其在现代法治社会,"接受审判"的权利是宪法赋予公民的一项基本权利,依法进行诉讼是当事人行使诉权的表现,因此,将诉讼费用视为对败诉方当事人的一种经济制裁的观点更为不妥。

如前所述,法院之所以向当事人征收案件受理费,主要基于"受益者分担"的原理。即当事人除了作为纳税人承担支撑审判制度的一般责任外,还因为具体利用审判制度获得国家提供的纠纷解决这一服务,而必须进一步负担支撑审判的部分费用。尤其在国家尚未达到足够富裕、财政还比较紧张的情况下,由国家投资的公共设施或提供的公共服务,通过适当收费以补足财政实属必要。否则,对于没有利用公共设施或没有享受公共服务的其他纳税人来说实在是不公平。因此,从中国现阶段来看,向直接利用公共设施的人,即特定公共设施受益人收取或回收部分费用既是必要的,也是合理的。此外,从现行有关诉讼费用征收的规范性文件来看,诉讼费用也是被视为一种国家规费。如1989年最高人民法院、财政部《关于加强诉讼费用管理的暂行规定》第1条就明确规定,各级人民法院依法收取的诉讼费用属于国家规费。考虑到目前财政困难,拨给法院的业务经费还不能完全满足审判工作的需要,法院依法收取的诉讼费用暂不上交财政,以弥补法院业务经费的不足。1996年后,法院开始推行诉讼费用收支两条线管理,但是诉讼费用作为一种国家规费的性质,仍然没有改变,其用途仍主要是弥补法院业务经费支出。

四、征收依据和标准的多元化

在中国确定诉讼费用征收标准的依据有二:(1)案件诉讼性质与非讼性质。(2)案件的财产性与非财产性。一般来说,凡采用司法有偿主义的国家,这两个依据往往在确定诉讼费用的征收标准时,都是必须考虑的因素。但是仅仅上述两个依据还不够全面。在某些情况下,依据现行诉讼费用征收的依据还不利于民事诉讼制度功能的全面发挥和民事诉讼目的的根本实现,我们认为下列因素应当成为中国诉讼费用征收的主要依据。

(一)案件的诉讼性质与非讼性质

民事案件一般有诉讼案件和非讼案件之分,所谓诉讼案件,就是实体法上权利的存在等实体事项有争议的案件,而非讼事件是指利害关系人在没有民事权益争论的情况下，请求人民法院确认某种事实是否应存在，从而使一定的法律关系发生、变更或消灭的事件。[18] 非讼程序与诉讼程序相比较，其最大的区别是前者较后者具有更大的灵活性，审理程序更简洁，审理期限相对较短。

案件受理费作为一种以弥补国家财政不足为主要目的的国家规费，它就必须同诉讼的种类，实际进展状况以及审结的难易程度相联系。这也是民事诉讼法中费用相当性原理的要求（即当事人利用诉讼过程，或法院指挥诉讼以及审判的过程，不应使国家，也不应使当事人遭受期待不可能的利益牺牲），此外，非讼案件与诉讼案件相比，往往具有较大的公益性，因此，在诉讼费用的征收方面，案件的诉讼性与非讼性无疑应当成为确定诉讼收费标准的重要依据。一般来说，非讼案件采取计件低额收费制，而诉讼案件则采取按标的额大小收取案件受理费。

然而，现实中让人遗憾的是，一方面，在现代社会中，"非讼事件以及非讼程序的使用范围有扩大的趋势，不仅包括传统意义上的与人身关系有关的案件，还包括特别需要赋予法官广泛裁量权的事件，公益性较浓厚的事件，特别需要在程序上简易迅速解决的事件，以及没有对立当事人要求法院依实体法确定实体权利是否存在的事件等。"[19] 但另一方面，由于各种原因，中国的绝大部分非讼事件却作为诉讼案件加以受理，按照诉讼程序进行收费。这种非讼案件的诉讼化已成为导致大陆诉讼中当事人诉讼成本升高的一个重要原因，这应当引起立法机关的注意。今后，我们一方面应当通过进一步完善民诉立法或制定单独的"非讼事件法"以不断扩大非讼事件的适用范围，另一方面，我们在制定诉讼收费规则时，就应当充分考虑案件的诉讼性与非讼性，禁止对非讼案件依照诉讼案件的标准收费。

（二）案件的财产性与非财产性

民事案件依据当事人争执的标的是否具有直接的财产价值，可以分为财产性案件与非财产性案件。财产性案件是指当事人争议的权利义务关系具有一定物质的内容，或直接体现某种经济利益的案件。非财产性案件是指争议的民事权利义务关系不具有直接的财产内容，而是与争议

---

[18] 王强义，民事诉讼特别程序研究，中国政法大学出版社，1993年，12页。
[19] 肖建国，注13书，317页。

主体的人格、身份不可分离的案件。它一般不直接体现为某种经济利益。根据1989年《收费办法》，中国对于非财产案件实行按件收费。主要包括离婚案件、侵害姓名权、名称权、肖像权、名誉权、荣誉权的案件，侵害专利权、著作权、商标权的案件，以及劳动争议案件等。

对于财产性案件，中国与德日等大陆法系国家一样，其案件受理费按诉讼标的金额或价额的大小予以征收。这种做法的合理根据和正当性在于利用者负担的原理或逻辑。此外，还有学者认为，案件受理费按诉讼标的金额或价额征收，还能够最大限度地避免法院滥收费现象的发生。[20] 中国现行收费标准确实存在一些问题，正确的做法应当是在现有标准的基础上做一些改进与完善，使收费标准由单一化向多元化发展。如我们的立法完全可以考虑设置多元的程序机制，规定不同的诉讼程序适用不同的收费标准，以此将当事人的程序选择权与其诉讼利益相结合，此外，为了保障诉讼收费的合理性，我们还可以考虑引入诉讼阶段收费制度等。

此外，我们还需指出的是，对于财产案件和非财产案件划分也并非是绝对的，有时还需具体情况具体分析。比如对于反环境污染或保护自然景观等与公众利益紧密相关的案件，为了充分保障获得审判的宪法权利，应尽量解释为非财产性或诉额难以计算的案件，以此来鼓励人们为公共利益而提起诉讼。

（三）案件审理程序的繁简性

即使同是诉讼案件，我们认为也不一定适用单一的收费标准。其中一个主要的原因就是诉讼案件的审理程序有繁简之分。根据中国现行民事诉讼法的规定，第一审诉讼程序分为普通程序和简易程序。简易程序主要适用一些事实清楚、权利义务关系明确、争议不大的简单民事案件。简易程序作为法院处理民事案件的一种简便易行的程序，其为此所花费的审判成本，相对普通程序来说要少得多。因此，法院在适用简易程序审理案件时，其所征收的费用应当比普通诉讼程序要低。笔者曾撰文提出应当进一步完善简易程序，扩大简易程序的适用范围。尤其是应当充分尊重当事人的程序选择权，鼓励当事人合意选择适用简易程序。在诉讼费用的征收上，与普通程序相比其比例应当更低（如按诉讼标的

〔20〕 肖建国，注13书，320页。

金额征收的话）或更少（如果是按件征收的话），并以此进一步扩大简易程序的解纷功能。[21] 这对于缓解当前法院积案现象，尤其减轻上级法院的负担，应当说不失为一良策。遗憾的是，在现实中，人们对这一精神把握不准、贯彻不力，导致诉讼程序法所追求的诉讼效率这一内在价值落空。

（四）诉讼案件审理的阶段性

如前所述，对于财产案件来说，诉额越高并不意味着获得司法服务的质量越充实，因此，单一的随诉额递增的收费制度可能不当地抑制了个人提起诉讼。因此，为了使诉讼收费具有更大的合理性和科学性，我们认为不妨借鉴德国民事诉讼费用法的规定，按照程序不同的展开阶段来收取手续费的阶段收费制，比较符合司法资源耗费与当事人诉讼费用支付相一致的原理。尤其值得注意的是，这种收费制度能够对应诉讼的不同阶段，并给以当事人在诉讼中积极实现和解的动机。同时，在缴纳方式上还可以按阶段缴纳或诉讼终结时缴纳等方式结合起来，并可能根据诉讼类型，当事人从事诉讼的情况和胜败的前景等因素在诉讼过程中灵活调整当事人的负担。[22] 总之，我们认为，在将来制定诉讼收费规则时，完全有必要在既有制度基础上进一步考虑导入阶段收费制的可行性。

（五）诉讼案件审级阶段的不同性[23]

在一审、上诉审和再审的诉讼案件该不该采取同一诉讼收费标准？对于这一问题的不同回答，将直接关系到各审级程序功能的发挥，进而影响到大陆整个诉讼机制的协调发展。根据 1989 年《人民法院诉讼收费办法》的规定，一审与上诉审收费标准相同，而依照审判监督程序进行提审、再审的案件则免交案件受理费。据相关资料显示，中国再审的比例远远高于上诉审与一审的比例。从当事人这个角度来说，既然有再审程序这一免费的午餐，又何必去利用上诉程序这一昂贵而又不确定的手段呢？对此，中国理论界和实务界已引起广泛的关注，对于进一步改革和完善再审程序，严格限定再审条件包括发动再审程序的主体等已达

---

[21] 何文燕、廖永安，大陆民事简易诉讼程序之重构，中国法学，1 期，2002 年。

[22] 王亚新，注 5 书，284 页。

[23] 中国实行二审终审，按照通常划分，通常诉讼程序只包括一审程序和二审程序，但从分析问题的方便起见，本文将再审程序也作为一种独立的诉讼程序形态来加以分析。

成广泛的共识。[24]

严格再审条件、限定启动再审程序的主体，固然有助于防止再审程序被滥用，但是，我们仍不能不看到，在再审案件中，之所以还有如此高比例的案件被改判，难道我们不应当去审视一下：我们上诉审所发挥的功能到哪里去了呢？上诉审程序功能发挥不充分，原因固然是多方面的，但是，上诉费用的昂贵和上诉结果的不确定无疑是抑制上诉功能发挥的重要因素。因此我们认为，一方面应进一步完善上诉审程序，如确立禁止上诉不利益变更原则，建立附带上诉制度，适当限定上诉条件，严防滥诉行为之发生，建立恶意上诉的制裁机制，科学定位一审与上诉审的运行模式等；另一方面又应以减轻上诉费用，保护当事人的上诉权益，以充分发挥上诉审维护法律适用的统一性，并确保司法公正实现的重要功能。只有这样，我们的民事诉讼程序机制才有可能得以协调运作和发展。

具体在如何减轻诉讼费用上，我们认为有两种思路可供选择，一种是在一审的基础上减半征收，另一种是只就上诉不服利益征收上诉费用。当然到底哪一种思路更具有可行性，还有待我们进一步的研究和探索。对于因审判人员违反法定程序或因审判人员的违法行为导致认定事实和适用法律错误的，我们认为，无论在上诉审程序，还是再审程序，最终都应当免交诉讼费，上诉法院和再审法院对此可追究相关审判人员的责任。

（六）是否以诉讼和解或调解的方式结案

诉讼和解或调解制度，有利于缓和当事人之间的矛盾，同时也有利于提高诉讼效率和节约诉讼成本，因此被世界上许多国家所采用。此外，由于诉讼和解或调解协议易于履行，在某种程度上也减少和节约了执行成本。正因如此，目前不少国家和地区为了鼓励当事人在诉讼中达成和解或调解协议，其立法往往将诉讼是否以和解或调解结案作为最终征收诉讼费用的一个重要标准。如 1999 年台湾新修订的民事诉讼法第84 条就明确规定，"当事人为和解者，其和解费用及诉讼费用各自负担之，但另有约定者不在此限"，"和解成立者，当事人得于成立之日起 3

---

〔24〕 参见黄双全，论当事人申请再审法律制度的完善；李浩，民事再审程序改造论；景汉朝，再审程序剖析及其完善；张卫平，民事再审制度研究等，载陈光中主编：依法治国、司法公正，上海社会科学院出版社，2000 年。

个月内申请退还其于该审级所缴裁判费用二分之一";第 420 条之一规定:"第一审诉讼系属中,得经两造合意将事件移付调解,……","依第一项规定移付调解而成立者,原告得于调解成立之日起 30 日内申请退还已缴裁判费二分之一";第 423 条第 2 项规定:"第 84 条之规定,于调解成立之情形准用之。"之所以作上述如此之规定,其立法理由谓"为鼓励当事人成立和解,以减轻讼累,增进当事人之和谐"。当然,对于上述规定,在台湾地区也有学者提出质疑,[25] 但是,我们认为,从立法政策或价值导向这个角度来说,仍应予以肯定,并不妨为中国将来制定诉讼收费规则时参考和借鉴。

五、诉讼费用负担的合理化

无论是探讨诉讼费用的构成,还是研究诉讼费用的征收标准和依据,最终都不可能不涉及诉讼费用如何分担这一最为核心的根本性问题。因此诉讼费用的分担,在诉讼费用制度的研究中占有十分重要的地位。

中国与其他国家一样,同样实行以败诉者负担为原则。但是由于中国诉讼费用的构成仅包括审判费用,因此与其他国家相比,败诉方无须向对方支付当事人费用。但随着审判方式改革的不断深化以及诉讼模式的转换,中国诉讼费用制度已越来越不适应现实发展的需要,亟待改革和完善。就诉讼费用构成来说,除了审判费用外,还应当包括合理的当事人费用,以切实维护权利人的正当权益,并确保其得以实现。

此外,尽管中国诉讼收费规则在确立败诉人负担这一原则的同时,也作了某些例外规定,如,由于当事人不正当的诉讼行为所支出的费用,由该当事人负担;在第二审中,一方当事人提出新证据致使案件被重审的,对方当事人有权要求其补偿误工费、差旅费等费用。但应当说还很不完善,仍有必要借鉴大陆法系国家(如德国)以及英美法系国家

---

〔25〕 对此,台湾著名民事诉讼法学者姚瑞光先生提出质疑,认为和解能否成立,系于双方当事人让步之程度能否合致。原告在确定自己让步的底线时,必计算已缴之裁判费在内,不可能期望于和解后尚于声请退还所缴半数之裁判费,因此,欲以此达鼓励原告成立和解之目的,无异望梅止渴。至于被告并非缴纳裁判费之人,被告于和解后,不能获得同类之利益,自不愿作配合让步而成立和解,因此这一规定对被告而言有适得其反的可能。其次,期望这一制度能减轻讼累,疏减讼源也是不现实的,因为和解很少在初审可以达成,一般来说,即使是和解结案的案件,也都会经历一审和二审。最后,从实践来看,除了串通成立和解之外,大多都是在迫于压力的情况下成立和解的。参见姚瑞光,民事诉讼法论,2000 年,160~161 页。

（如英国）的某些做法，对其作进一步的完善。如在诉讼收费规则中明确规定：（1）起诉并非因被告行为引起，被告对于诉讼中的请求实时认诺，诉讼费用由原告负担；（2）因当事人迟误或过失而导致产生的费用，以及因无益的攻击或防御方法所产生的费用都由该当事人负担；（3）对于当事人提起无益的上诉，其上诉的费用由上诉人负担；（4）当事人在提起上诉中，因提出新的主张而胜诉的，如果该主张在前审中即能提出者，则上诉人应当承担由此而产生的诉讼费用。

此外，我们认为还有必要引进英国民事诉讼规则中的"向法院付款的程序"，一方面有利于鼓励当事人进行和解；另一方面也可以部分转移当事人之间诉讼费用负担的风险。在诉讼费用尤其是当事人费用的计算和评估方面，英国民事诉讼规则的相关规定，为我们提供了很好的借鉴和参考。即应当综合考虑各方面的因素，这些因素具体包括：所有当事人诉讼行为；涉及金钱的数额或财产的价值；讼争事件对当事人的重要性；讼争事件特定的复杂性以及所提问题的难度和新颖性；所耗费的时间；所涉诉讼技巧、努力程度、特殊知识和责任以及当事人工作的地方和环境等。此外，为了确保败诉方对胜诉方律师费用支付的合理性，我们仍不妨借鉴英国民诉规则中的某些做法，如在简易程序中，实行诉讼费用固定制，支持当事人本人诉讼。在其他程序中，则实行律师费用的有限转付，即胜诉方当事人与律师约定或已经支付的律师费数额由法官根据案件性质、律师收费标准、律师所承担的法律事务的繁简程度，需时长短等因素。以不超过约定或已支付数额作出合理判定。而对于某些类型的案件，即涉及身份关系和与身份关系有密切关联的案件，则排除律师费用的计算和支付。总之，上述因素都是有待中国在制定新的诉讼收费规则时加以考虑的。

无论是大陆法系国家，还是英美法系国家，法院的经费均来自国家的财政拨款。因此，法院承担诉讼费用实际上也就是国家承担诉讼费用。有人指出，在某些特定的情形下，国家也应承担诉讼费用，具体来说，至少在下列两类诉讼中，应由国家承担诉讼费用。（1）第一审判决纯粹由于法官适用诉讼法上的错误为理由而被废弃，在这种情形下，不能指责任何一方引起上诉费用；（2）第三审上诉的主要目的为解决各法院判决之间的不统一，在这种情形下，上诉程序是为保护公共利益，不是私人利益。因此，包括律师费在内的上诉费应由政府承担。[26]

对于上述观点，我们认为有一定的合理性。司法审判作为一种公共服务，当事人在享用的时候，必须为此而支付一笔费用，那么当这种服务存有瑕疵以致造成当事人损害时，当事人能否要求给予赔偿呢？从逻辑的角度来说，答案显然是肯定的。但是与一般服务相比，司法审判又毕竟是一种特殊的公共服务，它并不具有营利的性质，当事人所支付的费用只是支撑司法审判费用的一部分，甚至是极小的部分，大部分费用毕竟是来自全体纳税人。因此，在司法服务出现瑕疵时，有关责任承担显然不宜过于苛严。根据国家赔偿法的规定，民事司法赔偿仅限于人民法院在民事诉讼行政诉讼过程中，违法采取对妨害诉讼的强制措施，保全措施或者对判决、裁定及其他生效法律书执行错误，造成损害的情形。

此外，为了防止法官违法审判，最高人民法院还于 1998 年制定《人民法院审判人员违法审判责任追究办法》。不过，对于因违法审判，给当事人造成损失的，应如何处理及补救，该办法并没有作相应规定。我们认为，基于司法审判服务的特殊性，一方面不宜对审判人员乃至法院施加过重的责任，另一方面，从当事人的角度来说，对因法院的违法行为所造成的损害也不能不加以考虑。只有对这两方面予以平衡，我们才能将维护法院审判的独立性与权威性和保护当事人的正当权益有机地统一起来。因此，我们认为，一方面应严格限定民事司法赔偿的范围，以切实维护法院审判的独立性和权威性；另一方面，对于因审判人员违反法定程序或因审判人员的违法行为导致认定事实和适用法律错误而引起上诉或再审的，法院应当免收案件受理费，以切实维护当事人的合法权益。当然，在目前法院财政地方化，以及案件受理费仍用于补充法院办案业务经费的情况下，这种责任到底在法院系统内又如何负担，的确是一个值得探讨的技术性问题。至于对第三审上诉的情形，基于其所发挥的社会功能和产生的社会效应，我们认为可以考虑减征案件受理费。那种试图将全部诉讼费用交由法院或政府来承担的观点，我们认为既不符合客观实际，也不符合受益者分担的逻辑，因此是不可取的。

---

〔26〕 沈达明编著，比较民事诉讼法初论（下），中信出版社，1991 年，208～209 页。

六、诉讼费用管理的规范化

现行司法机关的经费体制往往导致司法机关办案经费不足、司法人员标准工资偏低的现象。由于地区与地区间在经济发展上不平衡,富裕地区的财政收入高于贫困地区,因此司法机关的经费相对较为充足,贫困地区的财政收入较低,司法机关的经费便难有保障,而司法机关所要解决的案件并不因为经济落后而减少。即使是在财政富裕地区,地方政府领导对司法机关重视的主观程度也影响经费的来源,总而言之,经费的投入大多不能满足司法机关办案的需要。由于经费不足,司法机关便不得不自己筹措经费来购置设备和发放工作人员的福利,有些司法机关便利用管辖案件的权力收取不符合法律规定的费用,尤其是部分司法人员利用自己分管案件的权力从当事人处获得好处,从而影响司法机关的公正司法。当地方财政不能有效保障法院运行经费时,法院作为谋求利益最大化的主体在争取更多资源投入,而与地方政府进行的博弈过程中,发现需要付出过大的交涉或谈判成本时,转而努力向当事人获取资源就成为了很自然的选择。[27] 因此,乱收费以及诉讼费用管理混乱、用途不正等现象理所当然地普遍存在。中国法院乱收费现象屡禁不止,究其原因是复杂而多方面的。(1)综观中国的"收费办法"可以发现大多是原则性条款,外延模糊,容易造成适用时的理解不一,给法官留下极大的自由裁量权,并可能存在为不法之徒大开方便之门的隐忧。其中"人民法院认为应当由当事人承担的其他诉讼费用"的规定,可能仅仅只有法官自己心里有数了。(2)在"分级财政、分灶吃饭"的经费分配体系下,地域财力差别较大,经费保障体系不顺。诉讼费用征收的多少与法院各部门以及职工的奖金福利直接挂钩,大大刺激了法院的乱收费行为。法院为获得充足的经费,就必然尽可能多收费,高收费以便上缴费用的基数增大,从而获得更多的返还,所以在中国出现法官上门揽案的现象也就不足为奇了。在这种潜在驱动下,很难说法院收费的合理性和透明性得到保障。(3)地方财政拨款严重不足,是导致乱收费现象产生的根本原因。[28] 有的财政部门在安排预算时,往往把行政性收费和

---

〔27〕 王亚新,注 5 书,189 页。

〔28〕 何文燕、廖永安,民事诉讼理论与改革的探索,中国检察出版社,2002 年,181 页。

罚没收入作为财政拨款，变相给政法部门下达创收指针。（4）缺乏有效的机制对诉讼费用的管理予以规范。目前虽实行"收支两条线"管理，在一定程度上避免了地方利益、部门利益对司法行为的干扰，但是并未真正落到实处，从近些年法院"收支两条线"的实施结果来看，财政"收"的关口把得紧，"支"的渠道不甚畅通。由于地方财力有限，普遍不实行综合预算，各级法院有收有支，无收不支，诉讼费收入与支出变相挂钩的情况普遍存在，财政保工资、法院保其他的状况没有改变。如江西省全省 1998 年 74％的基层法院办案经费完全靠诉讼收入弥补，70％的法院诉讼费收入会直接影响财政拨款数额。[29]

　　中国诉讼费用征收的混乱现象和由此导致的程序紊乱、司法不公现象已经引起国家领导层的高度重视，开始严格推行"收支两条线"就是其明显的例证，尽管这不能成为解决问题的根本办法，但也不失为权宜之计。按 1996 年《人民法院诉讼费用暂行管理办法》（下称"暂行管理办法"）的规定，地方各级人民法院收取的诉讼费用扣除必要的办案费用支出后，应按期将结余上缴同级财政专户，如此"先扣后缴"显然没有实现完全意义上的收支分离。于是 1999 年《人民法院诉讼费用管理办法》（下称"管理办法"）的公布试图从根本上克服"暂行管理办法"的弊端，表明了高层革新现有体制的决心。根据 1999 年"管理办法"的规定，地方各级人民法院的诉讼费用由省级财政专户集中管理，实行分级使用与省级统筹相结合的方式；地方各级人民法院的诉讼费用，要由当事人直接全额交入省级财政在当地指定银行开设的省级财政专户分户，由省级财政专户集中管理；省级财政专户集中的地方各级人民法院诉讼费用，由代理省级财政专户分户的银行，按规定比例就地及时分别划入地方各级人民法院所在的同级财政专户和省级财政专户；省级统筹的诉讼费用由高级人民法院提出使用计划，经省级财政部门审核批准后共同下达执行，资金通过财政专户核拨，用于统一购置辖区内法院系统必需的业务设备和补助贫困地区法院业务经费，不得用于高级法院本身的支出；纳入地方各级财政专户管理的诉讼费用，由各级财政部门审批的诉讼费用收支计划，作为"业务补助经费"按月核拨给同级人民法院

---

　　〔29〕 薛江武、张勇玲，法院经费保障问题的分析与思考，江西法院经费保障情况调查报告，人民司法，2001 年 8 月。

使用；最高人民法院通过指定银行依法收取的诉讼费用直接全额划入中央财政专户，财政部根据审批的收支计划和诉讼费用缴入财政专户的进度，作为"业务补助经费"定期核拨给最高人民法院使用。同时该办法还加强了关于诉讼费用监督和检查方面的规定，开始实行对诉讼费用的专门化管理。

司法的本质精神是公正，公正是司法的灵魂，法院是公正的殿堂，法官是公正的化身，法院的基本职责就是公正司法。[30] 法院若不切实贯彻"收支两条线"，在司法权力上套上利益的枷锁，其公正性与正当性必将受到质疑。根据现行的财政体制，地方各级司法机关是地方政府的一部分，因此司法机关的办案经费和司法机关工作人员的工资由各级地方财政负担。这种经费体制一方面造成司法机关内部经费多少不统一，不同地区的司法机关工作人员的工资标准高低不一，而且是司法机关腐败和地方保护主义的主要根源。解决这一问题的途径在于各级司法机关的经费由国库统一开支，地方不再负担司法机关的经费。所以，在现有体制下，法院经费应实行综合预算，保障预算的科学化，明确最低保障标准，不断完善"收支两条线"制度，由中央财政全额保障法院正常经费来源，法院所收诉讼费上缴中央财政，法院所用专款源自中央财政。另外，实现司法公正需要从制度入手，同时也必须在观念上转变过来。制度建设并非一朝一夕就能完成，应不断强化各级人大的审核和监督职能，法院自身也必须更新观念，积极整改，逐步形成高效廉洁的财务管理体制。

肆、诉费制度与相关制度的协调、整合

正所谓"千镒之裘，非一狐之白"，制度的改革也从来都不是孤立的，民事诉讼费用制度的改革同样要受到相关制度变革的制约和影响。在中国为了保障公民获得有效的司法救济，仅依靠降低诉讼费用、增加司法投入的举措尚不足以从根本上扫除民众行使诉权的经济障碍。为此，改革与完善与民事诉讼费用制度相关的周边制度成了实现当事人诉权保障的第二选择。

---

〔30〕 张卫平，司法改革：分析与展开，法律出版社，2003 年，560 页。

一、完善法律援助制度

解决部分人因经济特别困难不能支付法律服务费用或因能力缺乏无法获得法律帮助的问题，成为建立法律援助制度的直接契机。法律援助制度以其法治、平等和公正三项基本价值，被国际社会公认为是保障司法人权，实现社会公平与正义的一项重要制度。法律援助制度作为保障公民平等地进入诉讼程序的重要机制，是公民不论贫富都能平等地实现自身合法权益的前提条件。建立和实施法律援助制度，就是为了完善平等程序权利的实施机制，保障公民所拥有的实体权利得以真正实现。如果没有一种保障公民之间不因经济收入差异而导致在法律面前事实上不平等的救济机制，则无异于国家对于公民之间存在事实上权利差别视而不见，无异于国家默认作为抽象的公民权利的平等和作为具体的公民权利的不平等。

法律援助的提供使"法律面前人人平等"这一宪法原则通过法律的手段，在国家财政资金的保障下在社会生活中得以实现。没有法律援助制度的保障，宪法所规定的平等很难在生活中得到全面的体现。为社会贫弱成员提供进入司法平等保护的机会，并以经济的、法律的手段而非行政的手段保障这种平等的实现，是一国法制现代化的体现。

中国虽已建立法律援助制度，但起步晚、成效低，尤其是经费的不足严重阻碍了法律援助的发展。为此，中国应当明确法律援助是政府的责任，要求政府制定相关的法律和政策，积极采取措施引导和推动这项工作，其中既包括政府要为开展法律援助提供必要的机构保障和队伍保障，也包括充分调动广大律师、社会组织等多方面的积极性；既包括政府提供必要的经费保障，也包括要广泛开辟资金渠道，鼓励社会各方面对法律援助提供支持，进一步扩大健全以法院之外的主体为援助主体的法律援助制度，努力在全国范围内建立法律援助基金，尽可能地广泛募集社会对法律援助的捐助。同时选择以专职律师为主，社会律师和其他服务主体为辅的服务模式，可以最大限度地利用专职律师模式的长处，有利于建立起高素质的专职律师队伍，强化政府责任，推动整个法律援助事业的发展。另外，还可借鉴国外的先进经验，导入法律诊所式教育，利用法学院师生的力量，向社会贫弱者提供法律帮助，整合社会有效的援助资源，客观上缓解国家提供法律援助供不应求的局面。

二、建立诉讼保险制度

基于国情的客观制约和国家财力的有限性，法律援助制度根本不可能涵盖所有需要法律帮助而又无力支付诉讼费用的广大群体，我们也不可能把维权的所有希望完全寄托在牺牲律师切身的经济利益之上。事实上，中产阶层占社会成员的大多数，支付高昂的诉讼费用对被排除在法律援助范围之外的他们来说是一笔不小的负担，也是他们对法院望而却步、放弃利用民事诉讼制度实现自己正当权益的机会的主要原因之一。

在中国尚未生根却盛行于西方的诉讼保险制度，就能在很大程度上保障中产阶层实现接近正义的司法理念，帮助他们走出因经济原因而陷入的"权利贫困"的窘境。所谓诉讼费用保险是指由被保险人缴纳一定的保险费，在保单规定的情况下，保险公司以实际发生的法律诉讼费用的一定比例为标准进行给付的一类保险合同。诉讼保险制度不需要国家投入资金，纯粹通过商业模式来进行运作，中产阶层以"自助性共助"框架为前提[31]，通过分散集中的手段，使有限的资源得到充分利用，权利保护的费用由许多主体分担，并在时空上加以分割，从而使每个成员都能明显感到经济重压大为减轻。

因此，中国有必要导入该制度，转嫁被保险人的诉讼费用风险，从而为民众保护自己的合法权益提供财力支持，使中产阶层的维权活动成为可能，促进中国公民维权意识的提高和法制观念的增强，同时也可减轻法律援助体系对财政造成的负担。从律师的角度来看，诉讼保险制度的推行可以保障律师稳定的职业收入，形成律师之间的良性竞争，从而大大提高了案件代理的质量。所以中国在借鉴和引进诉讼保险制度时，应充分考虑国情的需要，慎重设定险种，明确律师收费，规范保险市场，使其运作迈入良性轨道以发挥其应有的功能。

三、改革律师收费制度

由于职业的专业化和复杂化，律师成为帮助当事人实现诉权、接近

---

〔31〕 小岛武司，司法改革与权利保护保险，自由与正义，2001年12月，56～69页。

法院的引路人，律师收费制度的合理与否也将直接影响到民事诉讼费用制度改革的进程。中国律师事业的发展方兴未艾，但作为律师业重要激励机制的律师收费制度却表现出明显的滞后性和混乱性。目前律师收费制度的改革陷入进退维谷的境地：律师收费不能太低，否则会直接挫伤律师工作的积极性以致影响法律服务的质量；另一方面，收费若太高在很大程度上又会阻碍当事人诉权的行使。如何协调律师与当事人之间的利益分配，如何改革与完善律师收费制度，已成为完善中国民事诉讼费用制度的前置条件。在中国尽管律师收费遵循双方协商原则，但从帮助当事人行使诉权的角度来看，还是过高且处于混乱失控状态，这无疑在当事人接近正义的道路上又添置了一道新的经济障碍。为此，律师收费应当确立合理的标准，因地制宜、因人而异；推行公职律师制度，改善律师对法律援助案件敷衍了事、相互推诿的局面，推动法律援助制度的健康发展；引入胜诉酬金制，增强律师的使命感，积极推进诉讼活动，为委托人提供有效实现诉权的机会，使其真正成为贫困者进入法院的一把钥匙。

民法典一般条款研究

朱　岩　中国人民大学民商法研究中心研究人员

壹、引言——法典与现实生活的统一作为法典化的永恒难题

自 19 世纪欧陆法典化运动以来，如何以一部体系化的民法典调整纷繁复杂且处在变迁中的社会生活，构成了立法者和学者一个棘手的问题。在法典化的初期，此种观点占据了统治地位：法典必须事无巨细地规定所有法律应调整的社会生活，法典必须能够预见到社会生活在未来所可能发生的变化，而法官必须严格依据法律条文做出判决。与此种立法思想相适应，罗列式的立法模式构成了法律规定的基本模型。《普鲁士一般邦法（das Allgemeine Preuβische Landesrecht）》就是此种立法思想的代表。[1] 法典严格列举主义的立法模式还与三权分立思想的兴起有内在联系：为了防止法官通过解释或自由裁量将个人主观臆断渗入到判决中，法官被要求严格遵守条文的文义，新兴资产阶级对中世纪黑暗的法庭判决心有余悸，最典型的规定就是《法国民法典（Code civil）》第 5 条。[2]

毫无疑问，此种严格罗列的立法模式很快就被法的现实生活所抛弃，人们越来越认识到，即使是最有远见的立法者也无法通过罗列的方式在法的规范中穷尽对社会生活事实的调整，诚如德国法学家 Engisch

---

[1] 1794 年《普鲁士一般邦法》的条文多达两万余条，其内容不仅包括民事法律规范，而且涉及到刑法、行政法的内容。

[2] 《法国民法典》第 5 条：禁止法官对其审理的案件以一般规则性笼统条款进行判决。

所言："生活唾弃立法者的远见",〔3〕随着法哲学的发展,对个案正义的呼声亦不断加大。虽然抽象的法律规范是法典化的基本构成,但具体社会生活的特殊性却对当事人具有最重要的意义,如果简单机械地从抽象的法律规范作出判决,必然违背法的生命力——法律源于生活。〔4〕如何统一法典和现实生活构成法典化的永恒难题,而此种难题恰恰为法学家(包括法官在内)提供了专业活动空间,毫不夸张地说,法学家的重要使命就在于:沟通抽象的法律规范和处在时间之矢变化中的社会生活。立法者在法典中就此也为法学家的使命留下了"授权"——一般条款,而一般条款"似乎是20世纪法学家最重要的问题"。〔5〕非常遗憾的是,民法典中的一般条款研究并未引起中国民法学者充分的注意,学者们对其功能与潜在危险亦未赋予足够的笔墨。〔6〕

本文不揣浅陋,尝试从法学方法论的角度简要论证一般条款的概念、功能、其实现功能的方式、判例法的地位及其危险,以求能够增进对民法典一般条款的理解。由于一般条款是整个法典化的一个理论问题,并不限于民法典,因此本文的基本论述亦适用于其他法典,如刑法典或行政法典,但限于本人专业知识狭窄,仅以民法典为例。

贰、一般条款产生的原因

法的现象源于社会生活。一般条款从法典立法中的一个技术手段飙升为法律适用中填补法律漏洞、创新法律制度的支点,可归结于现实法律生活的变迁。

---

〔3〕 "Das Leben spottet der gesetzgeberischen Voraussicht." Karl Engisch, Die Idee der Konkretisierung in Recht und Rechtswissenschaft unserer Zeit, 2. Aufl., 1968, S. 82.

〔4〕 参见美国大法官霍姆斯的名言:法的生命力不在于逻辑,而在于经验(the life of the law has not been logic: it has been experience.)。Oliver Wendell Homes, The Common Law 5 (1881).

〔5〕 早在1933年德国法学家Hedemann在其短小的论文《Die Flucht in die Generalklauseln》就这样认为:"Denn die Frage (-die Spannung zwischen Strenge und Auflockerung, zwischen Festumrissenem Einzelsatz und unbestimmte Generalklauseln-) ist wahrscheinlich die wichtigste Frage, die es überhaupt für den Juristen des 20. Jahrhunderts gibt."

〔6〕 中国学者中就民法典一般条款的论述,参见梁慧星,民法解释学,中国政法大学出版社,1995年,291～299页;张新宝,侵权行为法的一般条款,法学研究,4期,2001年8月,42页以下。

一、现实生活的复杂性

19世纪法典化运动之后，有限的法典规定在迅猛发展的社会生活面前越发显得捉襟见肘。技术的加速度发展和实践中法律制度的创新远远超出立法者的想像，由此所带来的法律问题根本无法或至少难以通过简单的皈依于法典的手段，如类推和解释等加以调整。法律与道德的界限也受到很大的冲击，法典中既存百年的概念，如诚实信用和善良风俗等原则的内涵亦不断扩张，法学家必须在维护法典形式完整的前提下重新充实其内容。正是从此种意义上出发，在历史最悠久、最权威的Staudiger《德国民法典》评注的前言中，德国法学家精辟地指出：百年之久的《德国民法典》虽然仍旧享有效力，但不再以其原有的形象（出现）。[7] 显然，法典的内涵已经发生本质的变化。在具有法典化传统的国家和地区，如下两个因素，即维护法典化体系而又应付现实生活的挑战使得法典中的一般条款的功能和地位不断擢升并扩张直至"帝王条款"。

二、法官地位的提高

在传统法典化国家中，法律被称之为法学家（教授）法，法官通常墨守成规、缺乏创造性，严格的三权分立也限制法官的造法功能。但是，随着现实生活对法典的挑战不断加剧，法官被赋予维护法典体系的开放性和稳定性的任务。由于三权分立至少在宪法层面上仍旧对法官具有严格的限制，所以，法官必须在既有法典行文中寻找解决上述任务的依据，一般条款恰恰满足此种需求。而法学研究人员也对一般条款倾注很大的研究精力，试图确保法的理论不脱离现实。

三、立法者逃避立法任务

虽然立法者无法通过法典穷尽对现实生活的调整，但不可否认的是，立法者主观上逃避立法任务，也为一般条款的兴起创造条件。在世界各国立法中，我们可以发现一个普遍的现象，即迫于现实生活对立法

---

〔7〕 "Obwohl das vor mehr als einem Jahrhundert in Kraft getretene BGB zur Zeit noch Geltungskraft findet, allerdings nicht in seiner ursprünglichen Gestalt." Staudinger Kommentar zum BGB, Gleitwort, 13. Aufl., S. 1.

任务的挑战，立法者通过"空白授权"的方式将造法的任务转交给法官；这样一来，立法者即在形式上维系了三权分立、同时也给未来就法官造法进行立法上的控制和审查、尤其是合宪审查留下依据，而法官也被推到解决现实任务的前台。立法者利用一般条款逃避立法任务给法的安定性和可预见性带来阴影，尤其是在社会转型中，一般条款的弊端绝对不可忽视，因为法官的素质和缺乏判例法的积累通常难以保证一般条款功能的正常发挥，而社会转型时期维护法的安定性和可预见性的法律价值远远超出一般条款的弹性功能。

叁、一般条款的概念和特征

一、一般条款的概念

众所周知，法的规范一般由大前提、小前提和结论构成。在法庭判决中，法律规范中的事实构成作为大前提，而法律事实作为小前提，该事实必须满足法律规范中的大前提——具体的事实构成，由此可以得出法律规范中所规定的结论，即法律后果，此种方法被称之为归入法（Subsumtion）或在逻辑上简单称之为三段论。

与上述一般法律规范不同，一般条款（Generalklausel）并不包含判决所需要的、可以直接归入法律事实的事实构成和法律后果内容，其往往仅提出一个原则，如中国《合同法》第 3 至 7 条、《德国民法典》第 242 条所规定的诚实信用原则，或法的抽象价值，如《德国民法典》第 138 条所规定的善良风俗，或者虽包含事实构成，如《法国民法典》第 1382 条，[8] 但其由需要价值填补的不确定法律概念（如过错概念等）组成，所以也无法通过归入法简单适用该条款。这样，法典通过一般条款向价值填补（包括法典之外的价值）打开了一扇门，而如何确定该价值并将其应用到具体法律事实中构成了法官和学者们的任务。从这个角度出发，法的重心亦部分地从成文法向判例法转移。

因此，一般条款指的是缺乏具体内涵的一般抽象法律规定，其仅提出法的一般原则或价值取向或者仅规定需要价值填补的抽象事实构成，

---

〔8〕《法国民法典》第 1382 条规定："任何行为致他人受到损害时，因其过错而发生行为的人应当对他人所遭受的损害承担赔偿责任。"

如何将其抽象的内容适用到具体的法律事实将由法官裁决，而就此法官必须从事一般条款具体化的工作，如价值填补或援引法典规定之外的处在社会变迁中的法的伦理和价值。[9]

二、一般条款的特征

(一) 一般条款的极其抽象性

如上所述，一般条款通常仅规定极其抽象的原则、法律价值，或者虽然规定了一定的事实构成或法律后果，但其使用了需要价值填补的不确定法律概念，因此仍旧具有很高的抽象性，如《法国民法典》第1382条关于过错侵权的一般条款，此种抽象的事实构成建立在辅助规范的细化基础上，如关于过错的定义和确定损害赔偿范围的规范。须注意的是，任何具有法律事实构成和法律后果的法律规范都需要通过解释而加以适用，实际上，在民法典中，除了关于数字的规定（如时效期间、期日和期间）以外，任何语言文本都不可能只存在单一、确定无疑的内涵。但一般条款极其抽象，所以仅通过一般解释的方法无法确定其内涵。仅凭借抽象性还无法全面反映一般条款的真正特征，因为所有的概念（包括法律概念在内）都具有一定的抽象性，而且不同一般条款也具有不同的抽象程度。

(二) 一般条款缺乏任何实质性内涵

虽然众多法律概念及法律规范都具有不明确的内涵和外延，如根本违约，但是其包含一定的内涵，如在无法实现合同目的情况下可认定存在根本违约。而一般条款却不包含任何实质性的内涵，[10]其通常仅仅指出所追求的目标，其抽象度如此之高，以至于不借助法律价值填补或解释将无法适用一般条款。在适用一般条款中，必须通过梳理相关判例建构案例群（Fallgruppen），由此通过归纳的方法（Deduktion）形成可以将法律事实归入的事实构成，而这恰恰和适用现有法律规范的演绎方

---

[9] 德国学者 Haubelt 关于一般条款的定义：Generalklauseln als eine allgemeine Regelung bezeichnen, die der inhaltlichen Pr? zisierung bedarf. (Horst Wilhelm Haubelt, Die Konkretisierung von Generalklauseln, 1978, S. 5) 张新宝就侵权法中的一般条款认为："所谓一般条款，是指在成文中居于核心地位的、成为一切侵权请求权之基础的法律规范。"参见注6文，42页。

[10] 梁慧星先生认为："至于一般条款，甚至连可能的文义都没有，只是为法官指出一个方向，在这个方向可以走多远，须由法官自己做出判断"，梁慧星，注6书，293～308页。

法（Induktion）相对立，就此下文将详述。

（三）一般条款化解法律与社会生活之间的张力

由于法典与法律现实生活之间的张力，法典通过一般条款以沟通处在法律生活变迁中的法的价值，特别是法的伦理。例如，如何解释诚实信用原则或善良风俗无法脱离现实法律生活中法的伦理，法官必须考察具体法律事实所在领域的法的伦理，法官就此无法简单地在法典规定中找到现成的答案。在规定了抽象的事实构成的一般条款中，法官可以将新出现的事实归入到一般条款之下。

（四）一般条款的包容性

虽然法典中存在众多必须依据具体法律事实方可以确定的概念和法律规定，但其通常只能够适用于既定的范围。与之相反，民法典一般条款具有其他法律规范不可比拟的包容性，其通常对整个民法领域形成规制功能，如诚实信用原则不仅适用于债法领域，而且扩展到物权法等其他民法领域，其甚至对民事诉讼法都产生很大的影响；在其他情况下，一般条款至少为民法的一个具体的领域提供基本原则，如《法国民法典》第 1382 条和《德国民法典》第 823 条分别为法国和德国过错侵权法（不包括危险责任）规定基本框架。

三、一般条款与不确定法律概念及授权自由裁量条款的区别

（一）一般条款与不确定法律概念的区别

在民法典中存在大量不确定的法律概念（unbestimmte rechtsbegriffe），例如，合理、及时、重大过失等。此种不确定的法律概念与一般条款非常相似，其内涵和外延非常宽泛，必须依赖解释才能够适用到具体法律事实中。[11] 不确定的法律概念不仅仅出现在法律规范的事实构成中，在特殊情况下其同样可以出现在法律后果中。

值得注意的是，德国学者 Engisch 还将法律概念划分为描述性概念和规范性概念（deskriptive und normative rechtsbegriffe）。[12] 虽然该两种概念都涉及价值问题，但是二者却具有如下特征：（1）描述性概念

---

〔11〕 例如，依据《德国民法典》第 1 条，"人"的权利能力（即法律上的人）始于完全出生；而依据《德国刑法典》第 217 条，胎儿即构成"人"，因为其构成谋杀或故意及过失伤害致死罪适用的对象。

〔12〕 Engisch, Einführung in das juristische Denken, 9. Aufl., 1997, S. 140 ff.

的理解建立在规范世界相互联系的基础上，其涉及无法感知和感受的内容；（2）对规范性概念的理解建立在价值评定基础上，即其需要价值填补（wertausfüllungsbedürftig）。在实践中，规范性概念是法律解释的主要对象。

此种不确定法律概念与一般条款的区别表现在：（1）前者仅具有法律规范事实构成的特征，或仅构成法律规范中的一个组成部分或者不完整的辅助性法律规范（进一步完善其他法律规范的内容）；而后者通常不限于一个完整的法律规范并没有相应的事实构成。（2）后者较之于前者有更大的调整空间。[13]（3）此种不确定的法律概念较之于一般条款仍然具有相对具体的内涵或外延，其抽象性相对较低，解释该概念也通常无需借助法典之外的价值和伦理，而往往只需借助于法典内部的价值体系和法典技术性考虑；与之相反，一般条款通常援引法典之外的伦理和价值，如善良风俗和诚实信用。

（二）一般条款与具体授权自由裁量条款的区别

在民法典及其他法典中存在一些法律明文规定的授权条款，例如，中国《民法通则》第 137 条第 3 款规定，法官在特殊情况下可以延长诉讼时效期间；《德国民法典》第 315 条第 3 款规定，在当事人一方决定履行内容时，如果单方决定违反公平原则，法官可通过判决确定具体履行内容。此种具体授权条款与一般条款的区别在于：（1）前者严格限于该授权条款的适用范围，法官无权将此种自由裁量的权能扩展到其他领域；与之相反，一般条款中授权功能并无具体的适用范围，法官在适用一般条款时具有很大的弹性空间，如诚实信用原则在物权法中亦有适用余地。（2）具体授权条款提供了自由裁量的具体标准，如依据市场中的通行惯例、同等条件下的价格等；而一般条款缺乏此种明确的裁量标准，或者即使存在一些具体标准，但法官还必须进一步作出更多的价值填补。（3）法官自由裁量给其个人的主观判断留下空间，而适用一般条款时法官裁判的基础为客观的社会现行伦理和交易惯例等。

但须指出的是，在特殊情况下很难严格划分一般条款和不确定法律概念及授权条款的界限，在三者之间处在过渡地带。不仅如此，一般条

---

〔13〕 Hedemann 认为 "Es gibt innerhalb jeden Gesetzes massenhaft dehnbare Begriffe (im Strafrecht die normativen Tatbestandselemente Mezgers). Wie hebt sich von ihnen die Generalklausel ab? Offenbar durch ihre gr?? ere Spannweite", a. a. O. S. 53.

款中通常还含有不确定的法律概念。

四、一般条款作为法典立法的一种方式及其在民法典中的位置

法典立法有两种基本方法：抽象式和列举式。例如，就过错侵权法存在如下两种立法模式：一种以《法国民法典》为代表，其在第 1382 条中规定了过错侵权法的一般条款：过错侵害他人法益的人承担损害赔偿责任；另外一种是《德国民法典》第 823 条以下，其具体列举了过错侵权的种类。较之列举式，抽象的一般条款具有更多的包容性，给法官留下很大的弹性空间，但同时也给法官提出很高的价值填补要求。但二者本身并无优劣之分，立法具体适用时须根据所要调整的对象和法学研究水平及立法者的立法目的来决定使用哪种立法模式，在很多情况下，法典同时采取抽象的一般条款和列举的具体事实构成，如德国民法典侵权法就包含第 823 至 825 条相对列举的事实构成和第 826 条一般条款。

由于一般条款的适用范围往往覆盖某个部分法的具体部门或整个法律部门甚至渗透到多个法律部门，最典型的就是诚实信用原则从民法渗透到民事诉讼法、行政法等法律部门。正是此种总括性和概览性，一般条款多处在法典的总则或具体章节的总则中，通常位于开宗明义的地位。

肆、适用一般条款的前提

法的一个重要价值就是法的稳定性（Rechtssicherheit/Legal Security），在法治国家中，法规定构成人们行为的指南。因此，在出现法律争议时，如果法律就发生的法律事实已经作出详尽的规定，法官具有遵循法律判案的义务。任何违背明确法律规定的判决都与法治国家不符。

但如本文引文所言，任何立法者都无法事前通过法典穷尽法的事实类型，新的和非典型的法律事实必然涌现，也就是说，法典必然具有不完整性。就此无法简单适用法典中的法律规范，为了填补此种法律漏洞，法官在适用一般条款之前应当先尝试法典体系内的漏洞填补方法，

此后方适用一般条款。[14]

一、存在法律漏洞和法的漏洞作为事实前提

(一) 法律忽略的事实

虽然立法者竭尽自己所能尝试法律规范与其所调整的事实生活相吻合，但因对事实缺乏全面分析及法律条文的表述未臻完备，常常会出现法律规定的文义表述与其所要调整的对象出现偏差，如法律规范过宽或过严，此时会留下法律漏洞，此种漏洞可称之为"规范漏洞"。此外，立法者亦有可能忽视对某一类型法律事实的调整，如《德国民法典》债法改革之前就忽视了对积极侵害债权（positive Vertragsverletzung）的违约形态的调整，此种漏洞称之为"调整漏洞"。[15]

(二) 新的法律事实和非典型法律事实

在当今社会，由于经济生活的发展和技术手段的提高，出现了大量的新型法律生活和非典型法律生活。所谓新型法律生活是指在立法过程中立法者根本无法预见、也无须预见的全新的法律事实，如保理（factoring）、融资租赁（leasing）、让与担保（Abtretungssicherheit）等。针对此种全新的法律事实，法典并没有规定相应的法律制度。而非典型法律事实是指此法典已经规定相应的法律制度，但是并没有事前预见到在该法律制度的框架内会出现一些特殊类型，例如，买卖合同是任何合同立法的基本合同类型，但分期付款买卖合同在本世纪初却是非典型买卖合同，各国民法典当时都没有相应的规定内容；[16] 又如，将多个法律制度混合使用创造非典型交易形态，如将自动售货机放置在他人商店里的合同（Automatenauf-stellung）是多个典型合同的整合形式。

就上述新的法律事实和非典型法律事实，法官在判案过程中找不到可以直接适用的法律规范，就此其必须采取法典漏洞补缺的方法。须强调的是，并非所有的生活实施都是法律应调整的对象，因此必须区分生

---

〔14〕 王泽鉴先生亦认为："先以低层次之个别制度作为出发点，须穷尽其解释及类推适用上之能事仍不足解决时，始宜诉诸'帝王条款'之诚实信用原则。"参见王泽鉴，民法学说与判例研究（五），256 页。

〔15〕 参见：Larenz/Canaris, Methodenlehre der Rechtswissenschaft, 3. Aufl., 1995, S. 193 ff.

〔16〕 但在德国，就分期付款买卖早在 1895 年就出现《分期付款买卖合同法》（Ratkaufvertragsgesetz），并一直沿用到上个世纪末。

活事实和法律事实，只有当生活事实被纳入到法内空间时，方可以确认存在法律漏洞或法的漏洞的事实前提。

（三）区分法律漏洞和法的漏洞

判断一部成文法是否具有漏洞，必须从该法典本身的立法目的和立法旨趣出发，就此应当区分法律漏洞和法的漏洞。前者是指法律体系内存在漏洞，如法律规定过宽或过严而使得无法严格依据法律规范的文义作出判决，就此必须采取解释或类推的方法以填补法律漏洞，此种工作可称之为在法典内在体系进一步推动法律发展形成（geset-zesimmanente Rechtsfortbildung）。后者是指新的生活事实超越了原有的法律规定调整范围，而其又必须被纳入该法律的空间，因此在原有法律之外必须创造新的法律规范，而该规范又必须与原有的法律构成统一的体系，此种造法活动可称之为超越法典的推动法律发展（gesetzesübersteigende Rechtsfort-bildung）。该活动亦证明了法典作为开放的体系的命题。

关于法律漏洞的划分有很多种类。[17] 就一般条款而言，如下划分方法最为重要。依据法律调整目的可以将法律漏洞分为两种类型：违反法律目的的漏洞和符合法律目的的漏洞。前者是指立法者依据其所追求的法律目的和法律生活的现实要求应当调整的内容，但其因为立法计划上的疏忽或理论上的准备不足而遗漏对此种法律生活的调整，[18] 如《德国民法典》在债法改革之前，其第 241 条以下就违约类型仅规定不履行、履行迟延和履行不能的违约形态，而却没有调整最重要的不完全履行和积极侵害债权的违约形态；又如，《联合国国际货物买卖合同公约（CISG）》中并没有规定有关格式条款的内容；在中国《合同法》分则中不规定旅游合同亦可认为是违反法律目的的漏洞。[19] 后者是指立法者在立法过程中已经预见到其所立的法律必然无法穷尽未来可能出现的法律事实，故其故意留下法律漏洞，一般通过不确定概念和一般条款

---

[17] 参见梁慧星，注 6 书，256 页以下。

[18] 日本学者所作划分的"预想外漏洞"和"明显漏洞"都应当属于违反法律目的的漏洞。参见石田穰，法解释学的方法，116 页以下；转引自梁慧星，注 6 书，309 页以下。

[19] 由于中国 1999 年的《合同法》目的在于"统一"合同立法，因此将现实生活中重要的合同类型交给行政部门立法与合同立法的目的不符，而且违反合同法第 123 条的规定，即只有其他"法律"才能够对合同另有规定。

来维持法典形式上的完整性，[20] 如中国《合同法》上并未规定情势变更制度，立法者通过规定诚实信用原则为判例适用该制度留下充分的授权余地；又如，《瑞士民法典》和"台湾民法典"开宗明义在第1条中[21]就规定填补法律漏洞的方法和漏洞，是典型符合法律目的的漏洞补缺规定。此种符合法律目的的漏洞填补规定通常已经超越现行法的规范内容，属于"制订法外的法律补充"，已经逐步过渡到司法造法活动的领域。

二、穷尽法律漏洞补缺方法作为技术前提

仅存在法律漏洞或法的漏洞，并不能构成适用一般条款的充要条件，因为就法典漏洞补缺存在多种方法，特别是法律的体系化、统一性和法律安全的价值目标要求法官首先通过法典内部的方法填补此种漏洞。

（一）法律解释

所谓解释就是对语言文本的分析和理解，而法律解释是将抽象的法律规范适用到具体的法律事实过程中对法律规范的理解，法律解释是成文法中最基本、也是最主要的法学方法。萨维尼（Savigny）所创造的四个基本法律解释方法，即语法解释方法、逻辑解释方法、历史解释方法和体系解释方法直至今天仍然是最基本和最重要的法典解释方法。[22]

对于填补法律漏洞而言，目的性扩张和目的性缩减解释具有十分重要的作用。目的性扩张解释的前提是存在"明显法律漏洞"，即法律规范规定过于狭窄，虽尽力扩张其文义仍无法覆盖新的法律事实，但调整该新的法律事实却符合法律规范的目的，因此通过扩张法律规范的外延

[20] 就此可称之为"授权补充性漏洞"、"法内漏洞"或"白地规定性漏洞"。参见梁慧星，注6书，308～309页；亦可参见台湾学者黄茂荣，法学方法与现代民法，1993年，337～338页。

[21] 参见《瑞士民法典》第1条："本法未规定者，审判官依据习惯法；无习惯法者，以自居于立法者地位时，所应行制定之法规，裁判之。"类似规定，"台湾民法"第1条："民事，法律所未规定者依习惯；无习惯者，依法理。"《日本裁判事务须知》第3条亦作出相关规定："民事之裁判，有成文法者依成文法；无成文法者，依习惯；无习惯者，应推考条理裁判之"，此种规定遵循了启蒙运动之后关于"禁止拒绝权利"的原则。

[22] 依据萨维尼的理解，语法解释为阐述立法者所使用的语言法则，逻辑解释立足于单个组成部分之间的相互逻辑关系，历史解释必须从立法历史背景出发，而体系化解释的出发点为各法律制度和法律规范构成统一体的相互内在关联。参见：Carl V. Savigny, System des heutigen römischen Rechts, Band 1, 1804, S. 206 ff.

可以填补法律漏洞。[23] 而当存在"法律潜在漏洞"时，即法律规定过宽，不应适用到其所调整的全部事实，则必须对其采取目的性限缩解释 (teleologische Reduktion)。法官在填补法律漏洞之前，首先必须确认在法典中存在法律漏洞[24]。由于维系法律安全是法官的重要使命，因此如果能够通过目的性扩张或限缩解释填补法律漏洞，则法官有义务通过此两种解释的方法来填补此种漏洞，直接适用一般条款将严重损害法典的稳定性和法律安全。

须指出的是，法律解释不能够包括使用一般条款的功能，[25] 其原因在于，解释必须存在原有文义内涵或外延的基础，[26] 而一般条款的功能超出法律解释所能达到的范围，因此无法将法官依据一般条款推动法律发展的工作简单归结到法律解释的范围。

（二）类推

作为法典漏洞补缺的方法，类推有两种：法律类推和法的类推，前者是指将某个具体法律规定适用到与该法律规定的事实构成相似的其他法律事实上，该过程表现为从具体到具体，所以该类推又称之为"个别类推"；后者是指无法找到符合目的可以类推适用的具体法律规范，但从相关的一些条文中可以提炼出某个具体的法律原则，该原则可以适用到其他法律事实上，该过程表现为从具体到抽象再到具体，所以该类推亦称之为"整体类推"。[27] 二者的主要区别在于：能否找到直接加以类推适用的法律规范。类推反映了"同等案件必须同等判决"的公平原则

---

〔23〕 关于目的性扩张解释和文义扩张解释方法的区别请参见：梁慧星，注 6 书，222 页以下。

〔24〕 关于如何确认和填补法律漏洞可参见 Claus-Wilhelm Canaris, Die Feststellung von Lücken im Gesetz, 2. Aufl., 1983.

〔25〕 但 Canaris 认为，法官依据一般条款所作的工作属于法律解释的范围，参见黄茂荣，注 20 书，336～337 页。

〔26〕 台湾学者亦认为："以法律规定的可能文义作为解释的界限，凡超过此界限，即应属于漏洞补充。换言之，法律规定的可能语义范围，不能涵盖所要处理的事态，即存在法律漏洞"，黄建辉，法律漏洞·类推适用，38 页；黄茂荣，注 20 书，309 页；转引梁慧星，注 6 书，252 页。

〔27〕 例如，在租赁等长期债之关系中，由于此种法律关系对当事人的生活有很大的影响或者当事人之间的利益彼此互为依赖并要求当事人相互合作及相互信赖，因此就此种长期债之关系因赋予当事人基于"重大事由"可解除此种长期债之关系的解除权。通过类推此种一般原则，合伙人及其他任何公司的股东都应当享有此种基于"重大事由"的解除权。具体参见：Larenz/Canaris, a. a. O., S. 204 ff.

的要求。

此外，通过"举轻明重"和"举重明轻"的类推方法[28]亦可以填补法律漏洞乃至法的漏洞。类推是从体系上完善法典的稳定，因此《德国民法典》立法者在起草该法典时推崇通过类推的方式来填补民法典的漏洞。德国法哲学家 Kaufmann 甚至认为，类推是最基本也是最重要的法律方法。[29]的确，较之于其他法律漏洞填补方法，类推可以维系法典的体系和法律安全，并可以防止法官利用一般条款为恣意判决，维护法律权威。

但是，通过上述两种漏洞并不能够完全填补所有的法律漏洞。任何目的性扩张解释和类推都建立在法典既有的体系内填补漏洞的基础上，法官在适用该两种方法时不能立足于法典之外的伦理和习惯，就此立法者为法官处理无法通过上述两种方法给出判决的新的事实准备另外一种方法：适用一般条款。

伍、一般条款的功能

法典为法的安全价值、法的透明性和体系化提供保障，因此法典不能"朝令夕改"。但社会生活事实却永远走在法律规定之前，所以立法者无法穷尽对未来的社会生活的调整，通过规定一定数量的一般条款，法典可以在形式上维持体系性的完整，借助于一般条款可以就新的法律事实和非典型法律事实发展判例法，从判例法中再提取新的抽象的法律规范，并不断将其补充到原有的法典中去，构成了抽象的法典（法律规范）和具体判例之间的张力和循环。

一、一般条款的具体功能
（一）实现法的价值的援引功能
1. 援引法律之外的伦理和价值规范

由于一般条款极其抽象，通常并不包含任何可以确定的内涵，因此必须援引法律之外的价值，通常为社会法律生活中的伦理价值。但此处

---

〔28〕 参见王泽鉴，民法学说与判例研究（八），台大法学丛书，1996年，1～98页。

〔29〕 A. Kaufmann meint, dass " Analogie die grundlegendste und entscheidendste rechtliche Methode" ist. vgl. ders.：Analogie und "Natur der Sache", 1965.

存在如下问题，即哪些伦理标准可以享有法的拘束力。目的性价值取向（Zweckmäßigkeit）是判断哪些伦理标准享有法的拘束力的具体尺度。从法社会学角度出发，社会交往中的强制不断促进相应的法的强制，这样才可以保障社会互动、交流，形成社会行为规范的可预见性，而可预见恰恰是法律规范为社会生活提供保障的基本价值。社会交往中的强制包括社会行为中的习惯力量、社会压力、追求自身利益的社会活动参与人的目的性理性行为。[30] 当法的强制和社会强制发生矛盾时，社会强制通常具有优先性，这体现在立法者必须定期或不定期地将社会交往中的新的强制以规范的形式纳入到法律框架中。援引社会伦理规范的一般条款最典型的例子就是《德国民法典》第138条关于善良风俗的规定和《德国民法典》第242条所规定的诚实信用原则。

  《德国民法典》的立法者在起草《德国民法典》时赋予一般条款的援引功能很大的意义。在《德国民法典》第138条（善良风俗原则）说明中，立法者作了详细的说明："本条意味着具有意义的立法一步，虽然并非无所顾虑。就此赋予法官自由裁量很大的空间，而在如此大的法律部门内这样做是不曾有过的，并不排除错误行事的可能。但考虑到德国法官的良知，可以毫无疑虑地信赖其仅在该条款内在的意义内适用该条款。"[31]

  在吸收法律之外的伦理社会规范时，评判的标准应当是客观的、而不是法官个人的偏好。法官在援引一般条款作出判决时，必须详尽考察该一般条款所涉及的人群范围的价值取向，例如在判断拳击运动与其可能造成的伤害是否违背善良风俗的要求时，必须考察拳击选手和观众两个人群，根本就没有观看过拳击运动的人群的主观臆断和法官的个人好恶不能构成为其判案的基础。"理性人"（reasoning person）的标准在很多情况下可以给法官提供一个具体的客观标准。法官必须把握始终处于变迁中的社会观念，例如就同居问题是否违背善良风俗，20世纪80

---

〔30〕 目的理性行为由德国法社会学家马克思·韦伯（Max Weber）所提出。

〔31〕 "Die Vorschrift stellt sich als ein bedeutender gesetzgeberischer Schritt dar, der vielleicht nicht ohne Bedenken ist. Dem richterlichen Ermessen wird ein Spielraum gew? hrt, wie ein solcher gro? en Rechtsgebieten bisher unbekannt ist. Fehlgriffe sind nicht ausgeschlossen. Bei der Gewissenhaftigkeit des deutschen Richter-standes darf indessen unbedenklich darauf vertraut werden, dass die Vorschrift nur in dem Sinne angewendet wird, in dem sie gegeben ist." 《德国民法典》草案第一稿动议书（Motive），1卷，211页。

年代的法官和 21 世纪的法官必然作出截然不同的价值评判。因此，价值填补是一个认知的过程，而不是简单的规范性评价。

2. 援引其他领域的具体规范

一般条款除了通常援引社会交往中的伦理规范之外，其还直接援引其他领域的具体规范，这包括法律之外的规范和其他法律领域的规范（包括宪法规范）。前者适用于如下情况：在法律之外的规范体系中存在一个可加以适用的规范，如竞争规则、行业道德等，而该规范可能与同时适用的法律规范产生冲突。最典型的例子就是《德国商法典》第 346条，依据该条，必须兼顾商事习惯。在很多情况下，商事习惯能够起到限制法律条款适用的功能。后者发生在如下情况：多个法律调整对象重合，相互可以援引对方的规范。例如，合同法和反不正当竞争法之间存在内在联系，判断合同是否违反善良风俗原则可以参照反不正当竞争法的规定。

3. 援引功能对适用一般条款的影响

就此存在一个需要讨论的问题，即（宪法规定的）基本权利、法律的基本原则以及法律之外的伦理价值在多大范围内可以影响一般条款的适用。由于在宪法和民法之间存在法律规范层次上的内在联系，所以通过一般条款的援引功能，法官在判决时可以依据宪法中所规定的基本权利来填补一般条款中的价值漏洞，但考虑到宪法的基本价值在于规定人民和国家之间的关系，而不是人与人之间的关系，所以宪法基本权利之于民法的具体判决应当是间接的。一般条款援引法律的基本原则的功能旨在将抽象的法律原则转换到具体的个案中，因此此种援引应当不受到限制。比较棘手的是关于法律之外的伦理价值，由于确认此种法律规定之外的伦理价值本身要依据个案分析，所以其对适用一般条款的影响也是没有限制的。在援引其他法律部门的规范时，必须在该两个法律部门之间存在内在联系。

（二）实现个案正义的弹性功能

法典的首先价值在于提供法律安全及其可预见性。因此在法的安全价值和个案正义之间存在持久的张力。《德国民法典》的立法者对此有清醒地认识，"无论法律还是交易规则都无法详尽规定债之关系的范围和内容；只能够在具体情况下才可以完整地获知履行义务的内容。[32]"而法官确定具体情况下法律关系的内容必须享有法典规定的基础。一般条款可以很好地化解此种张力。由于一般条款并没有具体的内涵，具体的社会生活事实决定一般条款的真正内容，因此法官在追求个案正义的同时，可以维护法律的稳定性和体系性。

一般条款的弹性功能实际上沟通了抽象的法律规定和纷繁复杂的现实生活。从该角度出发，法典获得很强的适应性，即法典可以长期地适应现实需求和法的观念的转变。不仅如此，法典化另外一个难题，即法典如何具有前瞻性也获得很好的解决。

（三）授权功能

依据现代法治国家理论，法官必须依法判案。由于在适用一般条款时必须进行价值填补的工作，所以其适用范围具有很大的弹性，因此法官凭借一般条款获得通过判例法依据社会生活推动法律发展的权能。德国法学家 Hedemann 将此种功能称之为"一个空白立法授权"。[33]一般条款的此种授权功能也使得立法者和法官的角色发生变动：如上文关于产生一般条款的原因中所指出，立法者主观上回避立法任务将法官推到创造法律规范的前台，在成文法的框架内提高法官的地位和创建判例法都获得很大的空间。

必须指出的是，如何防范法官利用一般条款的授权功能为主观臆断的判决构成了适用一般条款的一个重要问题，就此请容下文详述。

（四）制度创新功能

从上述一般条款的诸功能中衍生出一般条款的制度创新功能。法官依据一般条款判案并非出于个人主观意图，从个案中推导出规范性制度是法官造法的基本途径。综观德国民法上制度的发明和发现，可以确定，适用一般条款构成此种造法的成文法基础。例如，凭借《德国民法典》第 242 条中的诚实信用原则或其法理，德国法学家相继创造缔约过失（culpa in contrahendo）、交易基础丧失（Wegfall der Geschäftsgrundlage）、

---

〔32〕 "Es ist weder dem Gesetze, noch für die Regel dem Gesch? ftsverkehre m? glich, den Umfang und Inhalt einer Schuldverbindlichkeit nach allen Richtungen und Nebenpunkten genau zu beschreiben, vollst? ndig l? sst sich der Inhalt einer Leistungsverbindlichkeit nur im konkreten Falle erkennen." 《德国民法典》草案第一稿动议书，2 卷，26 页。

〔33〕 "Ein Stück offengelassener Gesetzgebung". Hedemann, Die Flucht in die Generalklauseln (1933)，S. 58.

权利失效（Verwirkung）等制度。

在中国民法制度创新中，一般条款也扮演了重要角色。例如，法官依据中国法上的诚实信用原则并借鉴外国法上的经验确立情势变更原则。中国《合同法》虽然没有明确规定该制度，但在现实法律生活中该制度却享有较为广泛的适用余地。[34]

二、一般条款的功能取向

上述所表述的是一般条款具体功能，就其功能取向还可以分为：

（一）限制目的性一般条款

在民法典中存在一些一般条款，其功能取向旨在为民法典的基本原则提供一定的框架，如善良风俗原则提供了私人自治的合法空间，此种一般条款并不是积极拓展法律主体的活动范围，相反其为法律主体从事法律行为提供外在的限制。

（二）扩张性一般条款

与限制目的性一般条款不同，扩张目的性一般条款旨在扩展民法典中的基本原则的适用范围，通过此种类型的一般条款可以积极的方式将新的或非典型的社会生活纳入到既定的法律原则中，例如，《法国民法典》第1382条规定法国侵权法的基本原则，该原则可以适用到所有的一般侵权形态。由此可见，扩张目的性一般条款旨在扩大一般条款的使用范围。

陆、一般条款实现其功能的方式

一、"类型化"思想

由于法律是对社会生活的提炼，所以任何一个立法者都必须采用抽象的"类型化"思想。即使是英美判例法（case law）亦不例外，但其提取类型的方法是归纳，而不是成文法典法系内的演绎方法。通过适用一般条款在一定时间内将会产生大量类似的判例，如何就大量的判例建构相应的类型并便于审理此后所出现的相同或相似的案例，是法学家们

---

〔34〕 例如：武汉市煤气公司诉重庆检测仪表厂煤气装配线技术转让合同、煤气表散件购销合同纠纷案、厦门市交通运输公司诉厦门宏达洋伞工业有限公司厂房租赁合同纠纷案、长春市对外经济贸易公司诉朝阳房地产开发公司购销房屋价格纠纷案等。

一个重要的任务。无论在大陆法系还是英美法系，法官判决必须遵循
"类似的案件并须获得类似的判决"的基本原则。由于一般条款的基本
功能在于解决法的安全和个案正义的张力和矛盾，因此在建构依据一般
条款所产生的判例类型时必须为今后可能出现的新的社会生活留下
空间。

二、划分案例群及典型类型

在依据某个一般条款判案初期并不存在案例群，或者无法将新的案
例归入到现有的案例群中，此时必须考虑个案判决。法官在此种情况下
负有详尽说明其所使用的价值填补标准的义务。上文已经提到，通常的
法律解释方法无法完成一般条款的价值填补工作，但其可以提供寻找价
值标准的途径。如通过法的历史解释可以找到法的价值目标，如中国
《合同法》的立法文件中包含立法者不规定情势变更的理由，但其指出
合同法本身的价值目标涵盖情势变更原则，这样法官可以找到适用一般
条款的价值取向。此外，如上文所述，法官在此种情况下必须从一般条
款所调整的人群中的一般伦理观念出发，而不能以自己的个人好恶作出
判决。

如上所述，适用一般条款具有严格的事实前提和法律前提。但现代
社会的发展变化速度之快非任何立法者所能预见，适用一般条款的判例
层出不穷，因此必须对此种案例划分整理，此时使用归纳的法学方法。
在这里可以发现一个颇有兴趣的现象，即在成文法的框架内亦有判例法
发展的空间：划分案例群的基本参照就是典型案例（obiter dicta）。通
过依归于典型案例可以将庞杂的案例划分为体系化的案例类型，这构成
适用一般判例后的第一步整理工作。此种案例群为法官和当事人提供有
关判例的详细信息，避免就相似案例作出极端差异的判决的后果，法官
无须在庞杂的判例中事无巨细地寻找先例，将所要做出判决的案例归入
相关的案例类型中可以节约法官大量的精力和时间。

通过归纳的方式就适用同一个一般条款划分不同案例群之后，法官
可以尝试将需要依据该一般条款判决的案件归入到相关的案例群中。这
样，法官可以节约很多工作，但须指出的是，将新的案例归入到案例群
中的工作本身就隐含对案例的分析和评价，实际上，依据个案对一般条
款作出价值填补工作在这里演化为通过个案和与之相关的案例群的比较

工作。由于案例群本身对法官并没有强制拘束力，其最主要的功能体现在划分一般条款的适用范围，所以每次的归入工作都可能给既有的案例群带了新的因素，从而扩大或缩小案例群。因此案例群本身是弹性的。[35]这与成文法下的判例法地位紧密相连：由于判例法在成文法体系仅仅具有推定的、次要的法律拘束力，所以法官通过详尽、审慎的论证可以修订既有的判例法并进一步推动法律发展。但就此并不否认案例群的重要价值。

划分案例群之后，为了在判例法和成文法之间建立联系，特别是为了向将来的法典修订反映现实法律生活的真正情况，还必须进一步从案例群中抽象出法律规范。实际上，从案例群中提取抽象的法律规范是每个立法者在起草任何法典之前都必备的工作。通过从依据一般条款所作的判例中提取一般法律规范化解了判例和法典之间的紧张关系，为维系成文法典的体系做出很大的贡献。必须指出的是，从案例群和案例类型中提出抽象的法律规范并不是一蹴而就的工作，而是一个相对缓慢的工作，法学家必须往返于具体的判例和所提取的抽象的法律规范，就此英美判例法可以提供比较法上的帮助。在英美法中，遵循先例原则的背后隐藏着一个的抽象法律规范，但英美法并不将此种抽象的法律规范成文化，而且其通过"区分"（differentiate）制度保障法律经验性的发展。

从法学方法论看，建构案例群和案例类型建立在归纳和演绎两种法学方法上。通过归纳的方法，可以从不同的案例中提取出较为抽象的案例类型，该案例类型处在抽象的法律规范和纷繁复杂的案例之间，其不仅要被进一步抽象为法律规范，其还必须同时兼顾社会生活的复杂性。德国法学家拉德布鲁赫（Radbruch）将此描述为：往返于从特殊到一般和从一般到特殊之间。[36]另一位德国当代法社会学家卢曼也认为，一般条款使得"认知性的期待和规范性的期待结合"[37]成为可能：法律规范就违反规定的行为作出规范性的惩戒，而一般条款可以通过援引法律之外的伦理和具体规范使得法律不断获得新的认知。

---

〔35〕 Weber, AcP 192（1992），S. 544.

〔36〕 Gustav Radbruch bezeichnet dieses Rechtgefühl als "den Geist, der vom Besonderen zum Allgemeinen und vom Allgemeinen wider zum Besonderen hinüberzuwechseln vermag." vgl. ders. , Rechtsphilosophie, S. 199.

〔37〕 "Eine Kombination von kognitivem und normativem Erwarten". vgl. Teubner, Generalklauseln als Gegenstand der Sozialwissenschaften（Fn. 14），S. 13（21）.

三、提炼法律规范

法官将其所要判决的案件归入到已经建立的案例群中虽然可以节约很多时间，但花费仍然甚巨，因为法官还必须分析具体的个案情况。从推动成文法发展的角度出发，法官必须进一步从案例群中提取出抽象的法律规范。

在提炼抽象的法律规范过程中，法官首先提出一个应然的命题，此种命题建立在分析判决理由（ratio decidendi）的基础上，随着该命题被很多同类的案件所证明，该命题亦趋于完善。不断出现的新案例可以进一步修订该抽象的法律规范。在自然科学中，通过证伪的方式证明一个命题的正确与否，在法律中亦可类推适用此种方法：如果有不断的案例进一步验证之前提出的应然命题完全正确，并且也未出现其他判决或更高层次的法律规范证伪，则该应然命题可以被确定为规范。在实践中，判例法通过此种方式可以取得习惯法的效力。[38] 此种尚未法典化的抽象的法律规范还必须与现存的法律规范相协调。

提取抽象的法律规范之后，一般条款的功能将被该不成文的法律规范所取代，即法官在判决时不再进行案例比较，而是回归到依据法律规范判决的归入法上。为了保障法律的完整性，修订法律提上日程，此种基于判例所提取的抽象的法律规范将被纳入到法典体系内。此后一般条款又将展开其新一轮的功能。由于法官通过一般条款的造法活动推动了成文法的进一步发展和完善，所以在德国法上被称之为"法的发展形成"（Rechtsfortbildung）。

四、一般条款与判例法的地位

一般条款的各种功能都无法直接赋予法官判案的基准，无论原因的伦理价值还是法律的基本原则都过于抽象，难以满足法官判案的要求。而同等类型的先例可以为法官提供具体的判案标准，例如，就合同情势变更原则的适用问题，法官必须查阅相关的判例，从中总结出具体的标准，如价格变化对履行的影响。由此可见，先例起到了一般条款具体化

---

〔38〕 就上述过程的论证请参见：Ansgar Ohly, Generalklauseln und Richterrecht, AcP 201 (2001), S. 31 ff. (d) Richterrechtliche Normbildung.

的功能，其处在抽象的一般条款和所要判决的个案中间。[39]

先例在一般条款具体化中的中介功能很好地协调了法的弹性和法的安全的双重价值要求。随着关于一般条款判例的增加，法官通过划分案例群可以抽取出共通性，并为进一步提炼抽象的法律规范做好准备。在成文法体系中判例法的功能体现在法律体系内推动法律发展形成（Rechtsfortbildung praeter legem）或超越法律体系进一步推动法律发展形成（Rechtsfortbildung contra legem）。

在成文法典法系国家中，一个非常棘手的问题就是关于判例法的地位及其制度性的法律拘束力。在欧洲大陆法系，就判例法是否具有制度性法律拘束力存在很大争议：第一种观点完全否定其享有法律拘束力。此种观点在大陆法系国家中根深蒂固。人们普遍认为，在成文法国家不存在规范性的判例法，判例并不具有拘束力，法官判案无须遵循先例，判例无法构成法律渊源，相反仅是法的认知的渊源。第二种观点，完全主张判例法享有同成文法典同样的法律效力，此种观点属于极少数学者的观点。第三种观点，判例法享有推定的或次要的法律拘束力（präsumtive oder subsidiäre Bindung）。[40]在大陆法系代表国家——德国和奥地利中，第三种观点逐渐构成主流和权威性观点。

实际上，法院的等级体系本身就支持判例享有制度性法律拘束力，因为"同类案件应获得同等判决"的基本原则，要求法官在判决时必须参考"经典案例"，如果不存在背离该经典判例的特殊事实和理由，当事人的上述机制和法庭内部的责任和职业道德机制都将迫使法官"遵循先例"，而在作出相反判决时，法官负有作出详细说明的义务。此外，遵循先例也是维护法律安全价值和法律平等价值的要求，从法官个人角度出发，其也可以节约个人的判决风险。不仅如此，经典判例内涵抽象法律规范中（包括成文和未成文）的理念（ratio decidendi），其简化了抽象的法律规范和众多具体法律事实之间的距离。

从法的渊源理论角度出发，先例在成文法体系的国家中至少在理论

---

[39] 德国学者 Schlüchter 认为先例在此起到了中介功能（Mittelfunktion der Präjudizien）Schlüchter, Die Mittler-funktion der Präjudizien，1986，S. 124.

[40] Bydlinski, Juristische Methodenlehre und Rechtsbegriff, 2. Aufl., 1991, S. 508, 511; Larenz/Canaris, Methodenlehre der Rechtswissenschaft, Studienausgabe, 3. Aufl., 1995, S. 254, 256.

上无法取得法律渊源的地位，这也是德国学者主张判例法仅具有推定的或次要的法律拘束力的根本原因之一。自清末修律，中国开始全面体系化地继受欧洲大陆法系的成文法的进程。但是，从法律传统看，判例在传统司法活动中一直具有重要的地位，如汉例中的决事比、宋律中的以例代格和以例破律、清代的律例合一等，民国时期，最高法院仍旧具有拘束力。但是，判例的主要功能仍在于补充制定法的不足，并没有明确遵循先例的原则，判例一般不得与制定法相违背。[41]

中国目前法律渊源由宪法、法律、法规和规章等组成。在历史上，最高人民法院的批复、复函和公告在事实上都起了替补法律规定的作用，构成实质意义上的法律渊源。最高人民法院在各种公告形式中就典型案例所作的说明，事实上是确立"典型案例"的拘束力，如关于精神损害赔偿的案件。法官和律师在办理或判决该类似案件中，必然谨慎研究该典型案例，在实践中，其起了填补成文法法律漏洞的作用。但是中国司法解释历来承担着弥补法律规定不足和细化法律规定的作用，它不是由具体判决确定，而是直接由最高人民法院以文件的形式发布。司法解释虽然就限制法官自由裁量和保障裁判公正确实发挥重要的作用，但其容易引发与法律的冲突，甚至越权解释，并且仍显得缺乏操作性，以判例法替代司法解释更为合理，其理由在于：判例法能够成为真正的活法，减少最高人民法院的工作压力，发挥各级人民法院的审判力量。[42]

柒、一般条款的危险

一、一般条款的扩张

20 世纪的民法典及其实践一个重要特点就是：立法者和法官在巨大的社会变迁面前转向或逃逸到一般条款的庇护伞下。早在《德国民法典》刚开始生效之时，法学家和法官就不断地主张一般条款，首先是《德国民法典》第 826 条，然后转向《德国民法典》第 242 条[43]。关于一般条款的著述不断涌现，以至于诚实信用原则成为补充或修订其他法

---

〔41〕 参见张晋藩，中国法律的传统与近代转型，法律出版社，1997 年，242 页。

〔42〕 参见王利明，论中国判例制度的创建，民法疑难案例研究，2002 年，35 页以下。

〔43〕 参见：Hedemann, a. a. O., S. 6 ff.

律规定及法律行为的"帝王条款"。随着"自由法学运动"的兴起[44]，一般条款的作用更是获得理论的支持，如德国学者 Ernst Fuchs 早在1926 年就认为，一般条款是"阿基米德杠杆支点，通过它可以改变整个法律世界"[45]。

历史上由于中国民法理论研究薄弱、民事立法技术落后，"摸着石头过河"，一般条款在"立法宜粗不宜细"的立法原则下获得极大的扩张，一般条款以民法原则的形式成为民法解释和民法教学的重点，法官在判案中亦常常逃避对具体判决的论证、转而简单引用一般条款的现象并不少见。在当今起草民法典中，主张可利用一般条款以规制一整个民事领域的观点值得赞同，但就此不可忽视一般条款的危险[46]。

二、一般条款对明确法律规范的规避

东罗马拜占庭时代皇帝君士坦丁（Konstantin，306～337）认为，衡平法就是皇帝的意志。德国法历史学家 Fritz Pringsheim 精辟地总结了此危害：专制的皇权通过衡平法宣告了冲出法律限制的皇帝个人意志的专断[47]。实际上，防范出现任意规避明确法律规范的危险是立法者在使用一般条款时必须考虑到的问题，换言之，如果一般条款任意扩张将会引起侵蚀整个法典明文规定的适用余地，此种危险在理论上可极端表现为：仅仅几个一般条款即可以完成一部法典的功能，这也是以政治原则代替法律规范判案的另一种表现形式。

三、一般条款的具体危险

（一）弱化法学思维

由于法律生活中的复杂案例不断涌现，所以法学家负担处理此类案件的论证义务也不断面临思维上的挑战。将抽象的法律条款通过解释等

---

〔44〕 Hermann Kantorowicz, Der Kampf um die Rechtswissenschaft, 1906；Eugen Ehrlich, Grundlegung der Soziologie des Rechts, Berlin, Duncker & Humbolt, 1913.

〔45〕 "Dieser, Königliche' Paragraph... erwies sich in der Folge als der archimedische Punkt, von dem aus die alte juristische Welt aus den Angeln gehoben wurde." In：Hedemann, a. a. O. , S. 11.

〔46〕 参见：张新宝，注 6 文，49 页。

〔47〕 "Das absolute Kaisertum verkündet mit der aequitas zugleich die von der Schranke des ius befreite Autorität des kaiserlichen Willens." In：Hedemann, a. a. O. , S. 52.

法律方法运用到复杂的具体案例是一个非常艰辛的思维过程，其要求严格的思维逻辑论证和精湛的法理支撑。在民法中，如何寻找正确的请求权基础并解决请求权竞合、请求权顺序以及抗辩权等问题，都对法学家提出思维上的挑战，面临此种法学任务的挑战，转而使用一个外延和内涵都模糊的一般条款将在很大程度上节省思维上的困境，而其结果却通常合乎法理的要求。然而此种思维上的惰性会严重阻碍法学思想的发展。法学发展依赖于法学上的"发明和发现"，如加害给付和缔约过失责任等，如果法学家习惯于简单地套用一般条款，而逃避艰辛的思维挑战，其结果必然会引发法学发展的萎缩。

（二）损害法典化的内在价值

如上所述，一般条款具有极大的弹性，法律生活中的当事人根本无法明确掌握其真正的法律要求，在很多情况下，一般条款本身处在法律和道德的双重领域，滥用一般条款使得法律的刚性受到侵蚀。适用一般条款具有严格的事实前提和法律前提，法学家在适用一般条款时必须负担严格的论证任务。任何简单援引一般条款而回避具体法律思维论证的做法都违背了法典的内在精神——透明性、安全性和统一性，因为长期适用一般条款将形成非常庞杂、缺乏内在逻辑的案例，不仅当事人无法从简单援引一般条款的判决中寻找到法律生活中的导向，而且法官也同样无法简单透视适用一般条款的所有案例，其后果表现为同一事实不同判决，无法保障法的公平性。

（三）滋生立法者的惰性

上文也已提到，立法者迫于现实生活对立法任务的挑战常常通过"空白授权"——一般条款的方式将造法的任务转交给法官。但不可忽视的是，立法者简单使用一般条款主观上逃避其立法任务的现象并不少见。立法者由此所滋生的惰性严重损害法的安定性和可预见性。从该角度出发，对立法者使用一般条款也必须加以严格限制，在法学研究水平已经达到、能够规定含有具体事实构成的法律规范的情况下，应禁止立法者滥用一般条款，就此也必须建立相应的立法审查制度。

（四）法官判案的任意性

法典化运动的一个重要原因就是通过公布成文法以限制法官判案的任意性。因此，在成文法国家，统一、明确和体系化的法典构成现代法治国家的一个重要特征。虽然现代社会生活的复杂性为一般条款提供很大的适用余地，但与此同时，法官借以一般条款逃避真正意义上的依法裁判的义务，亦同样获得很大的空间。如上所述，此种假借一般条款任意判案的危害性严重侵蚀法的安全性和统一性。因此，法官必须在满足事实前提和法律前提之下才可以适用一般条款作出裁决，其同时必须负担严格的论证说明义务，并参照相关的案例群，尽量维护法的统一性和安全性价值。

（五）混淆法和政治的界限

东罗马衰落的一个重要原因就是法律和政治发生混淆，拜占庭皇帝借一般条款将个人主观意志渗入到理性的罗马人的共同生活准则——罗马法中，罗马人最重要的武器——以法律生活遭受彻底地侵蚀，国家衰落不可避免。在德国"第三帝国"期间，重新改造《德国民法典》的工作首先是通过一般条款和不确定的法律概念获得实现的。[48] 新中国成立以后，左倾法律虚无主义曾一度盛行，简单以政治原则取代法律的观点令中国大陆法制建设推迟了近三十年。由于 20 世纪 80 年代在法制建设方面缺乏经验，无法准确把握社会发展的脉搏，根本无法预见到众多社会现象，因此"立法宜粗不宜细"的立法原则无可非议。但是，经过二十多年的改革开放积累，中国大陆立法和法治建设已经逐渐进入到成熟阶段。如果我们在法律制定中仍旧简单地以一般条款取代能够完善的具体法律规定，则将人为地扩大干预法治的空间。尤其值得注意的是，在大陆司法实践中，地方保守主义是一个顽症，如果法律中过度地增加一般条款而放弃具有清晰、具体的事实构成的法律规范，则法官从维护地方利益出发，任意判案的可能性也同样加大。

四、一般条款的危险控制

（一）强行法对一般条款的限制

民法规范绝大部分为任意性规定，但是强行法规范在民法典中亦占据很大的比重，如在婚姻法、继承法和物权法中。即使在任意法占统治地位的合同法中，亦不乏强行法规定。不仅当事人不可通过意思自治变更此种强行法的规定内容，法官亦不可通过适用一般条款规避此类强行法规定。

---

[48] Bernd Rüthers, Unbegrenzte Auslegung, 4. Aufl. , 1991, S. 214.

（二）任意法对一般条款的控制

法学家对任意法的认识不断发生改变，德国联邦最高法院也认为，形成任意法规范的原因不仅仅在于其目的性的考虑，还在于从其本质所产生的正义原则。立法者所订立的任意法中的正义内容有所不同，其所含的正义要求越强，则利用一般条款偏离任意法越难以与诚实信用和公平原则相吻合。[49] 实际上，任意法建立在类型化的思想基础上，是对社会实践中典型交易方式的法律提炼，其在当事人之间的利益和风险分配在实现中也被证明是符合公平原则。因此，当事人并不能够通过一般条款随意规避任意法，任意法的任意性是一种有限度的任意性。

特别值得讨论的是，如何界定民法中强行法和任意法规范。法的历史解释虽然可以提供立法者原初的立法意图，但该意图并不构成决定判断法律规范强行法或任意法的性质的根本依据。事实上，法的生命力在于生活变迁中，诚如法谚所言，"较之于立法者，法律更为聪明。"从法律中所能够解释的绝不仅仅限于立法者所旨在的内容，强行法和任意法界限在法的历史中是弹性的，法官必须根据社会生活的变迁，重新考察法律规范的性质。法学家们也观察到，民法典中传统意义上的任意法具有强行法的倾向，这尤其表现在对合同的控制，特别是对格式条款的内容控制上。[50]

（三）增加判例法的地位

如上所述，虽然成文法为基本法律渊源的国家并不承认判例法的法律渊源地位，但是，基于法律适用的统一性无法排斥判例法在实践中的地位。尤其在适用一般条款中，由于相关案例群具有明确一般条款适用的功能，并且具有维护法的稳定和统一性的功能，因此，必须加强对适用一般条款所产生的相关判例的整理工作，防止法官任意判案。

---

〔49〕 BGHZ 41, 151 (154).

〔50〕 例如，拉伦茨认为，在德国通过一般交易条件法之后，《德国民法典》中的任意法规范出现"半强行法"倾向，由此强行法和任意法界限也是相对的（Man könnte sie (-dispositive Gesetznormen) daher jetzt als "halbzweingend" bezeichnen. Damit hat das genannte Gesetz den Gegensatz dispositiver und zwingender Normen bis zu einem gewissen Grad relativiert.）。参见：Karl Larenz, Allgemeiner Teil des deutschen bürgerlichen Rechts, 7. Aufl., 1989, S. 32.

捌、结　论

一般条款之于民法典起草具有重要意义，其具有援引功能、实现个案正义功能和授权功能等，实现此种功能的方式主要表现为类型化和划分案例群的方式，通过一般条款可以沟通成文法和判例法，并化解法典和现实生活的张力。特别值得注意的是，一般条款隐含着许多危险，如弱化法学思维、损害法典化的内在价值、滋生立法者的惰性、法官判案的任意性、混淆法和政治的界限等。针对此种危险，必须作出相应的防范。

从美国到全球的证券化市场观察

——对中国大陆市场起飞的启示

李富成　中国人民大学法学院博士后研究人员

目　次

壹、前　言

证券化（securitization）是一项从美国发端而扩及全球的金融创新。2002年全美证券化市场（包含信贷资产证券化（ABS）与抵押贷款证券化（MBS））已达超过10万亿美元的余额，[1]超过拥有3万多亿美元余额的美国国债市场，[2]成为世界第一大债券市场。欧洲（主要是西欧国家）是第二大证券化市场，2002年欧洲市场的发行量已达1530亿欧元[3]，2004年估计达2280亿欧元[4]。

证券化具有隔离基础资产的发起人实体风险以及移转、重组相关的信用与市场风险等的风险管理功能。其发端乃作为辅助美国政府住宅金融政策的有效工具，其有效的风险管理功能在金融管制环境的变迁过程中被银行等金融机构大加利用，在微观层面上赋予信贷资产前所未有的流动性，发挥了改善证券化发起人的资本结构、改善金融中介的资产与负债的错配（mismatch）、提供新的融资渠道并降低资金成本，以及优化财务状况等重要作用。[5]宏观层面上则进一步分化银行等金融机构的传统信用中介模式（unbundling the credit process by securitization)[6]，推动金融中介体系朝向更专业化、高效率的方向发展，由此"重新界定银行产业"；其进一步的发展前景必将是超越金融机构的垄断，广为拥有各种应收账款的工商企业运用，成为"当今全球金融发展的潮流之一"[7]。

证券化在美国发展成熟之后，美国的投资银行界即从欧洲开始有力的"全球行销运动"，拉丁美洲的债务危机以及亚洲金融危机加速了各

---

〔1〕 See Asset Backed Securities Outstanding, Mortgage Debt Outstanding Respectively, http：//www. bondmarkets. com/Research.

〔2〕 参见美国财政部网站：http：//www. publicdebt. treas. gov.

〔3〕 European Securitisation Issuance Projected to Continue to Climb in 2003，http：//www. europeansecuritisation. com（Mar. 2003）.

〔4〕 European Securitisation Forum Survey Forecasts Another Issuance Record in 2005，http：//www. europeansecuritisation. com（Jan. 2005）.

〔5〕 何小锋等，资产证券化：中国的模式，北京大学出版社，2002年，118页。

〔6〕 Paul W. Feeney, Securitization：Redefining The Bank 149（1995）.

〔7〕 同注5。

该地区继受证券化交易制度的进程,台湾地区于 2002 年 6 月 21 日通过"金融资产证券化条例",并很快出现数笔交易,中国大陆银行界与金融理论界为之呼吁多年,政策放行信号几近呼之欲出。

证券化是一种具有风险再分配功能的融资技术,可能具有挑战现行法律体系产能的复杂结构,故本文立意考察若干发达与新兴证券化市场的发展状况与法制条件,并总结若干经验,以为中国大陆证券化市场的本土分析和建设提供可资选择的素材与路径。

贰、证券化市场发展概况

一、发达证券化市场

华尔街上的创新大多"英年早逝"[8],但证券化确实是一个例外。有金融家认为,证券化是 20 世纪 30 年代以来,金融市场出现的最重要与持久的创新之一。[9] 美国证券交易委员会(Securities and Exchange Commission,SEC)认为,证券化正在成为美国的一种主导性的资本来源。[10]

以美国为代表的发达证券化市场,至少表现出以下三方面持久的结构性发展态势:

(一)交易主体前仆后继

交易主体包括发起人与投资者。越来越多的市场主体涉入证券化业务,发起人阵线从拥有大量住宅抵押贷款、工商业不动产抵押贷款、普通工商业贷款以及不良资产的银行开始,延长到私人部门的信用卡公司,汽车金融公司,汽车、计算机、飞机等设备租赁公司,拥有贸易应收款(即债权)的普通工商业公司,拥有特许经营许可证发放权的连锁商店、旅馆、酒吧等服务性企业,被判令做出巨额民事赔偿的烟草公司,拥有医疗保险应收款的医院,公共部门的公路等基础设施收费部门,以及拥

〔8〕 John Thackray, *Corporate Finance*: *The Golden Age of Innovation*, FORBES 136, 146(Apr. 29, 1985)(special advertising supplement), from Lois R. Lupica, *Asset Securitization*: *The Unsecured Creditor's Perspective*, 76 TEX. L. REV. 660 (Feb. 1996).

〔9〕 Leon T. Kendall, Securitization: *A New Era in American Finance*, in A Primer on Securitization 1 (Leon T. Kendall & Michael J. Fishman ed., 1996).

〔10〕 Steven L. Schwarcz, *The Alchemy of Asset Securitization*, 1 STAN. J.L. BUS. & FIN. 133 (Fall, 1994).

有税收留置权（tax lien）的税收征管机构等；以机构为主体的投资人阵线则逐步扩至投资银行、养老基金、保险公司、商业银行、共同基金等。

（二）基础资产源源不断

被证券化的资产称为基础资产（under-lying assets）。其类型不断增加，从最初的住宅抵押贷款，扩大为包括信用卡应收款，汽车购买贷款，汽车、计算机、飞机、生产线等设备租赁应收款，普通工商业贷款，一般贸易应收款，商业不动产抵押贷款，学生教育、农业、中小企业等政策性贷款、医疗保险应收款、酒店、酒吧等特许经营许可应收款、公路、桥梁等收费基础设施应收款，石油、天然气、电力等能源供应收入，航空、铁路、轮船等客货运收入，银行等储蓄机构的不良贷款，公共税收或财政收入，版权、专利权等知识产权收入等。这个排列仍在不断地更新，以至于有这样最乐观的断言："资产证券化的范围仅受想像力的限制！"

（三）交易结构推陈出新

证券化的发起人，即资产的原始拥有人，在投资银行等金融市场中介机构的帮助下，根据基础资产的类型、信用质量，自己的远近期财务目标与现状，交易的目标信用等级，目标投资人的投资要求与限制，各种可选交易结构之间的成本比较，经济的景气状况，财产、公司、证券、信托、破产、税收等相关领域的具体法律规范及其变迁，以及各有关监管当局的监管要求与措施变化等各种因素，综合考量决定每一笔证券化交易所采取的结构。结构的多样化主要体现在资产证券品种的创新和特殊目的实体（Special Purpose Entity，SPE）的结构创新等方面。证券化复杂与多样的交易结构在满足不同交易主体的商业与投资需求的同时，对证券化的综合有效监管也提出挑战。

二、新兴证券化市场

证券化在亚洲与拉丁美洲这两块主要的新兴市场已牢牢扎根。[11]日本[12]、韩国、泰国、马来西亚、印尼、香港特别行政区，以及墨西

---

〔11〕 Asset Securitization：Current Techniques and Emerging Market Applications 79 (John Henderson ed.，1997).

〔12〕 日本属于金融发达国家，这里将其列入证券化新兴市场，是因为日本证券化市场的大发展，与韩国等亚洲国家一样，是在受到亚洲金融危机冲击的大背景之下迎来的。

哥、阿根廷、智利等均是活跃的证券化交易市场。亚洲危机之后，金融体系遭受重创的亚洲国家为了继续得到资金，处理本地银行业的巨额不良资产，并改善本地金融体系安全，纷纷看好证券化这一剂猛药，各国和各地区政府为此掀起一场证券化立法浪潮[13]，比如，日本、韩国以及台湾地区等均由立法机关通过专门证券化法案。新兴市场上被证券化的基础资产类型主要为抵押贷款、汽车贷款、信用卡应收款、原材料出口应收款、国际电信服务应收款等。

三、中国证券化市场的探索

中国也在积极进行证券化市场激活的探索与推动。目前在世界主要的投资银行与投资服务机构等金融市场中介组织所作的证券化市场分析与统计报告中，基本上没有单列中国（不含港澳台三地）的统计栏目。其实，中国最早具有证券化雏形的本土实践可以追溯到1992年海南省三亚市的"地产投资券"发行[14]；之后又有多笔离岸证券化交易，比如珠海市政府发起的珠海市机动车管理与高速公路收费的证券化[15]、中国远洋运输总公司对其海外航运业务收入进行的两次证券化融资、中国国际海运集装箱（集团）股份有限公司对其海外应收款的证券化安排。

仅1998年一年间，有关政府部门、金融业与理论界产官学三方就分别在深圳、青岛与天津举办过共计三次以银行信贷资产（包括住宅抵押贷款与不良贷款资产）证券化为主题的研讨会。深圳证券交易所发布的一份研究报告认为，中国金融结构调整的主线应当是直接金融的发展，并对短期内以包括证券化产品在内的多种工具拓展直接金融的前景持谨慎的乐观态度。[16]

据悉，中国人民银行正在进行《中国个人住房贷款资产证券化管理

〔13〕 See Yuliya A. Dvorak, *Transplanting Asset Securitization: Is the Grass Green Enough on the Other Side?* 38 HOUS. L. REV. 541 (Summer, 2001).

〔14〕 参见何小锋、刘永强，资产证券化理论及其在中国实践——对中国一个早期案例的研究，学术研究，2期，1999年2月，23～28页。

〔15〕 对该案例的介绍参见李曜，资产证券化：基本理论与案例分析，上海财经大学出版社，2001年，192～209页。

〔16〕 参见阙紫康，中国金融结构调整问题研究，深证综研字第0076号，2003年8月7日，33页以下。

办法》的起草工作。该行副行长吴晓灵女士在 2004 年 7 月 15 日于北京召开的"中国住房抵押贷款证券化的法律和金融制度国际研讨会"上明确提出,"作为在国际上成熟的金融产品,资产证券化应该可以在有内部规则和内控制度的前提下向监管当局报备后推出",并透露人民银行向国务院上报的 MBS 试点报告正在审批之中。[17] 中国建设银行与国家开发银行是较早开展个人住房抵押贷款证券化研究的银行机构,经人民银行批准进行证券化试点以来,两家银行的证券化方案已经基本成型,并有望即将获得批准。

叁、证券化在美国的兴起

一、住宅抵押贷款二级市场的起步

美国证券化市场产生的直接推动,是美国政府在罗斯福新政时期开始推行的"人人有其房"的住宅政策。从 20 世纪 30 年代到 1970 年吉尼梅(Ginnie Mae)的 10 亿美元抵押贷款证券上市之前的这段时期,可分为建设一级市场与推动二级市场两个阶段。

(一)一级市场的建设

1929 至 1933 年的经济危机造成世界性经济大衰退,企业破产,人民失业,百废待兴。为了帮助中低收入人群购买自有住房,美国政府先后通过一系列促进经济复兴的立法,设立一些政府住宅金融机构。比如,根据《1934 年国民住宅法》(National Housing Act of 1934)成立联邦住宅管理局(Federal Housing Administration,FHA),其职责是为符合标准的私人部门发起的住宅抵押贷款提供全额保险,从而希望达到吸引私人资金进入房贷市场的目的。同时,退伍军人管理局(Veterans Administration,VA)为退伍军人的住宅抵押贷款提供部分担保。

但是,这些措施收效甚微。除了因为融资需求人达不到政府机构规定的保险或者担保条件,而无法获得融资的情况之外,还存在着金融机构"有心无力"的情况:美国法律禁止银行与储蓄机构超出所注册的州

---

〔17〕 中国人民银行副行长吴晓灵表示资产证券化可在一定前提下推出,经济日报,5 版,2004 年 7 月 16 日。

范围经营，因而产生了虽然东部各州有大量的资金剩余，却无法经过地区分割的金融体系调剂到缺乏资金的西部与南部各州的资金不平衡局面。这种资金分布的不平衡无疑是美国当时的金融管理体制低效率的表现。

（二）二级市场的推动

美国的住宅抵押贷款多为 7 至 30 年的长期固定利率贷款，而银行等储蓄机构的负债多为相对期限短得多的存款。这种"短存长贷"造成资金与负债的不匹配，再加上《Q 条例》（Regulation Q）设定的 3％的利差限制，在市场利率波动大的时期，给储蓄机构造成很大的压力，甚至发生支付危机。所以，解决房贷资金的不足问题，还要辅之以二级市场的良性运作，提高房贷资产的流动性。这通过以下几个步骤完成：

1. 范尼梅（Fannie Mae）的建立

美国国会为《1934 年国民住宅法》增加第三部分（Title Ⅲ），授权 FHA 设立若干联邦国民抵押协会，为住宅抵押贷款提供二级市场。据此，1938 年仅设立了一家联邦国民抵押协会，即华盛顿国民抵押协会，后改称联邦国民抵押协会（Federal National Mortgage Association, FNMA），即范尼梅，隶属于重建金融公司（Reconstruction Finance Corporation）[18]，主要业务为收购并销售联邦住宅管理局保险的抵押贷款，1944 年业务范围扩大为包括退伍军人管理局担保的贷款。由于联邦机构所参与的抵押贷款一直很有限，范尼梅的业务也就不可能有什么大发展。直到 20 世纪 60 年代早期，在所有新发起的抵押贷款中，只有不到 5％在二级市场上出售。[19]

2. 范尼梅公私合营的转型阶段

《1954 年住宅法》（The Housing Act of 1954）的修订重新明确了范尼梅的三大功能和业务：吸引私人资金，在二级市场上买卖抵押贷款以增强房贷资产的流动性；为政府特定的住宅政策项目提供资金；以及管理和经营政府持有的抵押贷款资产。第一项业务资金来源为向私人发行普通股，后两项业务的资金来源于政府财政出资购买优先股，范尼梅成为"混合所有权"企业。这种"公私合营"的机制扩大了范尼梅的资

---

〔18〕 1950 年 9 月，该公司与 FHA 一起并入住宅与城市发展部（Department of Housing and Urban Development，HUD）。

〔19〕 FEENEY, *supra* note 6, at 95.

金来源，却有可能产生矛盾和利益冲突，并有违背市场经济原则和破坏市场运行机制之嫌。[20]

3. 范尼梅的分立与吉尼梅的成立

继而根据 1968 年的法律修订，将范尼梅分离为两个性质不同的实体，一个是"联邦设立但私人所有"（federally chartered but privately owned）的新范尼梅[21]，一个是新的政府全资所有并享有美国政府的充分信用支持的政府国民抵押协会（Government National Mortgage Association，GNMA），即吉尼梅。吉尼梅承担范尼梅早期的角色，为以 FHA、VA、农村住宅服务局（Rural Housing Service，RHS）等联邦机构担保或者保险的抵押贷款为基础资产发行的证券提供本息支付的担保，帮助更贫穷的家庭获得住宅融资。

4. 范尼梅获新业务以及弗雷迪马克（Freddie Mac）的设立

《1970 年紧急住宅金融法》（Emergency Home Finance Act of 1970）授权范尼梅通过发行长期债券和短期折扣票据获取资金，购买无政府信用担保的普通抵押贷款，这是其在抵押贷款二级市场上的角色开始急转直上的契机；但是直到 1976 年，其购买的普通抵押贷款才第一次超过 FHA 保险或者 VA 担保的贷款。该法同时催生了住宅金融市场上第三大机构联邦住宅贷款抵押公司（Federal Home Loan Mortgage Corporation，FHLMC），即弗雷迪马克。根据该法，弗雷迪马克有权购买无联邦信用担保的私人担保或者保险的普通抵押贷款。弗雷迪马克的出现，形成了住宅抵押贷款二级市场的竞争态势。三大政府发起事业（government sponsored enterprises，GSE）成鼎立之势，美国的住宅抵押证券化市场开始正式激活。

二、三大 GSE 的证券化业务

（一）吉尼梅的证券化

吉尼梅在三大 GSE 中拔得头筹，其资产证券产品于 1970 年首先面世。特点是：吉尼梅为该证券的本息按期支付提供担保，SPE 采用授予

---

[20] 汪利娜，美国住宅金融体制研究，中国金融出版社，1999 年，278～279 页。

[21] 1968 年 9 月 30 日，范尼梅发行 2.5 亿美元次级资本债券（subordinated capital debenture），用以赎回美国财政部持有的 1.6 亿美元优先股和 5000 多万美元的资本股，从而使普通股持有人成为公司的真正所有者。参见汪利娜，注 20 书，279 页。

人信托结构（grantor trust），由吉尼梅认可的私人证券商发行；证券为过手证券（pass through securities），代表着证券持有人对基础资产的所有者权益。吉尼梅过手证券的基础资产享有 FHA、VA 等联邦机构的担保或者保险，证券本身的本息支付享有吉尼梅的担保，吉尼梅本身则享有"美国政府的充分承诺及信用担保"（the full faith and credit guaranty of the United States government），故而吉尼梅过手证券是与国库券相当的无风险证券，加上其收益率又比国库券高，于是成为最流行的过手证券形式，一度占到过手证券市场的 70%～80%[22]。

（二）弗雷迪马克的证券化

弗雷迪马克成立之时，适逢美国的节俭机构（thrifts）迎来最艰难时期：3%的存贷利差限制再也经受不住由石油危机加剧的利率剧烈波动，整体贷款销售显然没有能够解决问题，节俭机构无法调剂地区之间的资金不平衡，其巨大的贷款资产无法获得流动性，遭受的损失日益攀升。[23] 新成立的弗雷迪马克可谓生逢其时，其不受各州蓝天法（Blue Sky Law）的管辖，享有各种证券法的豁免，经营也不受地域限制。这些禀赋正为节俭机构纾困所急需。弗雷迪马克的第一笔证券化交易与所罗门兄弟公司合作，以总部位于华盛顿的一家节俭机构"永久储蓄"（Perpetual Savings）的资产组合为基础，于 1971 年完成。证券化减轻了节俭机构的负担，也使弗雷迪马克在抵押贷款二级市场上迅速获得举足轻重的地位。弗雷迪马克发行的也是过手证券；与吉尼梅不同的是，弗雷迪马克担保证券利息的按期支付和本金的最终偿还，而非本息的按期支付；由于弗雷迪马克不享有政府的充分信用支持，所以弗雷迪马克过手证券的利息要比吉尼梅高一些，以吸引投资者。

（三）范尼梅的证券化

范尼梅过手证券出现最晚，原因在于其开始主要运用发行债券和票据，以及将贷款拍卖的方式筹集资金。这种融资模式使范尼梅积聚了过多的市场风险。当 1979 年美国的 3 月期国库券利息从 5.25% 猛增至 14% 的时候，范尼梅的短期债券利息也被迫大幅上升，竟一度使公司陷入 5 年之久的亏损时期。一方面为了改变融资结构并扭转困境，另一方

〔22〕 Feeney, *supra* note 6, at 99.

〔23〕 Lewis S. Ranieri, *the Origins of Securitization, Sources of Its Growth, and Its Future Potential, supra* note 9, at 33.

面也目睹了弗雷迪马克通过证券化的迅速崛起，范尼梅终于决定采取行动进入证券化市场，奋起直追。范尼梅过手证券于 1981 年面市，担保证券本息的按期支付，因为同样的原因，利息与弗雷迪马克过手证券相当，比吉尼梅过手证券高。就这样，在两大机构的竞相参与之下，以节俭机构的资产组合为基础，美国的抵押贷款过手证券市场开始大发展。

三、美国证券化市场的发展

正式激活之后，美国证券化市场即进入创新与增长阶段，其发展之路大致经历了以下几个可见的阶段。

（一）私人部门的跟进

三大机构的成功，尤其是弗雷迪马克与范尼梅无政府信用支持的抵押贷款证券化的成功，激起了私人部门进行此类尝试的兴趣。由于没有政府信用的支持，私人部门的过手证券交易是在信用评级机构参与和运用保险或者优先/次级结构等信用增级技术的情况下，才得以成功的。在住宅抵押贷款证券化领域，私人部门的份额无法望三大 GSE 之项背。但是以住宅抵押贷款之外的资产为基础资产进行的证券化，几乎全部是由私人部门进行的。

（二）资产证券类型的创新

随着市场的发展，过手证券的局限性日益凸显：交易结构单一，只能发行与基础资产期限相同的固定 30 年期的证券，适格的投资者极其有限；过手证券持有人要承担基础资产的提前偿还风险与违约风险，因而发展预测这两项风险的技术以对资产证券进行适当定价就必不可少；资产证券作为资本市场上的一个新事物，要被充分接受也并不容易。

随着风险预测理论与模型的突破，现金流重组技术的进展，华尔街投资银行家的积极促销，以及成功交易的示范，资产证券的创新瓶颈终于被打破。[24] 比如，抵押贷款担保债券（Collateralized Mortgage Obligation，CMO）的出现使得一笔证券化交易可以提供不同期限、不同利率、不同信用等级的证券，供投资者选择。CMO 的结构扩大应用到其他类型的基础资产，又出现了贷款担保证券（Collateralized Loan

---

〔24〕 *Id.*, at 35～36.

Obligation，CLO)、债务担保证券（Collateralized Debt Obligation，CDO)、债券担保证券（Collateralized Bond Obligation，CBO) 等。在此基础上，甚至出现了纯息证券（interest-only securities，IO)、纯本证券（principal-only securities，PO) 等对现金流的分割与重组更为精巧的证券：纯息证券只能由基础资产产生的利息得到清偿，纯本证券正相反，只能由基础资产的本金得到清偿。这两种证券对市场利率具有极强的敏感性，价格波动大；市场利率发生变动时，这两种证券的价格波动方向正相反，所以往往被用作风险对冲的工具。[25]

（三）两个关键的法制改进

CMO 取得成功之后，证券化仍面临两个关键的法律问题，一个是资产证券的法律地位问题，一个是证券化的税收负担。(1)《1984 年二级抵押市场促进法》（The Secondary Mortgage Market Enhancement Act of 1984，SMMEA) 解决了第一个问题，该法排除了各州法律对获得适格信用评级的抵押证券的管辖，并且使其成为几乎所有投资者可以选择的法定投资工具。(2)随着现金流重组技术在证券化中越来越多的运用，SPE 越来越像公司，不再具备授予人信托的免税地位，[26] 从而面临"双重税负"的问题。经过业界的研究与数年的游说，美国国会最终通过《1986 年税收改革法》（Tax Reform Act of 1986)，确立了不动产抵押投资载体（Real Estate Mortgage Investment Conduits，REMICs) 的免税地位，使得证券化交易比较容易地免去实体层次的税负（entity-level taxation)[27]，降低了证券化的交易费用。

（四）RTC 对证券化市场的扩展

重整信托公司（Resolution Trust Corporation，RTC) 在美国证券化发展中占有特殊的位置，其因为超大的业务规模和崭新的使命，成为

---

〔25〕弗兰克·J．法博齐、弗朗哥·莫迪利亚尼著，唐旭等译，资本市场：机构与工具，经济科学出版社，2 版，584～586 页。

〔26〕James A. Rosenthal & Juan M. Ocampo, Securitization of Credit: Inside The New Technology of Finance 51 (1988).

〔27〕随着证券化基础资产的扩展，1997 年又出现了另一种证券化免税载体，即金融资产证券化投资信托（Financial Asset Securitization Investment Trusts，FASITs)，与 REMICs 相比，FASITs 将适格基础资产扩大为金融资产。See Steven L. Schwarcz, Structured Finance: A Guide to The Principles of Asset Securitization 5-2, 3 (3rd ed., 2002).

重要的市场塑造者。[28]

1. RTC 的概况

为了解决数以百计的由联邦保险的储贷协会（savings and loan association）陷入不能清偿所带来的危机，美国国会于 1989 年通过《1989 年金融机构改革、复兴与执行法》（Financial Institution Reform, Recovery, and Enforcement Act of 1989，FIRREA），并根据该法设立 RTC。RTC 被赋予多重使命：用最低的成本解决储贷协会的危机；尽可能减少大量不良资产的处置给不动产市场和金融市场造成的冲击；并维持国民有能力支付的住房供给水平。RTC 共接收 750 多家储贷协会的大约 4600 亿美元的账面资产，是联邦政府历史上最大的接收案之一。

2. RTC 的证券化运作特点

证券化成为 RTC 处理储贷协会资产的最主要方式，其特点主要有以下方面：RTC 身为一家国有公司，却被授权在交易中使用信用增级而非政府担保，并大量选聘私人部门的资深证券化参与机构；RTC 在其证券化项目中与范尼梅和弗雷迪马克签订主互换协议（master swap agreements）转移风险；考虑到 RTC 的董事和经理对所接收并处置的资产状况难有充分的了解，1991 年 2 月通过了对《1933 年证券法》的特别修订，为其提供必要的证券法责任豁免的保护；1991 年 3 月 RTC 就其所有机构将要发行的抵押贷款证券，向 SEC 提出橱柜注册（shelf registration）申请，从而使其可以经常性地、定期发行资产证券；RTC 进行证券化不必考虑会计处理或者资产负债表管理的问题，只需要尽可能多的回收资产。

3. RTC 的贡献

RTC 的运作取得了很大的成功：回收资产方面，到 1994 年初已经处置了 3990 亿美元的资产，回收 3580 亿美元，平均回收率高达约 90%，其中的证券资产回收率更高达 97%；RTC 比较成功的商业不动产抵押贷款证券化项目，为这一市场发展了一批投资者，有利于该市场的继续发展；RTC 广泛聘请私人部门参与其证券化项目，为私人部门提供了充分的历练机会，有利于证券化机构与专业人员的成长；RTC

---

[28] Michael Jungman, *the Contributions of the Resolution Trust Corporation to the Securitization Process*, *supra note* 9, at 7. 该文是本题的主要参考文献。

帮助停滞的商业不动产市场回复了相当水平的流动性。

（五）资产类型增多与海外扩展

随着创新、法律与管制瓶颈的逐渐突破，美国证券化市场迎来一片广阔的发展天地，虽然并非一帆风顺。其表现大致为交易量大幅增长，参与主体越来越多，加入证券化的基础资产类型越来越多，交易结构也随之日新月异。随着国内证券化市场的成熟，利差逐渐减小，美国的证券化产业界开始主动拓展全球市场。不仅以本国资产为基础在国际市场上发行资产证券，而且深入到其他地区市场内部，进行证券化的发起、承销与信用评级等活动。比如，在2003年度《福布斯》（Forbes）世界企业500强的排名表上，范尼梅和弗雷迪马克这两家最大的证券化发起人分别以9132亿美元资产、531亿美元营业收入、53.51亿美元净收入和7217亿美元资产、368亿美元营业收入、57.64亿美元净收入，位居第8位与第21位。[29] 两机构也明确宣示，把成功地运用来自世界各地投资者的资金，帮助全美国各处社区的借款人取得低成本的抵押贷款资金，以及实现所谓美国梦，作为自己的使命。[30]

肆、证券化在欧洲与亚洲的发展

一、英国

英国是欧洲最大的证券化市场，也是美国证券化先驱首先成功开拓的海外市场。本文从以下三方面观察英国的证券化市场。

（一）发展现状

2002年，英国的证券化发行量达到554亿欧元。[31] 在英国，证券化基础资产有住宅抵押贷款，包括第一顺位抵押贷款与第二顺位抵押贷款，商业不动产租赁应收款，汽车贷款，信用卡应收款等消费性贷款，贸易应收款等。整体业务证券化（whole business securitization），则是在英国特有的"优待债权人"法制体系（procreditor regime）中发展起

---

〔29〕 参见福布斯，2003年9月，41页。

〔30〕 参见范尼梅与弗雷迪马克的官方网站：http://www.fanniemae.com；http://www.freddiemac.com.

〔31〕 European Securitisation Issuance Totals Record € 157.7 billion in 2002，http://www.europeansecuritisation.com，Dec. 2003.

来的英国特色证券化类型。[32]

（二）法制框架

英国的证券化完全是在没有政府推动的情况下，在私人部门追求抵押贷款一级市场前所未有的盈利机会的市场驱动下自生自发的。[33] 基础法制方面，在基础资产的移转方面，普通法与衡平法的分立体系为交易当事人提供了灵活而有效的选择，包括更新、法定让与、衡平让与、次级参与等。衡平让与（equitable assignment）是绝大多数交易乐于采取的便捷有效的移转形式；基础资产的可让与性方面，惟合同权利才能够让与，义务不可让与；鼓励不动产流转的观念促成了法院对有抵押债权的自由让与性的一致认可，但是无抵押的债权只在没有合同禁止的情况下才可以让与。[34] 英国政府对证券化的反应限于从管理的角度，对其发展予以规范，[35] 具体说来主要包括：英国会计标准委员会（Accounting Standards Board，ASB）发布第 5 号财务报告标准（FRS5）解决证券化的会计处理问题，即按照交易的情况，对资产分别做出终止确认（derecognation，即表外处理），分别列报（separate presentation，即表内处理），或者关联列报（linked presentation，介于前两者之间）的处理；监管机构方面，银行与建筑协会进行证券化要遵守金融业监管局（Financial Services Authority，FSA）的有关指南与规定，建筑协会还要遵守建筑协会委员会（Building Societies Commission）的有关规定，但是 FSA 提出的"彻底隔离"原则（clean break principle）是主导性的监管原则。

（三）发展前景

华尔街的金融家注意到，英国的银行与建筑协会（建筑协会的份额可能小一些）早已成为资产证券的主要机构投资者。更进之，"当证券化逐渐摆脱污名，并且来自年金基金、人寿保险公司、单位或者投资信托等机构投资者对银行的竞争日益加剧的时候，证券化交易量注定要增长。储蓄机构将不得不寻找新的渠道来弥补存款减少导致的损失。证券

---

〔32〕 John Deacon, *Securitisation*：*Principles*, Markets and Terms 100 (2nd ed. , 2000).

〔33〕 Feeney, *supra note 6*, at 125.

〔34〕 Fidelis Oditah, Great Britain, in Asset-backed Securitization in Europe 111 (Theodor Baums & Eddy Wymeersch ed. , 1996).

〔35〕 *Id.* , at 100.

化可能就是一个可行之道。"〔36〕目前，FSA 承认贷款的证券化在英国银行业日益普遍化，认可证券化可以用来管理银行额风险暴露的作用，同时要求银行采取措施防范证券化带来的操作风险。〔37〕

二、法国

法国于 1988 年 12 月通过第 8811201 号法令（Law No. 88-1201），是欧陆民法法系国家第一个通过专门证券化立法的国家。该法后来经过数次修订，现编于法国货币与金融法典（Code monétaire et financier）的第 L. 214-5，L. 214-43 至 L. 214-49 条。〔38〕法国引入证券化制度的主要原因，是为了改善法国银行的资本状况，扩展其金融产品，并且提高法国银行的利率风险管理能力。〔39〕法国在证券化发展方面落后的原因，主要与两方面因素有关：（1）观念因素：有法国律师认为，"法国人长期以来远比其他国家，尤其是英语国家的人们更重视不动产。大宗的不动产融资交易只是例外，实际上也非常复杂。"〔40〕（2）政策因素：法国"有对住房金融的强力国家支持，这不仅反映在国家广泛提供带有浓厚社会福利性质的抵押贷款，而且反映在（人民）对所谓住宅的社会所有权的充分分享上"〔41〕

民法法系的特征决定了法国的证券化制度将会带上深深的制定法文化的烙印。这在美国华尔街看来完全是格格不入的，"法国要想发展证券化，真得跟美国和英国这些过来人好好学，如何运用灵活的市场机制针对市场情况的变化进行结构调整。"〔42〕

---

〔36〕 *Id.*，at 122.

〔37〕 *See* FSA, Financial Risk Outlook 2003，http: //www. fsa. gov. uk（Jan. 20, 2003）.

〔38〕 Gide Loyrette Nouel（法国基德律师事务所），Modernizing and Securing The French Securitization Market 2（Jun. 2003），http: //www. gide. com.

〔39〕 Alain Couret, *France*, *supra* note 34, at 71.

〔40〕 Xavier de Kergommeaux, *A Look at Mortgage-backed Securitization in France*, *in* Guide to The World's Leading Securitization Lawyers, International Financial Law Review, 1999.

〔41〕 Mathilde Franscini & Tamara Schillinger, *Mortgage Bond and MBS Market Development in the UK and France*, *in* Securitization Conduit（2001）.

〔42〕 Marcia Myerberg, *The Use of Securitization by Investors and Issuers in International Markets*, *supra* note 9, at 150.

（一）FCC 的证券化

根据 1988 年的法律，设立"共同信用基金"（fonds commun de créances，FCC）作为证券化的载体，通过 FCC 运作基础资产的移转，担当 SPE，并与资产原持有人的风险相隔离。指定的管理公司与储蓄机构代表投资者利益，负责 FCC 的日常运营和基础资产的管理事务。FCC 不具有法律人格，但是可以作为法律主体发行有价证券，其发行资产证券的计划，应当经过法国证券交易委员会（Commission des Opérations de Bourse）的审批。1988 年法规定 FCC 的基础资产不能够更新，一个 FCC 为一次交易存在，为了降低交易费用，后来的修订允许 FCC 在其存续期间购进新资产，并可以在不影响已发行证券的信用等级的情况下发行新证券；还增加规定"多单元 FCC"（fonds commun de créances à compartiments），2003 年的修订又明确规定，各单元应当相互隔离，避免各交易的资金发生混同，以确保风险隔离的效果。

FCC 所发行的证券代表着对基础资产组合的共同所有权（copropriété），即过手证券，这些"共同所有人"既无权支配基础资产，也无权要求分割之。2003 年的修订增加了 FCC 可以发行债券，以吸引更多的投资者。[43] 可以作为证券化基础资产的应收款，原来只能够是信贷机构、储蓄与信托银行（Caisse des dép? ts et consignations，CDC）以及保险公司的资产，后来扩及普通商业公司的工商业应收款，包括不良资产以及未来应收款。[44]

（二）SCF 的证券化

法国 1999 年 6 月 25 日生效的一项新的抵押银行法，引进了与德国相似的抵押证券（Pfandbrief）制度。该法规定法国的金融机构可以设立特殊的附属机构土地信贷公司（Societes de Credit Foncier，SCF），与 FCC 相比，SCF 可以永久存在。SCF 发行"法国版"抵押债券，"土地债券"（Obligations Foncieres），为不动产和公共部门贷款筹集资金。SCF 发行土地债券的基础资产可以是不动产担保贷款、对公共部门的贷款等。在没有其他担保的情况下，不动产担保贷款的贷款额与不动产价值比不能超过 60%。土地债券持有人享有优先受偿权，甚至优先于对

---

〔43〕 Gide Loyrette Nouel, *supra* note 38, at 2.

〔44〕 Gilles Saint Marc, *French Securitization Law and Practice*, in International Asset Securitization and Other Financing Tools 134 (Dennis Campbell ed., 2000).

法国政府的公共债务；在母公司破产的情况下，SCF 的财产不包括在破产财团中，实现法律上的破产风险隔离。[45]

（三）基础资产的移转

根据法国的证券化立法，向 FCC 移转基础资产可以通过非常简便的方式完成，只需要向 FCC 交付一张所移转应收款的清单（bordereau de cession）而已，不必按照民法典第 1690 条规定的繁琐、费时与高成本的方式进行移转。该移转行为的效力及于应收款本身及担保权益，不需任何其他形式即自交付之时起在当事人间生效，并对第三人具有约束力；抵押权的移转也不需向登记机关申请变更登记。[46] 这张清单应当包括以下基本内容：题目有"应收款转让"字样；明确转让行为适用证券化法律；指明受让 FCC 的名称；关于所转让应收款的具体描述，包括债务人名称、债权数额以及期限等；表明移转附随的一切担保利益的意思等。[47]

三、意大利

根据 JP 摩根公司的统计资料，2002 年意大利证券化的发行量为 301 亿欧元，位列欧洲第二，仅次于英国，但是比 2001 年的发行量减少了 40 亿欧元。这个交易量与排名的意义在于，意大利拥有欧陆民法法系国家里最大的证券化市场。意大利与法国相比可谓后来居上，这完全得益于其积极的证券化法制推动。

意大利于 1999 年 5 月通过专门的证券化立法，即第 130 号法律（Law No. 130）。[48] 这里简要介绍以下问题。

（一）SPE 的有利法律地位

该法通过设定一些关于 SPE 的强制性规范，使其具有比普通公司更有利的地位。SPE 须依照该法注册为金融中介机构，并接受意大利银行（Bank of Italy）的监管。该法确立了"目的"原则（principle of destination）与"隔离"原则（principle of segregation），使 SPE 具备

〔45〕 Franscini & Schillinger, *supra* note 41.

〔46〕 Gilles Saint Marc, *French Securitization Law and Practice*, *supra* note 44, at 135. (Dennis Campbelled.)

〔47〕 Alain Couret, *France*, *supra* note 34, at 79.

〔48〕 本项对意大利《证券化法》的介绍，主要依据标准普尔的报告：Legal Issues in Italian Asset-Backed Securitizations, http://www. standardandpoors. com（Sep. 20, 2003).

了坚实的"法定风险隔离地位"。具体来说,根据该法第1.1 (b) 条规定的目的原则,移转给 SPE 的基础资产的所有支付只能够用于清偿资产证券与相应的交易费用。根据该法第3.2条规定的隔离原则,"每一笔交易的有关应收款在任何情况下,均与该公司(即 SPE)的资产以及其他交易的资产相隔离。对于每一项隔离的资产组合,只有以该应收款为基础所发行的证券持有人才有权支配。"根据第4.2条,在主管机关公报(Gazzetta Ufficiale)进行公告之后,除非为了保护前述第1.1 (b) 项下的权利,不得对移转的应收款进行强制执行。可以说,第4.2条确立了证券持有人对所移转的基础资产的法定的绝对优先权利。尽管标准普尔(Standard & Poor's)认为,该法没有明确 SPE 为远离破产的实体(bank-ruptcy-remote entity),证券化的支付仍可能因为 SPE 破产或者清算而中断,但是意大利《证券化法》确实为该国的发起人,提供了远比美国同行能找到的更可信赖的 SPE 的破产风险隔离制度。

(二)SPE 的结构

依照意大利法律,一个公司不会因为同一集团内其他公司(包括母公司)的破产而被迫进入破产程序,再加上意大利没有"实质合并"法理,所以只要遵守隔离原则,发起人就可以设立 SPE 并持有其股份。为了获得企业集团的税收优待,意大利的发起人对 SPE 拥有控股权的安排也是可行的,但是标准普尔的评级标准要求这种情况下,SPE 至少有一位与发起人没有联系的独立股东。

(三)真实销售的形式要件

根据《证券化法》,应收款的转让只有经过在主管机关公报公告之后,才能够取得在转让人破产时对抗其他债权人的效力。否则,破产清算机构即有权否定该转让行为,将该应收款纳入破产财团。

四、日本

日本人一致看好其证券化市场的无限发展前景,但是该国的证券化市场却未孚众望,始终未能起飞,令诸多参与者与观察家大跌眼镜。[49] 日本学者反思出来的个中原因,综合起来大概有:"无法即为禁止"的

---

〔49〕 *See* Hideki Kanda, *Securitization in Japan*, 8 Duke J. Comp. & INT'L L. 360 (Spring, 1998).

法律文化，加上法律的形式主义；强大的日本银行业为了维持国内资金供应的垄断地位，阻碍证券公司通过证券化等获得新业务；金融业管理部门之间的竞争；金融业的分业经营模式等。[50]

日本证券化市场一扫阴霾，迎来大发展，与其证券化立法的与时俱进有直接的关系。曾有日本论者指出阻碍日本证券化发展的三个法律障碍：资产转让的法定权利公示要件费用高昂；按照日本公司法设立特殊目的实体成本高昂；证券的监管结构复杂而死板，反映了金融业分业经营与监管的长期历史事实。[51] 这些障碍已经随着日本的金融改革和新近的证券化立法一扫而光。目前日本的证券化法制框架包括：

（一）SPE 制度

2000 年《资产流动化法》规定了特殊目的公司（Special Purpose Corporation，SPC）与特殊目的信托（Special Purpose Trust，SPT）两种 SPE 的法律形式。SPC 并非日本《商法》或者《有限公司法》上的公司，而是由发起人根据特别法成立的特殊社团法人[52]，既受高度管制，又享特殊豁免。高度管制主要体现为，通过将 SPC 的业务严格限制在"资产流动化计划"范围内，最大限度地减少 SPC 的破产风险；特殊豁免则主要体现为机构设置的灵活性，如可以只设置一个董事，最低资本额仅为 10 万日元等，最大限度地减少交易费用。[53] 特殊目的信托则是 2000 年修法新增的 SPE 形式，发起人通过 SPT 可以发行权益性资产证券，并可能比 SPC 还要节省交易费用。

（二）基础资产转让的公示

基础资产的转让适用债权让与的有关规定。依照《日本民法典》第467 条，债权让与以通知债务人，或者取得债务人的同意作为对抗债务人或者第三人的要件；并且只有书面的通知或者承诺才发生对抗第三人的效力。这个要求一来造成过高的费用，二来也妨碍了特别重视保持客户关系的银行开展证券化。1992 年制定的《特定债权事业规制法》（MITI Law）允许通过在报纸上发布公告的方式，使资产让与获得对抗

---

〔50〕 *Id.*，at 375～378.

〔51〕 *Id.*，at 360～361.

〔52〕 参见王志诚，日本金融资产证券化制法制架构与启发，中正大学法学集刊，5 期，2001 年 9 月，222 页。

〔53〕 同前注，222～228 页。

债务人和第三人的法律效力。1998 年 10 月 1 日生效的新登记法则进一步允许通过向法务部申请注册的方式，取得对第三人的对抗效力；该规定在实践中基本上取代了前一部法律的作用。[54] 但是也有人指出，该法只顾对抗第三人，竟然未明确注册对基础资产债务人的对抗效力，未免使其效用大打折扣。[55]

（三）真实销售的要件

有日本资深律师认为，虽然日本没有将真实销售的让与行为与融资担保的让与行为相区别的司法原则，但是依照以下要件完全可以实现真实销售：当事人明确的买卖意图，风险与收益的转移，支付适当的买卖价款，买受人对资产的控制程度，出卖人没有买回资产的权利或者义务等。有例为证：1998 年与 2000 年都发生进行过证券化的非银行发起人进入破产以及公司重整程序的案例。两案例中，公司的重整托管人均未对证券化交易的真实销售性质提出异议。[56]

五、香港特别行政区

香港特别行政区政府于 1997 年 3 月成立香港按揭证券公司（Hong Kong Mortgage Corporation Limited，HKMC），HKMC 是香港本地抵押贷款二级市场的主力推动者。

HKMC 的运作有以下五个方面：

（一）四大业务

HKMC 原定的三大业务为：按公司既定的审慎与严格购买准则，向香港银行购买以香港的住宅物业为抵押的按揭或者其他贷款组合；在资本市场发行债券，为购买抵押贷款业务筹措资金；将抵押贷款资产证券化，向投资者发行按揭证券。为了促进住宅的供应，后来又推出了抵押贷款保险业务，帮助银行吸收贷款与物业价值比率限制以上的风险，使银行可以发起具有更高贷款价值比的抵押贷款，HKMC 由此获得保费收入。

---

〔54〕 Masaru Ono, *Unique Aspects of Japanese Securitization Relating to the Assignment of Financial Assets: A Comment on Raines & Wong*, 12 Duke J. Comp. & INT'L L. 473 (Spring, 2002).

〔55〕 William Chernenkoff & Christopher Lewis, *An Update on Securitization in Japan*, http://www.orrick.com/about/offices/tokyo/article3.htm (Mar. 12, 2003).

〔56〕 Ono, *supra note* 54, at 474.

（二）购买抵押贷款业务

HKMC 成立之后首批买入抵押贷款即达 6.5 亿港币，此后即开始定期向事先确认为"核准买方"的香港银行，按照审慎的购买准则购买抵押贷款，为银行提供可靠的抵押贷款流通渠道，同时促进抵押贷款资产的标准化，并保持较高的信用品质。2002 年购买的抵押贷款更达到 144 亿港币。为了控制风险，其确定的购买抵押贷款依据的主要购买准则为：批出贷款时的原有贷款额上限为 400 万港币；批出贷款时贷款额与物业价值比率上限为 70％[57]；批出贷款时借款人供款额与其收入比率上限为 50％；原定按揭期限最长为 25 年，最短为 10 年；原定按揭年限与批出贷款时的楼龄两者之和的上限为 40 年。[58] 2002 年 11 月，购买抵押贷款的准则经修订，扩大至包括可延期本金偿还贷款等新种类和更广泛类别的借款人，进一步提高了香港居民的住宅融资能力。[59]

（三）抵押贷款证券化的激活[60]

按照 HKMC 的业务计划，在实施抵押贷款证券化之前，主要依靠发行无抵押的公司债券筹集资金，从抵押贷款的收益和发行公司债券的融资成本之间的差额获取收入。1999 年 10 月，HKMC 开展抵押贷款证券化业务，进入推动香港抵押证券市场发展的新阶段。当年共发行 16 亿港币的过手证券。香港抵押贷款资产的优良品质，再加上 HKMC 为证券的本息按期支付提供担保，使其广受欢迎。HKMC 声称，将准备从事更复杂的按揭证券化交易。

（四）Bauhinia 按揭证券计划[61]

这是 HKMC 的第二个证券化计划，计划总值为 30 亿美元。自 2001 年 12 月推出该计划到 2002 年底，共发行了 7 个系列的抵押证券，总发行金额达 22.7 亿港币。根据该计划，HKMC 将购买的抵押贷款资产出售给一个破产隔离的 SPE，Bauhinia MBS Limited 由其向投资者发行以之为担保的债券；HKMC 为所发行的抵押证券提供本息按期支付

---

〔57〕 此比率已经随着按揭保险计划的实施而不断提高，现在一般为八成半到九成，扩大了可获得住宅融资的居民群体。

〔58〕 参见香港按揭证券公司 1997 年年报，62 页，http：//www. hkmc. com. hk，2002 年 11 月访问。本文以下所引 HKMC 各期年报，均参见该网址。

〔59〕 参见香港按揭证券公司 2002 年年报，97 页。

〔60〕 See Hong Kong Mortgage Corporation Limited Annual Report，at 4～5 (1999).

〔61〕 同注 59，100～101 页。

的担保，一则简化了发行程序，二则获得高信用评级，降低了融资成本。由于 Bauhinia MBS 享有 HKMC 的担保，并可自由买卖，按照资本充足规定只有 20％的加权风险，并非一般抵押贷款 50％的加权风险。所以该证券作为一项强有力的资产负债管理工具，受到银行等广大投资界（包括保险公司、退休及投资基金经理、私人及商人银行）的欢迎。

（五）高信用评级有利于后续融资活动[62]

标准普尔与穆迪（Moody's）两大著名的评级机构于 2002 年 11 月确认 HKMC 的信用评级，所获评级与香港特区的评级相同。这非常有助于吸引投资者继续参与 HKMC 包括证券化在内的融资活动。标准普尔认为，"（HKMC）公司享有雄厚的资产基础，优良的资产质素，恰当的盈利能力及适当的财务弹性"；并且"作为香港住宅抵押贷款主要购买者，稳健的财务状况，及隐含香港特区政府给予的支持，而继续受惠"。穆迪则表示，所给予 HKMC 的评级"反映其在香港独树一帜的地位，具有弹性的业务模式，优良的管理以及政府持续的支持"。

伍、从美国到全球的经验：对中国大陆的启示

通过对美国以及欧洲、亚洲的证券化市场有重点的考察，我们至少可以看到以下四方面的现象或者经验：（1）各地证券化发展的主要动因有所区别，这可能影响各地引入证券化制度的模式和路径。（2）对大多数证券化市场来说，成功起飞离不开政府积极有效的推动。（3）银行在所有地区的证券化市场几乎都是主力参与者，银行业的态度在很大程度上决定着一个证券化市场的发展道路与程度。（4）对民法法系国家来说，既要立足于自己的法律文化和制度体系对异域交易制度加以消化，又要对现行的法律制度做出适当的配套性改革，方能为证券化市场提供足够的制度支持。以下分述之：

一、各地市场的发展动因存在差异

考察各地证券化市场发展的动因，是为了通过梳理各地区证券化市

---

〔62〕 同前注，101 页。

场发展的政策推动和市场推动因素，为中国大陆证券化市场本土分析和建设提供可资选择的路径。

综观美国、欧洲、拉丁美洲以及亚洲的主要证券化市场，其主要发展动因大致有以下三种：

（一）政府促进国民自有住宅的政策推动

在政府促进国民自有住宅的政策推动下，最终发展起证券化市场的开创者是美国，香港特别行政区也属此类。美国自20世纪30年代经济大萧条时期即提出促进国民自有住宅的政策，致力于建立完善有效的抵押贷款二级市场，吸引更多私人资金投入住宅信贷市场，从而降低国民住宅融资的成本，帮助国民实现所谓"美国梦"。特别提到的是，美国政府选择了将政府的公共政策目标与市场经济有机结合的实施机制，最终实现公共福利与私人利润双赢的完美结局，而不是单纯依靠政府提供福利性质的住宅融资补贴或者廉价住房等纯粹福利措施，这是美国住宅金融体制最具特色与成功之处。[63] 在具体落实上，可以看到三种起作用的因素：（1）是美国政府设立的带有政府信用支持的二级市场运作机构，即吉尼梅、范尼梅与弗雷迪马克三大GSE；（2）是通过立法认可资产证券的法定投资工具地位，推出 REMICs、FASITs 等享受税收优待的交易结构等，帮助资产证券顺利上路；（3）是美国华尔街金融家积极进行证券化交易结构的创新研究与市场开拓。

（二）金融机构应对新的经济和管制的创新

经济和管制环境变迁，包括国际经济环境的剧烈变动导致金融机构经营风险加大，世界范围的金融管制放松导致金融市场竞争加剧，西方10国集团倡导的《巴塞尔资本协议》（The Basel Capital Accord）规定了以风险为基础的资本充足要求，促使银行改变资产与风险管理方式等，再加上计算机和现代通讯等新技术的支持，使金融机构能够推出证券化这项金融创新加以应对，达到相应的财务和管制目的。美国证券化市场除了住宅抵押贷款证券化之外，其他部分，包括信用卡应收款、汽车贷款、设备租赁、商业不动产抵押贷款等，都是在住宅抵押贷款证券化的成功示范之后，由私人部门在市场驱动之下发展起来的，没有政府信用的支持。英国的证券化完全是在没有政府推动的情况下，在私人部

---

〔63〕 参见汪利娜，注20书，316、318页。

门追求抵押贷款一级市场前所未有的盈利机会的市场驱动下自生自发的，政府（主要是英国金管局）只是进行适当的监管。欧洲大陆的情况基本上也出于金融机构以及产业界的要求，差别在于这一交易制度要顺利进入民法法系落地生根，几乎不可能依靠业界的独力打拼，需要政府推动系统的基础法制、税收与会计规则方面的改革。欧陆市场的发展也因此大有差异：有的政府响应金融业的需求，制定专门的证券化法律，市场发展就较好，如意大利、法国。有的则因为缺乏政府的有力支持而发展乏力，很多交易只能通过离岸结构完成，如德国。

（三）政府纾缓金融危机促进经济复苏的手段

政府为解决本地区的金融危机并促进经济复苏而发展证券化，往往可以使该地区的证券化市场在制度环境上一步到位。在既有政府的鼓励，又有现实压迫的情况下，这些新兴市场往往能够很快发展起来。日本、拉丁美洲与亚洲各地均应归入此类。自从明治时期以福泽谕吉为代表的近代思想家为了取法乎上求发展，鼓吹日本应当"脱亚入欧"以来，日本在经济上确实已经实现脱亚入欧的战略目标。但是，其证券化市场却仍然按照"属地原则"，在亚洲金融危机的阴影下，与众多亚洲国家和地区的证券化市场一道起飞。亚洲各国各地纷纷在政府推动下，制定专门的证券化法律，帮助不良资产缠身的银行业缓解困境，并为失去了西方投资的产业界开辟获得资金的新渠道。20 世纪 80 年代中期发生拉丁美洲债务危机之后，拉丁美洲的企业就开始运用证券化具有的风险隔离与再分配机制，吸引害怕拉丁美洲国家政治风险的外国投资者；事实上，证券化不仅帮助拉丁美洲企业获得宝贵的资金，也帮助这些企业与其国家融入日益全球化的金融社区。[64] 阿根廷是拉丁美洲的证券化先驱，1995 年 1 月即通过证券化法律，现在的证券化交易余额仍居拉丁美洲市场的首位。[65] 之后，巴西于 1997 年 12 月通过其主要的证券化法律，乌拉圭与玻利维亚于 1999 年通过证券化法，哥斯达黎加于 2000 年通过证券化法。美国证券化市场的一部分，其实也是在 RTC 拯救陷入危机的节俭机构运动中发展起来的。

---

〔64〕 Claire A. Hill, *Latin American Securitization：The Case Of The Disappearing Political Risk*, 38 VA. J. INT'L L. 295 (Spring, 1998).

〔65〕 Standard & Poor's, *Securitization in Latin America 2000*, http：//www. standardandpoors. com, 3, Oct. 2002.

二、政府的作用至关重要

政府在证券化发展中发挥作用的空间大致有三个方面：（1）根据本土情况，确定推动市场发展的政策并组织落实；（2）推动本土的证券化法制改革，为市场发展开辟畅通的法律信道；（3）金融监管机构、会计规则制定机构以及税务机构各司其职，建立对证券化交易的全方位监管和规范，防范证券化的风险，保证证券化不会成为恶意操纵负债表以及逃避税收的工具。这里集中讨论第一个方面。

各地证券化市场具有不同的基础资产条件，这是各地市场发展的出发点。在美国、英国等发达证券化市场，支柱性的基础资产都是住房抵押贷款。在救灾驱动下起飞的亚洲证券化市场，比如在日本，住宅抵押贷款已不是一枝独秀，银行的工商业贷款份额与其差不多；韩国先通过《资产证券化法》，后通过《抵押贷款证券化法》，重点是解救不良资产缠身的银行业；台湾通过"金融资产证券化条例"之后，最先推出的证券化交易是以银行的工商业贷款为基础资产。同样是救灾驱动的拉丁美洲证券化市场，基础资产往往是本地的支柱产业，因为只有这些产业才能够对外国投资者产生足够的吸引力。[66] 中国大陆的银行不良资产也构成一种需要赈济的"灾情"，但是由于其是在经济体制进行重大历史转型的过程中，传统经济模式转型的社会成本沉淀到银行的账面上造成的，不单纯是银行经营不善的结果。因而，证券化既无法根治银行不良资产，甚至也不应当是目前的存量不良资产的主要处置方式。[67] 既为取法乎上，又因"建立不动产金融体系实际上是金融与经济发展的关键所在"[68]，所以这里选取住房抵押贷款证券化市场作为分析对象，探讨政府在其中所应当发挥的作用。

建设房贷证券化市场有三个关键因素：以不动产为基础的金融市

---

[66] 比如拉丁美洲的证券化市场最近才开始发展住房抵押证券化，此前的主要证券化基础资产为石油与未来收入应收款、电费收入、信用卡消费信贷，与医疗设备租赁等。参见 Georgette Chapman Poindexter & Wendy Vargas-Cartaya, The Emerging Secondary Mortgage Market in Latin America, 34 Geo. Wash. INT'L L. Rev. 258 (2002).

[67] 参见何小锋等，注 5 书，450～452 页。

[68] Douglas Arner, *Emerging Market Economies and Government Promotion of Securitization*, 12 Duke J. Comp. & INT'L L. 508 (Spring, 2002).

场、资本市场以及支持证券化的基础制度。[69] 政府在这三个方面都应当发挥积极的作用。

（一）建立完善的住宅金融市场

杰斐与雷纳尔德（Dwight Jaffee & Bertrand Renaud）完成的一份世界银行工作报告虽然以中东欧的市场经济转型国家为考察对象，对中国大陆也具有一定意义。他们认为，"无论你多么信任亚当·斯密看不见之手的灵巧性，一个住宅金融体系总是不可能在没有政府支持的情况下发展起来。发达国家曾经如此，现在转型国家亦复如此。实际上，转型国家面临的任务是，为了建立住宅金融体系，他们必须首先创立一套能够支持长期与复杂的市场关系与合同的经济与法律基础制度。"[70] 转型国家住宅金融市场的困难在于，大量的住宅需求产生大量的住宅融资需求，但是因为剧烈的通货膨胀和控制利率的政治压力大大加剧房贷风险，导致这些地区的商业银行不愿发放住房融资贷款。[71] 原因与程度不同，但是，转型国家银行与发达国家银行在此面临的利率、违约以及流动性风险却是相同的。因而，美国的成功经验可资借鉴：即应当在政府的组织下建立高质量的抵押贷款一级市场和有效的二级市场，而不是由政府包办抵押贷款市场。为此，政府应当设立若干具有政府信用支持并享有特殊法律地位及职权的抵押贷款信用机构（mortgage credit institution，MCI），分别在一级或者二级市场操作业务，如同美国的FHA、VA、吉尼梅、范尼梅、弗雷迪马克等。

MCI介入一级市场的基本原则是应当分清层次：（1）第一层次享有充分的政府信用支持，面向特殊的贫困或者职业群体，应为少数。（2）第二层次应当通过二级市场的引导，吸引社会资金进入住宅金融市场，使私人部门金融机构成为主力贷款人。第二层次的经营原则应当是：经营二级市场的MCI按照市场标准确立房贷资产的标准，向私人部门机构敞开收购符合标准的房贷资产，从而引导一级市场逐渐形成标准化的房贷基础资产。

---

〔69〕 See id.

〔70〕 Dwight Jaffee & Bertrand Renaud, *Strategies to Develop Mortgage Markets in Transition Economies*, *World Bank Policy Research*, *in* Working Paper No. 1697 27 (1996), available at http://www. worldbank. org.

〔71〕 See id., at 6.

"抵押贷款二级市场（secondary mortgage markets，SMM）可以移转发放贷款的商业银行或其他机构所面临的风险，推动转型国家的住宅金融体系发展。"[72] 二级市场 MCI 收购一级市场资产，其资金来源为发行普通证券，或者以所收购的资产为基础发行资产证券。杰斐与雷纳尔德提出，政府通过 MCI 在二级市场发挥作用的形式有：

1. 其主要作用是为 MCI 发行债券提供担保，并收取适当担保费；

2. 应使所有能够提供适格抵押贷款资产的贷款人与借款人均有机会向二级市场转让资产；

3. 政府不应当直接经营 SMM，但是应当进行适当管理，比如限制 MCI 应购买的抵押贷款类型、限定其所发行的债券责任、确定与银行相当的资本比率及监管标准；

4. 适时地引入竞争的 MCI，使 MCI 向私有化发展，并设置政府退出该市场的期限（sunset date）；

5. 建立必要的法律与金融基础制度，包括建立不动产财产权利制度、实现抵押权的程序与抵押借贷等法律。[73]

（二）建设适宜证券化的资本市场

为了保证证券化的良好交易环境，应当：

1. 通过完善的政府债券市场建立与证券化相适应的基准收益曲线（benchmark yield curve），特别是长期债券；

2. 消除对资产证券进行投资的法律限制；

3. 为资产证券的交易规定若干税收优惠；

4. 改善信息披露制度，发展评级体系；

5. 建立信用增级法律制度等。[74]

（三）建立支持证券化的基础法制

参见以下四。

三、银行是市场的担纲者

银行成为各地证券化市场的担纲者，至少可以从以下三方面找到

---

[72] *Id*, at 22.

[73] *See id*, at 24～27.

[74] *See*，Mortgage-Backed Securities Markets in Asia, Asian Development Bank 58～61 (S. Ghon Rhee & Yutaka Shimomoto ed.，1999），http：//www. adb. org.

原因：

（一）银行有动力进行证券化

雷布钦斯基（Rybczynski）提出的"金融体系三阶段"论[75]，成为证券化的经典解说。根据该学说，金融体系的强市场本位会导致所谓的"逆中介"现象（deintermediation），直接融资将取代银行主导的间接融资模式，成为获取资金的主渠道，从而使银行作为垄断资金提供者地位的风光成为明日黄花。但是整体看来，银行却是证券化市场的积极开拓者和参与者。其积极性来源于：

1. 银行特殊的资产负债结构

银行以较小的资本运作极大的资产，但是资产负债结构恰恰又存在"短存长贷"的特征，这种结构特征，使银行无力吸收市场利率的波动风险。美国的储贷协会危机就是由市场利率的剧烈波动引发的。证券化正提供了银行急需的转移利率风险的机制。

2. 银行面临的资本充足管制

《巴塞尔协议》实行以风险为基础的资本充足率要求，各项资产的风险权重成为银行配置资本的指针，一方面迫使银行转持风险权重低的证券资产，包括资产证券，另一方面也迫使银行将风险权重高的贷款资产通过证券化移出资产负债表，以缓解资本压力。日本银行业对证券化的抵制，曾经是阻碍日本证券化发展的重要因素，也构成本题的反证。

（二）银行有优势进行证券化

银行从事证券化交易的优势至少有以下两方面：

1. 资产的优势

发达市场的经验表明，宜证券化的基础资产一般应具有下列特征：资产可以产生稳定的、可预测的现金流收入；原始权益人持有该资产已有一段时间，且信用表现记录良好；资产具有标准化的合约文件，具有很高的同构型；资产担保品易于变现，且变现价值较高；债务人的地域和人口统计分布广泛；资产的历史记录良好，即违约率和损失率较低；资产的相关资料容易获得等。[76]另外，为了达到规模效应，发起人还应当有足够多的基础资产。银行作为专门的信贷机构，其资产组合，尤

---

[75] Feeney, *supra* note 6, at 2～3.

[76] 何小锋等，注 5 书，121 页。

其是住宅抵押贷款资产，相比其他产业部门更符合这些条件。

2. 政府保护政策的优势

金融业对经济发展的作用越来越突出，政府对金融业的保护也越来越强。比如美国政府鼓励住房抵押贷款的政策等，在有意或者无意之中促进了证券化的发展。[77] 陷入金融危机的地区政府通过证券化拯救银行业，并由此带动地区经济的复苏，则是韩国等亚洲各国的成功经验。

（三）新兴市场控制风险的需要

美国与英国具有世界上最发达的金融市场，以及与此相适应的金融监管体系。在两国的证券化市场上，法律与管制上不存在对从事证券化交易的发起人的资格限制。各地区应当根据本地的实际情况，确定证券化市场的发展目标。可以看到的经验是，法国应属证券化市场的"第二世界"，其发展初期仍然对证券化发起人和基础资产类型进行限制，规定只有信贷机构、储蓄与信托银行（Caisse des dépôts et consignations，CDC）以及保险公司的资产方可证券化，排除工商业应收款。新兴市场为了控制风险，宜采取比较稳妥的市场开放步骤。银行业长期以来面临较高程度的管制，形成了较为稳健的经营体制与政策，可以作为市场开放的第一步。韩国的《资产证券化法》限定只有金融机构、韩国资产管理公司（Korean Asset Management Corporation，KAMCO）以及其他政府公司方可作为发起人。台湾"金融资产证券化条例"第 54 条限定，只有金融机构方可组织设立特殊目的公司。

四、建立完善的制度体系

根据发达市场的经验，以及民法法系国家移植证券化制度的经验与教训，完善的证券化制度体系应当包括：

（一）完善民商事基础法制

证券化作为一种"衍生产品"，其品质取决于"原生产品"的品质，完善的证券化制度也应当以完善的民商事基础法制为基础。比如，完善担保法律制度并加强担保法司法实效，建立符合市场经济体制的普通企业法律制度，建立市场化的证券发行制度等等。

---

〔77〕参见兰代尔·J. 波兹戴勒，证券化与银行业，国外财经，1 期，2001 年 3 月，92 页。

（二）制定专门证券化法律

为了支持证券化的交易结构，并降低交易成本，应当为其量身订做一套专门法制，通过专门法律对若干基础法制进行整合改革。对民法法系国家来说，首先要根据发达市场的经验，选择适宜本地市场的证券化交易结构，然后根据这些准备采纳的成熟交易结构，制定专门法律。其体系至少应当包括：建立适应金融交易需要的基础资产（即债权）的转让制度，包括法律要件的简化，设置特殊的对抗基础资产债务人以及第三人的公示程序[78]；对基础资产抵押权的变更登记规定特殊程序；特殊目的实体可采取的法律形式与特殊治理结构，比如 SPC 具备名义性资本即可设立，可以只有一位股东，应当设立独立董事等等；如果设立特许的证券化专营机构，则应当规定该机构的经营原则、业务范围、治理结构、资本充足要求等事项。

（三）消除不必要的投资限制

发达证券化市场的经验表明，资产证券是一种高收益、高信用等级的投资工具。新兴市场应当消除对资产证券投资的非必要法律限制，使养老与社保基金、保险公司，甚至储蓄机构等机构投资者可以进入证券化市场。没有机构投资者的参与，证券化市场无法获得足够的流动性和深度。[79]

（四）建立完善的会计准则

证券化会计准则的关键问题是确立资产风险转移的标准，防止证券化发起机构利用表外处理隐瞒潜在风险，以及逃避债务与税收等。专门的证券化法规定一般的证券化会计准则，金融监管机构仍可以针对银行等金融机构从事证券化交易制定更严格的会计准则。

（五）制定张弛并举的证券化税收政策

证券化税收政策至少包括以下四方面：

1. 避免双重征税

应当针对证券化交易的特点，消除按照现行税收制度由 SPE 的实体税负（entity-level taxation）带来的双重征税现象：即 SPE 为所取得的基础资产收入纳税之后，资产证券的投资者仍要为所取得的证券收益

---

[78] 按照中国大陆《合同法》第 80 条的规定，债权转让通知债务人方取得对抗债务人的效力。这相应地增加了证券化的交易费用。

[79] *Supra* note 74, at 59.

纳税。

2. 降低证券化费用的税收优惠

为了降低证券化费用并鼓励对资产证券的投资，应当制定针对以下税种的优惠政策：发起人就基础资产转让应负担的印花税与就转让收入负担的资本利得税等，SPE 就发行资产证券应负担的印花税与就所取得的发行收入应负担的企业所得税等。

3. 鼓励特定产业发展的税收优惠

为了鼓励某种资产的证券化并最终促进该资产的一级市场发展，比如住宅抵押贷款，可以考虑制定对该类资产证券投资的税收优惠等。

4. 对离岸证券化的税收管理

应当制定对离岸证券化交易的税收制度，防止国家税源流失。

（六）建立严密有效的监管体系

严密而有效的监管体系包括机构与制度两方面。

1. 监管机构

应当建立与现行金融业监管机构相适应的监管机制。证券化代表了金融业混业经营的发展模式，中国大陆的分业监管体系可能会造成监管上的多头执政，不利于证券化市场的发展，因而至少应建立各监管机构之间的联合监管机制。

2. 监管制度

首先应当建立基本的统一监管规则；其次各监管机构可以针对本行业制定细则，但应当在基本监管原则上保持一致；第三，应与国际监管标准接轨，尤其是有关银行监管的《新巴塞尔协议》（The New Basel Capital Accord）。

以散布流言或不实资料方法操纵价格

——"台湾高等法院"2003 年度金上重诉字第 9 号判决评析

林国全　政治大学法律学系教授

壹、前 言

"证券交易法"（以下称"本法"）第155条（以下称"本条"）第1项规定"对于在证券交易所上市之有价证券，不得有左列各款之行为：一、在集中交易市场报价，业经有人承诺接受而不实际成交或不履行交割，足以影响市场秩序者。二、（删除）。三、意图抬高或压低集中交易市场某种有价证券之交易价格，与他人通谋，以约定价格于自己出售，或购买有价证券时，使约定人同时为购买或出售之相对行为者。四、意图抬高或压低集中交易市场某种有价证券之交易价格，自行或以他人名义，对该有价证券，连续以高价买入或以低价卖出者。五、意图影响集中交易市场有价证券交易价格，而散布流言或不实资料者。六、直接或间接从事其他影响集中交易市场某种有价证券交易价格之操纵行为者。"第2项规定"前项之规定，于证券商营业处所买卖有价证券准用之"。明文禁止在证券交易所市场（第1项）及店头市场（第2项）之人为操纵价格行为。

有违反本条第1项或第2项所定之操纵价格行为者，除依本条第3项"违反前二项规定者，对于善意买入或卖出有价证券之人所受之损害，应负赔偿之责"。及第4项"第20条第4项之规定，于前项准用之"[1]。负损害赔偿之民事责任外，并依本法第171条第1项第1款，"处3年以上10年以下有期徒刑，得并科新台币1000万元以上2亿元以下罚金"。同条第2项并规定"犯前项之罪，其犯罪所得金额达新台币1亿元以上者，处7年以上有期徒刑，得并科新台币2500万元以上5亿元以下罚金"。同条第6项规定"犯第1项或第2项之罪，其犯罪所得利益超过罚金最高额时，得于所得利益范围内加重罚金；如损及证券市场稳定者，加重其刑至二分之一"。

本条第1项第1款至第5款所列举之具体操纵价格行为类型中，第5款之"意图影响集中交易市场有价证券交易价格，而散布流言或不实资料者"，较之其他各款，具有"非借由市场交易行为操纵价格"，以及

---

[1] "证券交易法"第20条第4项规定，"委托证券经纪商以行纪名义买入或卖出之人，视为前项之取得人或出卖人。"于本条第4项准用时，自应换读为"委托证券经纪商以行纪名义买入或卖出之人，视为前项之买入或卖出有价证券之人"。

"不以意图影响'某种'有价证券交易价格为限"之特性。而由于台湾证券市场是散户（个人投资人）占成交量近八成之特殊市场。鉴于散户之投资决定最易受流言或不实资料影响，故本款规定在此种环境，原应有其重要之意义。惟观察既往实务，本款规定并未能充分发挥其预期之功能，以本款论处之有罪判决，并不多见。

本文乃拟借由评释就违反本款规定部分为无罪判决之"台湾高等法院"2003年金上重诉字第9号判决（裁判日期为2004年7月1日），探讨本款规定之意义，及实务运作之问题。

贰、"台湾高院"2003年度金上重诉字第9号判决主要内容

本案事实涉及行为人是否有下列三项犯罪行为之构成。

一、本条第1项第4款"以连续买卖方法操纵价格"

本号判决认为，以被告为董事长之公司，设立四家子公司后，并即将公司贷放该四家子公司，并随即使该四家子公司买进母公司股票，"谓无意图抬高集中交易市场之（母）公司有价证券交易价格之犯意，实难遽信"，况且子公司之成立后并未实际营业，所为只有买卖股票，则该四家子公司设立目的，应有为购买母公司股票而抬高其股价之意图，应可认定。且被告等在本件以高价买进股票所使用之手法，计有以下三种：（1）以限价大量委托买进，使股价维持在一定价格之上。（2）以逐步提高的限价大量委托买进，使股价逐步垫高并维持在一定价格之上，再配合以高价大量委托买进拉抬股价。（3）于临收盘前（即尾盘）以涨停价大量委托买进（俗称"拉尾盘"）。而依一般证券市场交易习惯，拉尾盘之目的即在于"作价"，亦即通常具有垫高次一营业日涨停参考价及开盘价之功能，因此一般均认"拉尾盘"系操作股价行为之一种，也是操作抬高股价意图之明显证据，本案于四个营业日连续出现"拉尾盘"之行为，而被告等又以逐步提高的限价大量委托买进，使股价逐步垫高并维持在一定价格之上，再配合以高价大量委托买进拉抬股价之行为，可知有抬高公司股价情形，而认定被告抬高股价之意图。就此部分，为被告有罪判决。

惟关于"以连续买卖方法操纵价格"问题，本文作者已于前所撰"操纵证券交易价格违法行为之研究"一文中，有较详细之探讨。本文限于篇幅，不再赘叙，请自行参见。[2]

二、"刑法"第342条"背信罪"

此一部分，因与证券交易法无关，故予省略。

三、本条第1项第5款"以散布流言或不实资料操纵价格"

此一部分，公诉意旨略以："甲明知上市公司重大讯息之发布应依'台湾证券交易所股份有限公司对上市公司重大讯息之查证暨公开处理程序'处理，且明知A公司二〇〇〇年度委托B联合会计师事务所制作之财务预测暨会计师核阅报告指出，A公司二〇〇〇年度预测营业额仅新台币（下同）八十五亿四二〇四万五千元，税前利益仅二亿五五三万八千元，竟意图影响集中交易市场A公司股票之交易价格，并诱使投资人购买A股票，于一九九九年十月一日C、D、E、F四家子公司联合开幕大会上，指示所属员工即'宣导小组'将其讲话内容编制新闻稿，向经济日报、工商时报等新闻媒体发布新闻稿，对外宣称A公司民营化第一年（二〇〇〇年度）预估营业额为二六〇亿元，是民营前的三倍，获利目标六十亿元，为1999年度之十倍，与A公司公营时代相较，获利更有六十倍之钜之不实讯息，而此项消息被市场解读为重大利多消息，A股票在十月二日即因此以跳空涨停开盘，当日直至收盘皆维持在涨停价。因认被告甲所为系散布不实之资料，违反证券交易法第一五五条第一项第五款之规定，应依同法第一七一条第一项处断，（以下共同被告部分省略）。"

对于认定被告违反本法第155条第1项第5款之规定，而依同法第171条第1项处有期徒刑2年之台北地院一审有罪判决（2002诉1171号），[3] 本号高院判决则认为"A公司二〇〇〇年度委托B联合会计师事务所制作之财务预测暨会计师核阅报告虽指出，A公司二〇〇〇年度

---

〔2〕 该文于2004年11月14日举行之政治大学法学院财经法研究中心主办"财经法新趋势研讨会（八）暨两岸财经法学术研讨会（一）"中为口头报告。该文并以"操纵行为之案例分析"发表于证券暨期货管理杂志，22卷12期，2004年12月。

〔3〕 第171条第1项所定刑度，于2004年4月修正前为7年以下有期徒刑。

预测营业额仅八十五亿四二〇四万五千元，税前利益仅九亿三四八八万七千元云云。惟其系依据已实施之年度工作计划执行后所编造完成，内容仅系 A 公司民营化前 A 一家公司生产肥料之单项营业，而 A 公司民营化后，成立四子公司而为一经营团队，依此拟定全经营团队五家公司未来一年度之营运构想，两者基础已有不同。而 A 公司二〇〇〇年度一年工作计划及五年营运发展规划，系由 A 公司经理部门肥料部经理乙、化工部经理丙、投资开发部经理丁，及四子公司总经理戊、己等共同研拟完成，由 A 公司企划处副处长庚、企划处规划组组长辛汇编完成，性质上系属公司团队对未来营运的经营构想，不论其实施与否，或实施后效益如何，其计划内容尚难谓有不实。而证人乙与辛均到庭证称：'不能说不实：肥料的本业在一年半的时间，可以做到八十亿到九十亿，肥料的部分很容易做到'、'计划还没有执行不能说是不实，要各个事业部门执行后才知道'等语属实，因此，被告甲虽于一九九九年十月一日 C、D、E、F 四家子公司联合开幕大会上，对外宣称 A 公司民营化第一年（二〇〇〇年度）预估营业额为二六〇亿元，是民营前的三倍，获利目标六十亿元等语，亦仅系依据幕僚单位专业经理人根据公司现有资源所写的计划书，宣示未来之计划目标，既乏积极证据证明系不实资料，即难认被告甲所为为散布不实之资料，而有违反本法第一五五条第一项第五款之规定……"

叁、本法第 155 条第 1 项第 5 款规定之解析

本法第 155 条第 1 项第 5 款所定对于在证券交易所上市之有价证券及在证券商营业处所买卖有价证券（同条第 2 项），不得有之行为乃"意图影响集中交易市场有价证券交易价格，而散布流言或不实资料者"。

一、本款行为之行为主体

本款并未就行为主体有任何特别规定，故本款规范之行为主体乃系符合本款所定主客观要件之任何人，范围可谓极广。

二、本款行为之主观目的要件

本款行为之主观目的要件为"意图影响集中交易市场交易价格"。

（一）主观目的之内容

本款行为之行为人需有"影响集中交易市场有价证券价格"之意图。

1. 所谓"集中交易市场"，自传统观念而言，系指"证券交易所市场"。但随时代、环境之变迁，原非集中交易，而系面对面议价交易形态之"店头市场"（证券商柜台买卖市场，over the counter，OTC），亦已转化为集中交易形态。故在现代概念下，集中交易市场应包括"证券交易所市场"与"店头市场"。惟自现行条文文字观之，本款所称"集中交易市场"，仍系指传统概念之"证券交易所市场"，而以本条第2项"前项之规定，于证券商营业处所买卖有价证券准用之"之规定，将规范范围扩及于"店头市场"。

2. 相较于本条第1项第3及4款所定操纵行为类型之主观目的要件皆为"意图'抬高或压低'集中交易市场某种有价证券之交易价格"，本款则为"意图'影响'集中交易市场有价证券交易价格"。但此所谓"抬高或压低"与"影响"，在实质意义上应无不同。凡行为人有意借由自己之行为使有价证券价格为"变动或不变动（锁定维持于固定价格）"，皆属之。

3. 相较于本条第1项第3及4款所定操纵行为类型之主观目的要件皆为"意图抬高或压低集中交易市场'某种'有价证券之交易价格"，本款则仅谓"集中交易市场有价证券交易价格"，而未限定于"某种"有价证券之交易价格。在此法条文字之区别使用下，或有认为本款规定应作限缩解释，即需意图影响"全体"证券集中交易市场有价证券交易价格，或至少"非特定某数种"有价证券交易价格，始构成本款行为。然本条"反操纵条款"之立法目的，在于借由排除不当之人为操纵价格行为，以维护市场秩序。且本款一方面虽未如第1项第3、4款将意图影响之对象有价证券交易价格限定为"某种"，但另一方面，亦未明定类如"全体"等限制性文字。故应解为其未以"某种"有价证券交易价格为限，意在放宽意图影响之对象有价证券交易价格之范围。无论行为人所意图影响者为"全体"、"不特定数种"、"特定数种"，乃至"特定某种"有价证券交易价格，皆属人为操纵价格，而符合本款所定主观目的要件。

4. 行为人"影响集中交易市场有价证券价格"之意图背后，必有其更深层之终极目的。或欲借此获得有价证券交易上之利益，例如待价格上涨后，卖出手上持有之有价证券获利，或待价格下跌后，低价买进有价证券，巩固或扩大对公司之影响力，乃至维持或争夺经营权等；或借此获得有价证券交易以外之利益，例如美化公司财务报表、甚而为打击竞争对手，而散布不利于竞争对手股价之流言或不实资料等，不一而足。惟此等"影响集中交易市场有价证券价格意图"背后之深层目的为何？应不影响本款行为之构成与否。

然须注意者为，若"影响集中交易市场有价证券价格意图"背后之深层目的，系为公益，而非私利，则应解为不构成本款行为。其典型者，例如政府相关高层官员乃至学者专家对证券市场之整体性意见表达。盖在证券市场过热或过冷之际，政府高层官员或学者专家，以岛内总体经济状况等各面向要素为基础，发表对证券市场之整体性意见，其直接目的自在借此抑制或激励过热或过冷之证券市场，而有符合"意图影响集中交易市场有价证券价格"之可能。然其深层目的，系在借由提醒投资人注意或提升投资人交易意愿，而维持应有之市场正常运作。此一目的，正与"反操纵条款"所欲达成之维持市场秩序目的相符，故不应论以本款罪责。

（二）意图之认定

行为人需有影响集中交易市场有价证券价格之"意图"，始构成本款行为。

惟行为人主观意图为何之举证，在实务上极为困难。有谓只要行为人有影响市场行情之动机，而为此散布之行为，依正常之证据法则，即可认定行为人之"意图"。[4]然如何认定行为人之"动机"，亦非易事。除非行为人自认，否则，行为人之主观意图为何，只能斟酌行为人之各种客观行为，具以推断认定之。若行为人于散布流言或不实资料之客观行为前后，有相应之有价证券交易行为，例如于价格上扬后卖出持有之有价证券，或于买进有价证券后，为散布流言或不实资料之行为，或许

---

〔4〕 苏南桓，股票族避险实务——证券市场不法案例解析，永然，1999 年 3 月，164 页。

较易借此推断行为人之动机，进而认定其影响价格之意图。然相较于本条第1项其他各款操纵价格行为类型，本款所定行为具有不以进行有价证券交易为必要之特性，已如前述。故而，对于不以获取有价证券交易上利益为其深层目的之散布流言或不实资料行为，例如为打击竞争对手而散布不利于其有价证券价格之流言或不实资料，则其主观意图之举证，实有相当之困难。

三、本款行为之客观行为要件

本款行为之行为人需有"散布流言或不实资料"之客观行为。

（一）散布

所谓"散布"，指对不特定之多数人为传布。亲自为之固不待言，借助他人而为传布，应亦构成此所称"散布"。[5] 至于散布之方法，应认为凡能达到使不特定多数人有取得、获悉该信息可能者，皆属之。而不问其系借由媒体或口耳相传方法。

有问题者为，对某特定之人或少数人传述流言或不实资料，是否构成本款所称"散布"？对此，虽有采肯定见解者。[6] 本文则认为，除非能证明行为人有借由其传述对象之某特定人之或少数人，将该流言或不实资料散布予不特定多数人之故意（含不确定故意），否则不应将"散布"解为包括对某特定之人或特定之少数人传述之情形。盖仅对某特定之人或特定之少数人传述流言或不实资料，应尚不足以达到影响有价证券价格之效果。而仅能就该流言或不实资料之传述对该特定之人或少数人之影响，论究是否构成刑法上诈欺行为。

（二）不实资料

首先，所谓不实"资料"，应解为不实"信息"之意义，而无需拘泥于其为书面、口语乃至电子讯息之形态。

其次，所谓"不实"，基本上应系指与事实不符，亦即"虚伪"。例如发行公司并未签订将大幅提升其营业额之重大契约，却散布已签订该重大契约之信息；或发行公司之主力产品并无重大瑕疵，却散布该公司主要产品发现重大瑕疵，将全面停产，甚将负担巨额赔偿等之信息。惟

---

〔5〕 庄胜荣，论证券集中交易市场操纵行为之刑事责任，证券金融，27期，1990年10月，66页。

〔6〕 赖源河，证券管理法规，作者自版，1998年，399页。

本文认为，此所谓"不实"，应不以"虚伪"为限，尚应扩张其范围，及于未呈现全部事实而足致误导他人对有价证券价值判断之信息。亦即该信息内容虽非虚伪，但却仅呈现部分事实，而隐匿足以影响有价证券价值判断之部分重要事实者。例如，散布某发行公司已签订重要契约，将大幅提升该公司营业额之信息，却隐匿该契约系以不敷成本之低价取得，将因此造成公司巨额亏损之事实。

（三）流言

所谓"流言"，通常应系指不能确定其是否真实或未经证实之信息。例如，某发行公司董事长因病入院，谢绝访客，亦未对外说明病情，此时若散布该董事长已病危之信息，即属"流言"。盖此信息可能为事实，亦可能与事实不符。

相较于"不实资料"系指与散布当时已确定事实不符之信息，"流言"则尚包括对于未来不确定（包括尚未确定）事实之陈述。[7] 例如，散布美国"将"禁止台湾地区某些电子产品进口；某集团"将"公开收购某发行公司股票等信息。

需注意者，本文认为，在有关未来信息部分，本款所称"流言"，应以对未来之"事实陈述"为限，而不及于发行公司营运计划目标、财务预测或股价变化预测等之"意见表达"。盖对于此等预测性之信息，投资人应认知其仅系未必达成之目标或推论。从而，其对投资人投资判断之影响，与未来事实陈述，在本质上究有不同。

（四）流言与不实资料是否需具备足以影响市场行情之重大性

1988 年修正证券交易法，将本款修正前之"足以影响市场行情之流言或不实资料"，删除"足以影响市场行情"之文字，而为现行条文。从而，在现行文字下，行为人所散布之流言或不实资料，是否需具备"足以影响市场行情"之重大性，乃非无争议。对此，有采否定说，而认为"修正后'流言'或'资料'之重要性本身不必证明，但其重要性可能影响到不法意图之间接证明"者。[8] 惟多数论著则采肯定说，而认为"须所散布者为与事实不符之流言或不实资料，且此资料具有重要性，足以影响有价证券之价格者，方属之。又此所谓散布之流言或不实

---

〔7〕同注 6。

〔8〕余雪明，证券交易法，财团法人证券暨期货市场发展基金会，2000 年 11 月，361 页。

之资料是否具有重要性，足以影响市场之价格，应以普通之投资人是否受其影响而为判断为准，若一经传述，足以影响投资人买卖证券之决定，进而使市场行情发生涨或跌之变化者均属之"，[9] "一般而言，应其所传布者足以影响有价证券之价格者方属之，换言之，应以一个普通小心谨慎之投资人在购买证券前所应获悉之事，而对于其投资之判断有所影响者，所以在客观上必须认为有重要性"。[10] 本文亦采肯定说。[11]

四、本款规定与本法其他相关条文之关系

（一）本法第 20 条第 2 项

本法第 20 条第 2 项规定"发行人申报或公告之财务报告及其他有关业务文件，其内容不得有虚伪或隐匿之情事"。违反本项规定者，则与本款相同，依本法第 171 条究其刑责。

"公告"，乃系"散布"信息之方法之一。"内容有虚伪情事之财务报告或其他有关业务文件"，亦属"不实资料"。故"发行人公告内容有虚伪情事之财务报告或其他有关业务文件"，其行为本质实与本款之"散布不实资料"并无二致。所不同者为，相对于本款所定行为主体为"任何人"，本法第 20 条第 2 项所定行为主体则以发行人为限。但另一方面，本法第 20 条第 2 项所定行为，并无须论究行为人之主观意图。理论上，违反本法第 20 条第 2 项之"发行人公告内容有虚伪情事之财务报告或其他有关业务文件"，可能同时违反本款规定，而有一行为触犯数罪名应从一重处断之问题。但本文认为，两者刑度既然相同，则若能认定构成本法第 20 条第 2 项之违反，即无须再大费周章，举证行为

---

〔9〕 苏南桓，注 4 书，164 页。

〔10〕 赖源河，注 6 书，399～400 页。

〔11〕 于日本，违反其证券交易法第 158 条所定散布流言罪之有罪判决案例迄今仅有 20 世纪 60 年代 1 件，20 世纪 90 年代 2 件。但其中 1997 年以略式命令处行为人罚金 50 万日元之所谓占卜师事件，引起学界相当之批判。本案事实略为，占卜师 A，意图使数文件特定股票价格发生变动，而配合香港资产家正大肆收购该数文件股票之虚假信息，以 A 自行研发之所谓"九星周期法"占卜术占卜结果，于数期之某赌博信息杂志专栏，推荐该数档股票。案经东京地检特搜部以散布流言罪向东京简易法院为略式起诉，东京简易法院认定行为人构成散布流言罪，而以略式命令处以 50 万日元之罚金。然日本学界认为若有价证券市场价格会因此等殊值怀疑之占卜信息而受影响，不惟轻信此等信息之投资人本身亦有责任，亦将造成与有合理依据之股价预测间之混淆暧昧关系，而对本案之有罪认定为负面之评价。参见神山敏雄，日本の证券犯罪，日本评论社，1999 年 7 月，37 页。

人之主观意图，而论究其是否构成本款行为。

（二）本法第 174 条第 1 项第 2 款及第 7 款

本法第 174 条第 1 项列举 9 款应处 1 年以上 7 年以下有期徒刑，得并科 2000 万元以下罚金之情事。其中，第 2 款与第 7 款所定情事，与本款规定有关，探讨如下：

本法第 174 条第 1 项第 2 款所定情事为"对有价证券之行情或认募核准之重要事项为虚伪之记载而散布于众者"。对有价证券之行情或认募核准之重要事项所为之虚伪记载，自属"不实资料"。将之散布于众，自构成"散布不实资料"。本法第 174 条第 1 项第 2 款所定行为与第 155 条第 1 项第 5 款所定行为之不同，在于前者不以行为人"意图影响集中交易市场有价证券价格"之主观目的为构成要件。从而就"对有价证券之行情或认募核准之重要事项为虚伪之记载而散布于众"之行为，无须举证行为人之主观意图，即得依本法第 174 条究其刑责。然若能举证行为人"影响集中交易市场有价证券价格"主观意图，则亦构成本款犯罪，应依刑法第 55 条一行为触犯数罪名应从一重处断之规定，以刑责较重之第 171 条第 1 项论处。

本法第 174 条第 1 项第 7 款所定情事为"就发行人或某种有价证券之交易，依据不实之资料，作投资上之判断，而以报刊、文书、广播、电影或其他方法表示之者"。此所称"以报刊、文书、广播、电影或其他方法表示之"，亦属"散布"信息之行为。惟所称"就发行人或某种有价证券之交易，依据不实之资料，作投资上之判断"，其性质乃系推论性之意见表达，而非"陈述事实"。依本文见解，并非第 155 条第 1 项第 5 款所称之"流言或不实资料"。故若行为人以报刊、文书、广播、电影或其他方法表示其依据不实资料所作成之"投资上判断"，但并未同时揭示其所依据之不实资料之情形，仅能依本法第 174 条第 1 项第 7 款规定论处，而不应同时论究其是否构成第 155 条第 1 项之违反。然若行为人以报刊、文书、广播、电影或其他方法表示其依据不实资料所作成之"投资上判断"，并同时揭示其所依据之不实资料，则应认为构成第 155 条第 1 项第 5 款所称之"散布不实资料"。进而，若能举证行为人"影响集中交易市场有价证券价格"主观意图，则得以刑责较重之第 171 条第 1 项究其罪责。

肆、"台湾高院" 2003 年度金上重诉字第 9 号判决评释（代结论）

一、行为人主观意图要件部分

本号高院判决，因径认行为人之行为并不构成本款所称"散布流言或不实资料"之客观行为要件，而为无罪判示，故未就行为人之主观意图如何有所论证。惟本案一审判决，在本案行为人担任董事长之 A 公司有贷放资金予其持股达 99％以上之四家子公司（每家 10 亿元额度），而由该四家子公司买进母公司 A 公司股票，以及 A 公司 2000 年营业计划中有金融投资业务，其上记载充分掌握市场波动赚取资本利得，预计投入 20 亿元，预估有年投资报酬率为 30％，计有 6 亿元之盈余等事实之基础下，就本案行为人有无本款行为之主观意图部分，有如下之论证："由卷附新闻纸剪报及股市观测站资料显示，A 公司民营化后，配合宣导小组之成立，不时有利多消息之放送，复由被告甲认为 A 股价每股五六十元系属偏低，且有庞大资产，重估后每股股价有一百四十余元之价值，宣导小组之运作，利多消息之放送，难认无提升 A 股价之意。而甲利用 A 子公司成立开幕典礼之际，所陈述之 A 公司一年后有六十亿元之盈余，亦难认无借此刺激买气，提升 A 股价之意图。而 A 公司股票为上市之股票，此为众所周知之事实，因而被告甲意图影响集中交易市场有价证券交易价格而散布不实资料犯行亦堪予认定。"此一论证过程与结论，应可赞同。

二、行为人客观行为要件部分

本号高院判决，否定一审判决"被告甲所言，并借新闻媒体放送之 A 公司于二〇〇〇年将有二六〇亿元之营业额，有六十亿元盈余之资料，并无精确之数据及具体之措施可为凭证，而六十亿元盈余之预估，亦无法通过合理之检验，且依据以辩解之资料前后数据不一，欠缺可信度，故应认系不实之资料"之认定，而谓"A 公司二〇〇〇年度一年工作计划及五年营运发展规划，系由 A 公司经理部门肥料部经理乙……等共同研拟完成，由 A 公司企划处副处长庚……等汇编完成，性质上系属公司团队对未来营运的经营构想，不论其实施与否，或实施后效益如何，其计划内容尚难谓有不实。——因此，被告甲虽于一九九九年十月一日C、D、E、F四家子公司联合开幕大会上，对外宣称A民营化第一年（二〇〇〇年度）预估营业额为二六〇亿元，是民营前的三倍，获利目标六十亿元等语，亦仅系依据幕僚单位专业经理人根据公司现有资源所写的计划书，宣示未来之计划目标，既乏积极证据证明系不实资料，即难认被告甲所为为散布不实之资料，而有违反证券交易法第一五五条第一项第五款之规定……"

如本文前述，本款所称"不实资料"，应系指与散布当时已确定事实不符之信息。而成为本案争点之"预估"营业额、获利"目标"等信息，皆系有关"未来"之信息，自不应以"不实资料"论之。故，本案高院判决之见解，显较一审判决之见解可采。

然有关未来之信息，虽不构成本款所称"不实资料"，但仍有可能构成本款所称之"流言"。依本文见解，构成"流言"之未来信息，应以未来之事实陈述为限，而不应包括计划、推论性质之意见表达。虽因成为本案争点之"预估"营业额、获利"目标"等信息，系属计划、推论性质之意见表达，故最终仍应获致并不构成本款所称"流言"之结论。但本号高院判决，在认定有关未来之信息非"不实资料"之余，并未进一步论述成为本案争点之"预估"营业额、获利"目标"等信息，是否构成本款所称之"流言"，即径为无罪之判示，则仍未臻妥适。

中国法律视野下的股票价格操纵案

程合红　中国政法大学法学博士

壹、前　　言

"台湾高等法院"2003年度金上重诉字第9号判决（案件事实和法院判决内容，请见本期195页）是一个典型的操纵证券交易价格案件，依大陆地区法律，在认定与处理中有以下四个问题值得关注。

贰、操纵证券交易价格行为的认定标准问题

在证券市场中，任何一项证券买卖行为，都会对该证券的交易价格产生影响。有的影响较大，形成对价格的操纵；有的影响较小，甚至可以忽略不计。何种情形下才可以认定某证券买卖行为操纵了证券交易价格呢？1998 年 12 月通过并于 1999 年 7 月 1 日起施行的中国证券法第 71 条列举了三种可以认定为操纵证券交易价格行为的具体情形：

一、通过单独或者合谋，集中资金优势、持股优势或者利用信息优势联合或者连续买卖，操纵证券交易价格；

二、与他人串通，以事先约定的时间、价格和方式相互进行证券交易或者相互买卖并不持有的证券，影响证券交易价格或者证券交易量；

三、以自己为交易对象，进行不转移所有权的自买自卖，影响证券交易价格或者证券交易量。

本案中行为人连续以高价买入 A 公司股票的行为，即属于该条所列第一种情形。

除此之外，本案中行为人还涉嫌以散布谣言等手段影响证券交易价格，若该行为成立，依台湾证券法律规定，行为人将会因有操纵证券交易价格行为而被处以刑罚，但依中国证券法规定，则难以根据有关操纵证券交易违法行为的规定进行认定和处理。在证券法颁布实施前，中国于 1993 年 4 月发布施行的《股票发行与交易管理暂行条例》第 74 条和 1993 年 3 月发布施行的《禁止证券欺诈行为暂行办法》第八条，确实均将"以散布谣言等手段影响证券发行、交易"作为操纵市场行为的一种予以明文规定，但在证券法第 71 及 184 条规定中，已经不再将该种行为作为操纵证券交易价格违法行为的一种进行规定，而是将其纳入第 188 条作为"编造并且传播影响证券交易的虚假信息，扰乱证券市场"的另外一个类别的证券违法行为进行规定。因此，按照中国地区证券法规定，本案中行为人以影响集中交易市场有价证券交易价格为目的而散布流言或不实资料的行为，将会适用证券法第 188 条之规定而非第 71

条和 184 条之规定〔1〕。

有鉴于此，本文讨论的重点将放在本案中行为人连续以高价买入 A 公司股票的典型的操纵证券交易价格行为性质的认定与法律适用方面。根据证券法第 71 条规定，在认定该项行为是否属于操纵证券交易价格违法行为时，应把握以下几点：

一、行为人在主观上必须有操纵证券交易价格的故意和获取不正当利益或者转嫁风险的目的〔2〕

中国证券法未对操纵行为人的主观构成要件，即应当为故意还是过失，进行明确规定。从操纵证券交易价格违法行为本身的性质来看，应为故意。

鉴于操纵证券交易价格违法行为案件的特殊性，在认定行为人是否具有主观故意时，很少能够获取直接证据，通常需要通过间接证据来证明。例如，可以通过搜集有关行为人是否有以高于市场行情的价格购买相当数量的证券，然后又低于市价卖出，以制造买卖活跃的假象，诱使其他投资者跟进；是否有连续购买同一证券，通过对倒、对敲等手段拉抬该证券价格，在证券价格升高之后，马上抛售该证券等情况的证据证明行为的操纵故意。在通过间接证据等客观因素判断行为人的主观故意和目的时，一般还要考虑是否存在以下客观情形：（1）买卖证券的资金是否出自同一投资主体或同一持股人；（2）是否由

---

〔1〕 扰乱证券市场行为的种类很多，操纵证券交易价格是扰乱证券市场行为的一种，编造并传播影响证券交易的虚假信息也是扰乱证券市场行为的一种，法律将它们作为两种不同的证券违法行为进行规定，既有着眼点的不同，也有分类标准的不同。以笔者之见，大陆证券法第 188 条规定中的"编造并传播影响证券交易的虚假信息扰乱证券市场"的行为，应当既包括单纯以获取利益或减少损失为目的而编造并传播虚假信息、操纵证券交易价格、扰乱证券市场的行为，也包括不以获取利益或减少损失为目的的其他意图操纵证券交易价格、扰乱市场的编造并传播虚假信息的行为，是对各种以编造并传播影响证券交易的虚假信息为手段扰乱证券市场的行为之归纳，而不是像《股票发行与交易管理暂行条例》和《禁止证券欺诈行为办法》那样以是否有获取利益、减少损失的目的为标准来对扰乱证券市场的行为进行分类。

〔2〕 1993 年 9 月 2 日国务院证券委员会发布的《禁止证券欺诈行为暂行办法》第 7 条规定："禁止任何单位或者个人以获取利益或者减少损失为目的，利用其资金、信息等优势或者滥用职权操纵市场，影响证券市场价格，制造证券市场假象，诱导或者致使投资者在不了解事实真相的情况下作出证券投资决定，扰乱证券市场秩序。"明确了操纵证券交易价格必须具有获取利益或者减少损失的主观目的。

相互有关联的资金控制账户；（3）多个股票账户是否统一指向同一控制人；（4）买卖证券的账户之间是否有连号、开户地址是否相同或属同一地区；（5）证券是否被反复转托管、互相转托管以及同一托管的席位是否相同等。

在本案中，也并无行为人故意操纵证券交易价格的直接证据。甲供述中称"A公司股价新台币五六十元系属偏低，且有庞大资产，重估后每股股价应有一百四十余元之价值云云"，在据此证明其以获取利益为目的方面，比较直接、明显；但在证明其是否具有操纵的主观故意方面，则只能根据文义进行分析、推导。不过，从行为人连续以高于市场价格买进股票、购买股票资金实际上出于同一主体、有计划和有组织地借助四家子公司名义分仓持股购买同一股票等事实证据来看，可以认定其操纵证券交易价格的主观故意是存在的。

二、客观上确有集中资金优势、持股优势连续买卖证券的行为特征

中国证券法所规定的"资金优势"和"持股优势"，是一个相对的概念，很难有一个绝对的数字标准。但在认定与处理操纵案件中，又很有必要确立一个认定的标准，这确实是一个比较困难的问题。有人曾提出，一般情况下，行为人在买卖证券中，投入资金数量或者持股数量最高达到投入该证券交易资金总数量或者该证券在市场流通的总交易量的一定比例以上的，属于"资金优势"、"持股优势"。这种观点有一定的参考价值。在本案中，行为人共决定斥资40亿元买进A公司股票，应当说其资金优势是明显的，但遗憾的是案例中并未计算在一定时段内所投入资金量与同期该股票交易资金总量之间的比例，无从进一步分析；在持股数量方面，可从其买进成交的股票数量与同期股票的总成交量之间比例看出其持股之优势，如在其买进股票的过程中，其成交量占当天该股票总成交量的比例大多在20％左右，在特定时段内更高达92.49％之多。

在连续买卖股票方面，中国证券法未有连续高价买入与连续低价卖出之具体区分，但也应含有该等之意思。所谓"连续"，是与"单次"相对应的，如果在一定时间内，只有一次买入或卖出行为，自不成其为连续；所称连续者，则必须在一定时段内有先后两次行为以

上。本案中，行为人在一个交易日内的一段交易时段中，不断地以高于市场价格的价格买进 A 公司股票，如在 10 月 4 日 10 时 48 分 44 秒至 10 时 52 分 25 秒期间，E 公司先后分八笔委托买进 A 公司股票 210 万股。行为人在一定时段内先后多次、不断地买进同一股票，为典型的连续买卖，应属中国证券法第 71 条所规定之"连续买卖"。

三、连续买卖股票的行为与该股票交易价格的变化有因果关系

并非所有的集中资金优势或持股优势连续买卖股票的行为都能在客观上构成对该股票交易价格的操纵，还需要看该股票的交易价格是否确实发生变化、且该变化与行为人的连续买卖行为之间有无因果关系。股票交易价格的变化分两种：(1)积极的变化，即价格上涨或下跌；(2)消极的变化，即股票价格在应该发生上涨或下跌时保持价格稳定，也被称为"安定操作"[3]。

在认定这种股价的变化是否与行为人的连续买卖行为有无因果关系时，需要考虑三个因素：(1)该连续买卖行为的发生时间与股价变动的形成时间是否相一致；(2)行为人的委托报价与市场成交价格之间是否具有对应性；(3)除该连续买卖行为外，能否排除其他足以直接导致该股价变动的因素。在本案中，股价的上涨时间与行为人的连续买卖时间是相吻合的，而且，股价上涨的价格与幅度同行为人连续高价买进时的报价也是相对应的。例如，在 10 月 4 日上午 10 时 48 分至 11 时 58 分期间，相互关联的 E 公司、D 公司、C 公司分别相继连续以每股 60 元的报价委托买进股票，使得股票价格从每股成交价 57 元一路涨至 60 元并维持该价格至收盘。这种买进行为与股票价格上涨变化之间的高度同步性及委托报价与市场成交价之间的高度吻合，已经足以证明两者之间的因果关系之存在。至于在同期是否还有其他连续买卖行为、内幕交易行为等导致股价发生变化的因素，案例没有提及，这里也就略而不论。

---

〔3〕 参阅河本一郎、大武泰南著，侯水平译，证券交易法概论（4 版），法律出版社，1 版，2001 年 3 月，257～261 页。

叁、操纵证券交易价格违法行为责任主体的认定问题

根据中国证券法第 71 与 184 条[4]的规定，操纵证券交易价格行为的责任主体不仅限于自然人，其有关"任何人"的规定，应当理解为包括自然人和单位。因此，单位具有违法行为的，也可以适用证券法第 71 和 184 条的规定，并依法对单位本身和单位中直接负责的主管人员和其他直接责任人员给予行政处罚。因此，依台湾法律，本案的责任人分别是甲等个人，属于个人犯罪，但依大陆法律，则不尽然如此，更可能被认定为单位犯罪或单位行政违法，甲等则是单位违法犯罪的责任人员。这里就存在一个如何区分是个人违法犯罪还是个人所属单位违法犯罪的问题。

一般而言，在区分违法行为的责任主体是个人还是该个人所属单位时，需从以下三个方面进行考察、分析：（1）该个人的行为是否属于受单位主管或负责人员指派或根据自己在单位所负的职责而进行的职务行为；（2）操纵行为所使用的资金是否属于经单位主管或负责人员批准、划拨的资金；（3）操纵证券交易价格所得收益是归个人还是归其所属单位。

就本案来看，（1）甲等个人均为 A 公司及其子公司相应负责人员，其在操纵 A 公司股票价格中所实施的行为也均与各自的职责相关或属依据其职权之所为，且都是以 A 公司或其子公司名义进行的。因此，该案中的操纵证券交易价格行为虽然没有经过公司董事会明确地以操纵名目进行批准，但也已经不是单纯的甲等人的个人行为。（2）从操纵行为所需资金来源看，所需资金均是 A 公司出资，而不是甲等个人出资或个人向公司贷借以及擅自挪用公司资金。（3）虽然案例中未就操纵所得收益的归属问题特别进行说明，但也已透露出是为追求公司利益为目标，无为个人买卖 A 公司股票而获利之机会。设者在操纵股价行为中形成收益，也应认定为归公司所有，而非归甲等个人所有。因此，按大陆法律，该案定为个人违法犯罪值得商榷，如认定为 A 公司及其子公

---

〔4〕 第 184 条规定："任何人违反本法第 71 条规定，操纵证券交易价格，或者制造证券交易的虚假价格或者证券交易量，获取不正当利益或者转嫁风险的，没收违法所得，并处以违法所得 1 倍以上 5 倍以下的罚款。构成犯罪的，依法追究刑事责任。"

司单位违法犯罪也许更为适当，上述四人则作为单位违法犯罪的直接责任人员处理。

肆、该案是刑事犯罪抑或行政违法的案件性质问题

根据台湾法律，该案被作为刑事犯罪案件提起公诉，并被追究了刑事法律责任。但根据大陆法律，则并不当然如此。究其原因，在于两地法律规定的不同使然。

按照台湾"证券法"第155与171条规定，操纵证券交易价格行为成立的，需要处7年以下有期徒刑，得科新台币300万元以下罚金。也就是说，按照台湾法律规定，操纵证券交易价格行为在法律上只有一种性质的认定和处理方式，即作为刑事犯罪案件追究刑事责任。根据大陆相应法律的规定，操纵证券交易价格行为成立的，则既可能按行政违法案件追究行政法律责任，也可能作为刑事犯罪案件追究刑事法律责任。这是因为中国证券法并未将操纵证券交易价格行为当然地规定为刑事犯罪行为，而是首先将该行为规定为行政违法行为，只有在情节严重时，才依据刑法作为犯罪行为处理[5]。

中国刑法对何谓"情节严重"未作明确规定。在最高人民检察院、公安部联合发布的《关于经济犯罪案件追诉标准的规定》中，规定有以下四种情形之一的，应当作为犯罪予以追诉：(1)非法获利数额在50万元人民币以上的；(2)致使交易价格和交易量异常波动的；(3)以暴力、胁迫手段强迫他人操纵交易价格的；(4)虽未达到上述数额标准，但因操纵证券交易价格，受过行政处罚二次以上，又操纵证券交易价格的[6]。上述规定可以看作

---

〔5〕 1998年12月29日通过并自1999年7月1日起施行的证券法第71条规定："禁止任何人以下列手段获取不正当利益或者转嫁风险：一、通过单独或者合谋，集中资金优势、持股优势或者利用信息优势联合或者连续买卖，操纵证券交易价格；二、与他人串通，以事先约定的时间、价格和方式相互进行证券交易或者相互买卖并不持有的证券，影响证券交易价格或者证券交易量；三、以自己为交易对象，进行不转移所有权的自买自卖，影响证券交易价格或者证券交易量；四、以其他方法操纵证券交易价格。"第184条规定了相应的法律责任，即："任何人违反本法第71条规定，操纵证券交易价格或者制造证券交易的虚假价格或者证券交易量，获取不正当利益或者转嫁风险的，没收违法所得，并处以违法所得1倍以上5倍以下的罚款。构成犯罪的，依法追究刑事责任。"

〔6〕 见最高人民检察院、公安部《关于经济犯罪案件追诉标准的规定》(2001年4月18日发布)第32条。

是对刑法第 182 条[7]中何谓"情节严重"的解释。

按该解释，本案中行为人的操纵事实是否属于情节严重，值得商榷。(1)在检察机关的公诉中，并未认定行为人通过操纵证券交易价格所获取的非法所得数额。因此，难以按上述第一种情形予以追诉；(2)本案中不存在以暴力胁迫或行为人曾经因操纵证券交易价格被行政处罚的情节，不能据此予以刑事追诉；(3)在衡量本案中行为人的连续购买 A 公司股票行为是否致使 A 公司股票交易价格异常波动方面，由于大陆法律目前尚未就何谓"异常波动"做出具体解释，因此在认定本案中行为人的行为是否导致 A 公司股票交易价格的"异常波动"方面确实存在很大困难。

从案例所述事实来看，确有在短时间内将股票价格拉抬至涨停价的情形；例如，本案中 A 公司股票交易价格在一个半小时左右的时间（从 10 时 32 分 50 秒的 56.5 元上升到 11 时 58 分 27 秒的 60 元涨停价）上涨 3.5 元。但这种变动是否属于"价格异常波动"，尚难下定论。而且，衡量是否异常波动，还要看该变动与该股票价格变动的历史轨迹是否相协调、与上市公司的基本面是否相符、与同期股市大盘的变化情况是否一致等因素，综合判断。由于案例中未对这些相关因素进行介绍，给相应的判断带来困难。因此，就案例所述事实、情节来看，根据大陆法律，将本案作为刑事案件进行处理虽有一定法律根据和事实基础，但仍有依据不够充分之嫌。

伍、所应承担的法律责任形式问题

法律责任的形式，对于惩治违法犯罪行为、防范与遏制违法犯罪行为的发生，至关重要。本案依台湾法律规定，按操纵证券交易价格罪对甲等人判处了有期徒刑，法律责任形式问题较为单纯。但如按中国证券

---

〔7〕中国刑法第 182 条规定："有下列情形之一，操纵证券交易价格，获取不正当利益或者转嫁风险，情节严重的，处 5 年以下有期徒刑或者拘役，并处或者单处违法所得 1 倍以上 5 倍以下罚金：一、通过单独或者合谋，集中资金优势、持股优势或者利用信息优势联合或者连续买卖，操纵证券交易价格；二、与他人串通，以事先约定的时间、价格和方式相互进行证券交易或者相互买卖并不持有的证券，影响证券交易价格或者证券交易量；三、以自己为交易对象，进行不转移所有权的自买自卖，影响证券交易价格或者证券交易量；四、以其他方法操纵证券交易价格的。单位犯前款罪的，对单位判处罚金，并对其直接负责的主管人员和其他直接责任人员，处 5 年以下有期徒刑或者拘役。"

法及刑法规定，本案的法律责任形式问题则相对复杂一些。

一、如果该案不作为刑事案件而作为行政违法案件处理——按大陆法律是存在这种可能性的，根据证券法第184条规定，应当没收违法所得，并处以违法所得1倍以上5倍以下的罚款。但是该案并没有明确的违法所得数额，只有相应数量的连续高价买进的股票，如何认定这其中是否包含有相应的违法所得，是一件非常困难的事情，需要有相应的计算规则。在这方面，大陆目前尚未制定有权威的规则。如果不能确认操纵的违法所得数额，就不但不能采取没收违法所得的措施，也无法进行罚款。因此，该案作为行政违法案件处理就会面临难以处罚的窘境。这种情况下，就有可能会考虑适用《股票发行与交易管理暂行条例》及《禁止证券欺诈行为暂行办法》中的规定。按这两部行政法规有关操纵证券交易价格违法行为法律责任形式的规定，在进行行政处罚时，不需要将罚款的数额与行为人违法所得的数额相联系，对于没有违法所得或违法所得难以计算的操纵证券交易违法行为，可以直接处以一定数额的罚款。但如果按这两部行政法规进行处罚，则在认定该案中连续以高价买进股票是否操纵证券交易价格行为时，也应以该两部法规的相关规定为依据[8]。不过，在证券法颁布实施之后，如何处理这两部法规中的

---

〔8〕 1993年4月22日由国务院发布行的《股票发行与交易管理暂行条例》，属于行政法规。该条例第74条规定："任何单位和个人违反本条例规定，有下列行为之一的，根据不同情况，单处或者并处警告、没收非法获取的股票和其他非法所得、罚款：一、通过合谋或者集中资金操纵股票市场价格，或者以散布谣言等手段影响股票发行、交易的；二、为制造股票的虚假价格与他人串通，不转移股票的所有权或者实际控制，虚买虚卖；三、出售或者要约出售其并不持有的股票，扰乱股票市场秩序的；……股份有限公司有前款所列行为，情节严重的，可以停止其发行股票的资格；证券经营机构有前款所列行为，可以限制、暂停其证券经营业务或者撤销其证券经营业务许可。"《禁止证券欺诈行为暂行办法》第8条对操纵市场行为的种类进行了列举性规定："前条所称操纵市场行为包括：一、通过合谋或者集中资金操纵证券市场价格；二、以散布谣言等手段影响证券发行、交易；三、为制造证券的虚假价格，与他人串通，进行不转移证券所有权的虚买虚卖；四、出售或者要约出售其并不持有的证券，扰乱证券市场秩序；五、以抬高或者压低证券交易价格为目的，连续交易某种证券；六、其他操纵证券交易价格的行为。"第15至17条按主体的不同规定了操纵证券交易价格违法行为的行政法律责任。其中第15条规定："证券经营机构、证券交易所以及其他从事证券业的机构有操纵市场行为的，根据不同情况，单处或者并处警告、没收违法所得、罚款、限制或者暂停其（指证券经营机构，下同）证券经营业务，其（指证券交易场所及其他从事证券业的机构，下同）从事证券业务或者撤销其证券经营业务许可、其证券业务许可。"第16条规定："前条所列以外的机构有操纵市场行为的，根据不同情况，单处或者并处警告、没收非法所得、罚款；已上市的发行人有操纵市场行为，情节严重的，并可以暂停或者取消其上市资格。"第17条规定："个人有操纵市场行为的，根据不同情况，没收其非法获取的款项和其他非法所得，并处以5万元以上50万元以下的罚款。"

规定与证券法中相应规定在适用上的关系，是一个值得研究的问题。

二、如果该案按照刑事案件处理，虽然在对甲等个人处刑上很可能会与依台湾法律所做出的判决相似，刑期都不会很高，因为按中国刑法，操纵证券交易价格犯罪的法定最高刑期为五年[9]。但是，作为刑事案件处理，就存在是单位犯罪还是个人犯罪的问题。如按个人犯罪，则相对比较单纯，不一定判处罚金，只对个人判处有期徒刑即可；但如按单位犯罪处理，除了对作为单位犯罪的责任人个人进行刑罚外，依法还需要对单位判处罚金，而对单位判处罚金的数额，则需要按操纵的违法所得数额来确定。由于本案中违法所得的数额不明确，在判处罚金时就会比较困难。

三、两岸法律有关操纵证券交易价格违法犯罪法律责任形式规定上的差异，除了法律体制安排上的因素外，恐怕还有一个更为根本的原因，即两岸法律对这种行为性质的认识不同。大陆法律将操纵行为作为经济违法犯罪，除了关注其对证券市场秩序的危害性之外，还更为直接地关注到了其获取不正当利益或者转嫁风险的目的，法律对其进行规制的一个出发点就是不能任由行为人从中获取利益或者转嫁风险。因此，在法律责任形式设置上，突出了没收违法所得并以违法所得数额确定罚款或罚金数额的责任形式。反观台湾法律，可能更为关注这种操纵行为对市场秩序的危害性，因此，只要其行为已经人为地引起了市场价格的扭曲，扰乱了市场秩序，就予以处罚，而不论其是否从中获取多少利益或者转嫁了多少风险。体现在法律责任形式上，就是直接规定了罚金的数量，不与违法所得挂钩，也不再没收违法所得。可能正是这种法律认识上的差异，导致了相应法律责任形成制度的区别和在对类似本案的案件认定与处理结果上可能出现的不同。

---

[9] 见前引刑法第 182 条规定。